# 상검 9

이현 新무협 판타지 소설

초판 1쇄 찍은 날 § 2003년 9월 20일
초판 1쇄 펴낸 날 § 2003년 9월 30일

지은이 § 이현
펴낸이 § 서경석

편집장 § 문혜영
편집책임 § 박영주
편집 § 장상수 · 권민정 · 유경화
마케팅 § 정필 · 강양원 · 이선구 · 김규진 · 홍현경
펴낸곳 § 도서출판 청어람
등록번호 § 제1081-1-89호
등록일자 § 1999. 5. 31
어람번호 § 제2-0258호

주소 § 경기도 부천시 원미구 심곡1동 350-1 남성B/D 3F (우) 420-011
전화 § 032-656-4452  팩스 § 032-656-4453
http://www.chungeoram.com
E-mail § eoram99@chol.net

ⓒ 이현, 2003

값 8,000원

ISBN 89-5505-830-6 04810
ISBN 89-5505-591-9 (SET)

이현 新무협 판타지 소설

商 劍

성(劍)

9 | 녹림(綠林) |

도서출판 청어람

# 목 차



제9권 효림(梟林)

제1장  삭월(朔月)

"금릉전장이 망했다!"

엄청난 소식은 중원천하를 강타했다.

본장의 피습 소식에 당황한 각 지역의 분점들은 일제히 문을 닫았고 미처 소식을 접하지 못한 곳은 엄청난 참극이 벌어졌다.

북경 분점의 장궤는 관리들을 대신해 쳐들어온 하인배들의 몽둥이에 맞아 죽었다. 양주에서는 전장을 지키려던 경비무사들과 돈을 되찾으려는 사람들 간에 싸움이 벌어져, 결국 성난 군중들의 돌팔매에 전장 사람들이 몽땅 떼죽음을 당했다. 소흥에서는 채권자들에게 몰린 전장 실무자들이 마누라며 딸까지 빼앗기는 사태까지 있었다.

문을 닫은 지점도 무사하지는 못했다.

성난 군중들이 떼로 몰려가 문을 부수고 창고며 집기와 세간은 물론 고객들이 맡겨둔 담보물까지 털었고, 그래도 양이 차지 않았는지 아예

불까지 질러 버린 곳도 한두 곳이 아니었다.

사건의 파문은 금릉전장만의 피해로 끝나지 않았다.

사람들의 심리는 자연스레 전표를 피하고 현금 거래를 하는 쪽으로 기울었고, 그 영향으로 다른 군소전장들의 전표마저도 제대로 유통이 되지 않았다.

상인들이 물건을 사고 팔기 위해서는 부득이 현금을 소지하는 수밖에 없었고 그러다 보니 자연스레 강도나 도둑들의 손쉬운 제물이 되었다. 상인들의 피해는 물건의 비용 상승이라는 연쇄적 반응을 일으켜 물가의 폭등을 가져왔고 그 고통은 고스란히 일반 백성들이 떠안아야 했다.

이런 상황에서 이득을 보고 있는 자들이 있다면 바로 표국으로 대표되는 호송업자들과 녹림의 호걸들이었다. 창이 찔러오면 방패로 막는다는 모순(矛盾)의 진리에 따라 그들은 호황을 누릴 수밖에 없었다.

그러지 않아도 기울어가던 노쇠한 국운이었다.


해남도.

해남파의 신임 장문인 방국진은 의외의 손님을 맞았다.

"그럼 단운비 어른의 막내 사제가 십마(十魔)의 비급을 모두 훔쳐 달아났다는 것이오?"

손님은 무림맹주 역무군이었다. 그가 이곳을 찾은 것은 큰 기지개를 위한 마지막 확인 절차라 할 수 있었다.

"그렇소이다. 본 장문인에게는 사숙이 되지요."

방국진은 쏟아내는 역무군의 질문에 이각이 넘게 대답만 하고 있는 중이었다. 처음 그가 이곳을 찾았을 때 무림맹에 있어야 할 그가 멀고도 먼 남해의 해남파까지 찾아온 것에 크게 놀랐고, 혈혈단신으로 찾아온 것에 또 놀랐다. 공식적인 방문 절차를 밟지 않고 은밀히 그를 찾은 것 또한 이상했다. 하지만 역무군이 묻는 것을 듣고는 이내 그 이유를 알았다.

"음!"

방국진의 대답에 역무군이 침을 삼켰다.

그가 궁금해하는 것은 몇 년 전부터 강호에 출몰한 십마의 무공을 지닌 인물들의 배후였다. 이곳을 찾았다는 것은 해남파에서 숨겨왔던 수치스런 비밀의 문고리를 잡았다는 뜻이기도 했다. 문파의 여러 원로들이 죽은 지금 그 일에 대해 알고 있는 사람은 자신과 지하 뇌옥에 수감되어 있는 맹초뿐이었다.

'어떻게 알았을까?'

그의 날카로운 질문에 마지못해 대답을 하면서도 그런 궁금증은 그의 머리를 내내 떠나지 않았다.

"결국 후일 비급을 훔쳐 갔던 그가 돌아와 비급을 미끼로 협조를 요청하자 요조은 장문인이 거절하지 못한 것이구려."

역무군이 혼자 고개를 끄덕이며 말했다. 이미 다 알고 하는 말에 대답할 필요까지는 없다.

"……."

"흠, 배분으로만 따져도 요 장문인에게도 사숙이 되니 거절을 한다는 것도 쉽지는 않았겠군."

방국진이 차마 대답을 하지 못하자 자신의 생각에 확신을 가진 역무군이 혼잣말을 했다.

"비급으로만 십마의 무공을 익혔으니 무공의 성취에 한계가 있을 수밖에 없었을 것이고……."

역무군은 계속 혼잣말을 이어갔다.

"우리 문인들 중에는 십마의 무공을 알고 있는 사람이 없는데 어떻게 해남파가 관련이 있다는 것을 알았소이까?"

계속되는 질문에 미처 물어볼 기회를 찾지 못하던 방국진이 마음속 궁금증을 털어내려는 듯 역무군에게 물었다.

"핫핫핫, 조금만 생각한다면 그리 어려운 일이 아니외다. 십마를 마지막으로 본 사람 중 살아남은 사람은 해남파의 단운비 어른이 유일하오. 그런데 백 년이 다 되어가는 지금 그 무공이 나타났다면 어디서부터 그 단초를 찾아야 하겠소?"

"음!"

듣고 보니 너무도 대답이 뻔한 쉬운 질문이라 물어본 방국진이 오히려 자신의 아둔함을 탓해야 했다.

"십마의 후인들이 출몰한 이래 나는 그들의 뒤에 과연 누가 있을 것인가가 궁금했소. 무림에서 그만한 실력의 소유자라면 적어도 본 맹주에 필적할 정도의 무위를 가져야 하는데 그런 사람이라면 더 이상 꼽을 것도 없지 않소?"

"……."

역무군의 날카로운 추리에 방국진은 놀람을 감추지 못했다. 상대는 이미 배후 인물이 누구라는 것에 대한 심증도 굳힌 것이 틀림없어 보였다.

"무림인들이 중원제일의 무인을 꼽을 때면 항상 내 이름 곁에 귀찮을 정도로 따라다니는 사람이 있지요. 특이하게도 그 사람은 중원인의 성씨가 아니라 남만(南蠻) 계통이더이다. 한데 내가 더 주목을 하는 것은 사람들의 입에 그렇게 오르내리면서도 실제 그를 본 것은 수십 년 전이 마지막이라는 것이오.”

쾅!

말을 하던 역무군이 갑자기 탁자를 후려쳤다. 아무런 잘못도 하지 않았건만 마치 자신을 질책하는 것으로 느껴진 방국진은 심장이 오그라드는 듯했다.

“묘이강!”

“……!”

방국진이 숨을 멈추었다.

“단운비 어른의 막내 사제이며 여기 있는 방 장문인의 사숙!”

힘이 들어간 역무군의 목소리는 계속 올라만 갔다.

“…….”

“그랬기에 요조은 장문인은 수만의 묘족 병사들을 꾀어 산동의 반란군을 돕기 위해 출병하지 않았소? 결국 그것이 그 사람을 죽음으로 몰고 갔고!”

문득 방국진은 자신이 역무군의 기세에 너무 눌려 쓸데없는 말까지 토설하고 있지 않나 하는 의구심마저 들었다.

“역 맹주가 본 장문인에게 바라는 것이 무엇이오? 내게 전대 장문인이 무림을 어지럽힌 죄라도 묻겠다는 것이오?”

역무군의 질책을 잠자코 듣고만 있던 방국진이 더 이상 참지 못하겠다는 듯이 무표정한 얼굴로 되물었다.

그에게는 이미 끝난 과거 속의 일이었다. 비급의 저주인지 총호법 아귀장이 죽었고, 임수가 그 뒤를 이었으며 요조은마저 자결했다. 그들을 따랐던 혈기 왕성했던 수많은 젊은 제자들도 결국 액운을 피하지는 못했다.

무엇을 또 더 잃어달라는 말인가?

그들이 스러져 버렸건만 하나하나 모두 해남파의 기둥이요 초석이었다. 그가 알기로 역무군이 비록 맹주 자리에 있기는 했지만 천하의 정의를 위하고 대의를 걱정할 만큼 광명정대한 인물은 아니었다.

"핫핫핫! 본인이 너무 흥분해 장문인께 실례를 범한 것 같소이다. 넓은 아량으로 용서해 주시오."

방국진의 심기가 무척 불편해졌다는 것을 눈치 챈 그는 얼른 웃음을 터뜨려 가며 사과했다.

"우리 해남파 문인들이 욕심을 부려 무림에 분란을 일으킨 것이 사실인데 용서랄 것이 있겠습니까? 하지만 우리 해남파도 그 일로 인해 적지 않은 피해를 보았으니 그 일로 더 이상 사람들의 입에 오르내리지 않았으면 하는 것이 본 장문인의 솔직한 심정이외다."

이 일에 대해 가급적 입을 닫아달라는 우회적인 표현이었다.

"당분간 본인과 방 장문인만 아는 것으로 합시다. 대신 내가 이곳에 온 것을 비밀에 부쳐주시기를 바라오."

역무군 역시 그 말을 마지막으로 자리에서 일어났다. 그는 올 때와 마찬가지로 조용히 해남도를 떠났다.

서로 입을 닫자.

방국진이 바라는 것은 자신 또한 바라는 것이기도 했다.

무림맹 내에서 역무군은 폐관 수련 중인 것으로 알려져 있었다. 그가 맹을 벗어난 사실을 아는 사람은 그의 막내 제자 관철운과 호맹당주 뇌광 두 사람뿐이었다.

'지피지기(知彼知己)면 백전불태(百戰不殆)라, 이것으로 반쯤 승기를 굳힌 셈인가?

바람처럼 몸을 날려 앵가령 계곡을 달려가는 역무군의 입가에 회심의 미소가 감돌았다. 한시라도 자리를 비우기 어려운 상황이었지만 마침내 결단을 내렸고, 힘든 걸음을 한 만큼 얻은 결과도 만족스러웠다.

'모처럼 만이군.'

전신의 혈류마저 상쾌하게 느껴졌다.

놈이 가진 것을 안 이상 그 방책을 세우는 것은 이제 어렵지 않을 터, 또 한 판의 진검 승부가 기다리고 있다는 사실이 그를 즐겁게 했다. 모든 것을 걸고 해야 하는 승부란 언제나 새로운 자극이요 활력소였다.

경공을 전개해 달려가는 역무군이 내공을 더했다.

귓전을 스치는 바람 소리 또한 오랜만의 신선한 경험이었다.


양주.

염방은 기울어져 가는 산서 상방의 마지막 생명줄이었다.

각처의 공소들이 상방 간의 싸움으로 멍들어 그 힘을 잃었지만 그래도 꿋꿋하게 버틸 수 있는 것은 바로 상방 산하의 염방에서 벌어들이는 일 년에 수천만 냥에 이르는 막대한 이익금 덕분이었다.

그런데 지금 양주에는 소금 실은 배들 주위에 도검을 찬 무인들이 수시로 오가는 흉험한 곳으로 바뀌어 있었다. 몇 달 전부터 마교의 무리들이 염방을 친다는 소문이 돌았기 때문이었다.

이미 해시(亥時:10시 전후)가 넘어 양주 대부분이 어둠에 덮였지만 마치 대낮처럼 불이 환하게 켜져 있는 곳이 있었는데 바로 배들이 물건을 싣고 내리는 포구였다.

뱃머리에 갑판이 환하게 보일 정도로 큰 등을 단 배 한 척이 포구로 미끄러져 들었다. 배는 여느 소금 운송선처럼 큼직한 화물칸에 턱없이 작은 선실만 덩그러니 있는, 이곳에서는 흔하디흔한 평범한 형태였다. 닻을 내린 배에서 선부 몇이 내리더니 선수(船首)의 등불이 꺼졌다.

포구에는 염방에서 나온 무인 수십이 여기저기 번을 서며 수상한 움직임을 감시하고 있었지만, 양주에서 짐을 싣기 위해 멀리서 온 배들이 정박해 하룻밤 쉬는 것은 흔한 일이었기에 아무도 주의해서 보는 사람은 없었다.

"허! 내일은 새벽부터 일을 나와야 할 모양이네."

지나던 포구 일꾼 마삼이 열을 지어 포구에 늘어선 배들과 들어오는 배를 보며 혼잣말을 했다. 그가 보기에 오늘 밤은 다른 날보다 유독 배가 많이 들어오는 것 같았다.

철썩철썩.

한 떼씩 몰려와 부두를 때리는 덧없는 물결 소리와 함께 어느덧 시간은 흘러 자시가 가까웠다.

빈 것으로 보였던 배들에서 선부 차림의 사내들이 하나둘 부두로 내려서 인근의 뒷골목으로 스며들었지만, 많은 사람들이 오가는 포구인지라 그들을 주목하는 사람은 없었다.

"큰 선단 같은데……."

포구에 설치된 망루의 조장 포량은 멀리서 물줄기를 따라 다섯 척의 중선이 포구로 다가오는 것을 보았다. 조장인 그를 비롯해 모두 세 명이 망루 당번으로, 포구 근처를 오가는 배들의 이동을 감시하고 있었다.

"응?"

그 배들이 모두 불을 끄고 접근하고 있다는 것을 안 그는 즉시 호각을 꺼내 들었다. 충돌을 방지하기 위해 불을 켜고 들어와야 하는 규정을 어겼기 때문이었다. 지상의 다른 경비무사들에게 주의를 주기 위해 호각을 입으로 가져가려는 순간이었다.

휘익!

언제 망루를 타고 올라왔는지 그들의 등 뒤로 두 명의 흑의인들이 연기처럼 나타났다. 하지만 망루의 당번들은 모두 다가오는 배에 주의를 기울이고 있었기에 등 뒤에 그들이 나타났다는 것을 알지 못했다.

'헛!'

포량은 돌연 목줄기 뒤가 뜨끔한 것을 느끼는 순간 다리에 힘이 풀리는 것을 알았다.

"컥!"

목젖을 찢고 나오는 비명음과 함께 그의 눈이 커지는가 싶더니 이내 다리를 휘청거리며 옆으로 쓰러져 갔다. 다른 두 명의 감시병 역시 흑의인들의 손길을 피하지는 못했다.

"헉!"

"흡!"

가벼운 비명 소리에 이어 그들도 제자리에서 쓰러졌다.

흑의인들은 세 명의 시신을 발로 차서 구석 자리에 처박고는 대신 그 자리를 지켰다. 포구의 망루는 모두 두 곳이었는데 다른 곳에서도 같은 일이 일어나고 있었다. 하지만 깜깜한 밤중에 망루 위에서 일어나는 일에 주목하는 사람은 아무도 없었다.

포구의 경비무사들이 등불이 없는 다섯 척의 배가 안으로 들어오는 것을 발견한 것은 배가 뭍에 바싹 다가왔을 때였다.

"수상한 배다!"

삐이익! 삐익!

포구를 오가던 무사 하나가 그것을 발견하고 호각을 불자 그제야 수상한 배들을 발견한 경비무사들도 급히 포구 쪽으로 달려갔다. 그런데 포구에 늘어선 주점들 사이로 난 여러 작은 골목길에서 병장기를 든 수백 명의 흑의인들이 포구로 쏟아져 나왔다. 그들은 경비무사들의 뒤로 재빨리 붙으며 닥치는 대로 베어갔다.

"으악!"

"크억!"

"후방을 조심해라!"

경비무사들은 정신을 차리지 못하고 쓰러져 갔다.

펑!

경비무사들 중에 누군가 신호용 화전을 발사했는지 붉은 화전이 밤하늘을 차고 올라갔다. 하지만 신호탄이 그들을 막아주지는 못했다. 흑의인들은 그 수에 있어서 포구의 염방 무사들을 완연히 압도했기에 순식간에 그들을 제압하고 포구를 장악했다. 그 틈에 다섯 척의 중선들은 차례로 포구에 정박하며 연신 흑의인들을 쏟아냈다.

"적이다!"

"포구에서 위급 신호가 올랐다."

밤하늘을 수놓는 화전을 발견한 염방이 발칵 뒤집혔다.

마교와 일전이 있을 거라는 소문에 긴장감에 싸여 있던 염방이었다. 백여 명의 비상 대기조가 즉시 출동 준비를 갖추고 명령을 기다렸고, 막 잠에 빠졌던 숙소 안의 대원들도 황급히 자리를 박차고 일어나 검을 들고 뛰쳐나와 대오를 이루었다.

하지만 그런 소동에도 불구하고 보고를 받은 염방 방주 곽수민은 조금도 당황하지 않았다.

'오늘인가?'

예상하고 있던 일이 예상한 대로 일어난 것뿐이었다.

어차피 날이 밝으면 관병들 때문에라도 결국은 물러갈 놈들이니 이쪽이 제대로 지키고만 있으면 문제될 것이 전혀 없었다.

"모두 방을 지키는 것에만 전력을 다하도록 하라."

중원 최대의 이권이 걸린 싸움으로 상대가 비록 기습을 해왔지만 염방의 수뇌부들은 각자 맡은 바대로 신속하게 움직였기에 그가 내린 명령은 그것이 전부였다.

'실수만 없으면 돼.'

이미 그동안 수백 번도 더 고민했고 수십 차례의 회의를 가져 마련한 대비책이었다. 수비선을 넓게 펼치면 그만큼 허점이 많게 마련이고 희생도 클 터였기에, 결국 결론은 염방 자체만 지키고 나머지는 일시적으로 버린다는 것이었다.

제일의 정예라 할 수 있는 염방 직속의 무사들이 내원을 겹겹이 둘러쌌고, 무공이 높은 염효들이 그 외곽을 지켰다. 염방의 가장 외곽에는 그동안 꾸준히 고용해 그 수를 늘린 팔백 명에 이르는 매검수들이 있었다. 오늘을 대비해 상당한 출혈을 감수하고서 모집한 자들이었다.


여섯 척의 배가 장강을 거슬러 올라가 양자진을 좌로 보고 돌아들었다. 목표는 양주였다.

가장 선두의 배는 십수 문의 포를 장착한 무영의 중형 함선이었다. 그는 구파일방과 청방의 연합 병력을 나누어 태운 다섯 척의 강선(江船)들과 함께 북상 중이었다. 세 척의 배에는 청방의 수방검수와 감호

들이 탔고 다른 두 척에는 개방과 구파일방의 정예들이 탔다.

"지난번은 내 입장만 생각했던 것 같소. 하하하, 사람이란 원래 그런 것이 아니오? 이해해 주기 바라오."

유석대가 무영의 배에 탄 것은 천성이 물을 두려워해 아무래도 중포에 각종 화기를 장착한 무영의 전투함이 믿음직스러웠기 때문이었다.

정주에서 돌아온 무영이 다시 이들과 합류한 것은 유석대가 지난번 일에 대해 사과를 하고 다시 힘을 모아줄 것을 부탁했던 까닭이었다.

그는 지금도 그것을 거론하며 또다시 유감을 표하는 중이었다.

"그때는 정말 미안하게 되었소. 당시는 나도 내 입장만 생각한 격이었으니……."

"저도 유 방주님의 입장을 충분히 이해합니다. 힘을 보태려고 했지만 아시다시피 팽가장 전체를 상대하는 일이 되겠기에 조금도 태만히 할 수 없어 그런 것입니다."

무영은 그렇게 대답했다.

비록 지난번 마찰을 빚기는 했지만 그가 자신을 찾아 사과한 마당에 계속 등을 질 필요는 없었다. 하지만 별로 내키지 않는 일이기에 배 한 척만 동원해 합세하는 길이었다.

유석대가 무영을 먼저 찾은 것 또한 나름대로 이유가 있었다.

팽가장의 멸문.

무림은 물론 중원 전체를 뒤흔든 소식이었다.

팽가장이 오대세가의 두 번째 자리를 차지한다는 것에 이의를 달 사람은 없었다. 그 거대한 기둥이 장무영에 의해 무너졌다는 사실은 충격 그 자체였다.

장무영이 누군가?

단 한 번도 무림세가의 수장 위치를 놓지 않고 있는 남궁세가의 사위가 아닌가? 유석대만이 알고 있는 사실이지만 그는 곤륜파의 핵심 인물 중에 하나이기도 했다.

힘이 있으면 대접을 받는 것이 동서고금의 변치 않는 진리였다.


교본성이 황급히 하경을 찾았다.

행여 싸움에 놀랄까 안심시켜 주려는 것이었다.

하경이 묵고 있는 빈관은 별채와 붙어 있어 믿음직한 염방 무인들에 의해 철통같이 싸여 있기는 했다. 하지만 혹시 하는 마음에 걱정이 되었고 자신도 마음이 불안하기만 했기에 누군가 기댈 만한 사람과 말이라도 나누고 싶었다.

'그때도 그랬었지.'

아버지 교평천이 죽은 것도 이런 기습이 있었던 날임을 그는 잊지 않았다.

"엇!"

막 별채의 문을 나서려던 그는 안으로 들어오려는 하경과 마주쳤다.

"어디를 가시는지요? 아무래도 싸움이 예사롭지 않을 것이니 저와 함께 안으로 들어가시지요."

하경은 문을 나서려는 그를 보고 만류하듯 말했다.

"저도 하경 낭자가 걱정이 되어 들러보려는 참이었습니다."

이심전심인가?

하경의 면사가 가볍게 흔들렸고 교본성은 그것을 놓치지 않았다.

전에 교가장에서도 어쩌다 어머니를 찾아온 하경을 몇 번 본 적은 있었지만 특별히 대화를 나누었다든가 한 경우는 없었다. 하지만 이곳

양주에서 그녀를 대하는 그의 감정은 새로웠고 각별했다. 어머님을 떠나온 이래 고립무원의 염방에서 하경을 만나 그녀의 실체를 아는 순간 마치 헤어졌던 피붙이를 다시 대하는 느낌이었다고나 할까.

"사실 공자가 걱정되어 주변에 간단한 기문진이라도 설치해 드리려고 왔어요."

"고맙습니다. 그거 괜찮을 것 같군요."

하경은 그를 총행두라 부르는 것이 거리감을 느끼게 해 내키지 않았기에 공자라 칭했는데, 교본성도 그런 호칭을 편하게 여겨주었다.

별채로 들어온 하경은 주변 무사들에게 돌덩이 수십 개와 죽봉(竹棒) 등을 준비하게 해 별채 주변 담장 아래 이곳저곳에 진식을 설치했다.

교본성이 보기에는 그냥 어설프게 놓여진 돌과 대나무들이라 그게 무슨 방어막이 되랴 싶은 마음도 들었지만, 그녀가 천주문의 장문 계승자였다는 것을 잘 알고 있기에 은근한 기대에 호기심까지 일었다.

"무슨 진인가요?"

"반오행구궁금쇄진(反五行九宮禁鎖陣)이라고 하지요. 간단해 보이지만 파훼하기 쉬운 진은 아니에요. 진법을 모르는 사람에게는 천둥이 치고 절벽 사이에 갇힌 느낌이 들게 하기도 하지요. 무엇보다 무서운 점은 피아를 구별할 수 없어 같은 편끼리 칼부림을 일으키게 할 수 있다는 점이지요."

"이런 돌덩이들이 그런 위력을 보일 수 있다니 놀랍군요."

"사실 별채 주변에 조경을 위한 기암괴석들이며 나무들이 있었기에 가능했어요. 그렇지 않았다면 이보다 훨씬 간단한 오행진이나 구궁진 정도가 고작이었을 거예요."

"하하하, 저는 진법에 대해 잘 모르니 너무 어렵게 말씀하지는 마세요."

"간단한 진법은 그렇게 어렵지 않아 제가 금방 가르쳐 드릴 수도 있어요. 하지만 외인비전(外人非傳)이니 스승님께서 꾸중하지 않으실까 걱정되는군요. 호호호."

염방이 위급을 맞은 상황이었건만 두 사람은 잠시나마 여유를 즐겼다.


악화를 태운 배가 포구에 도착했다.

그는 포구를 쉽게 손에 넣었다는 것에 놀랐지만 이내 곽수민의 속셈을 눈치 챘다.

'흠, 수성전(守城戰)을 벌이겠다……'

곽수민은 장원에 의지해 시간을 끌려 하고 있었다.

그에게 주어진 시간은 날이 밝기 전까지다. 밤이 지나면 숨을 죽이고 있던 관군들이 벌 떼처럼 몰려들 터이니 염방과 관군을 동시에 맞아 버틸 재간은 없다. 이미 지금쯤이면 관아에서도 각지로 봉화가 오르고 파발이 떴을 터였다.

"일부는 남아 포구를 수비하고 나머지는 나를 따라 신속히 이동해 염방 본진 공격을 준비하도록 해라."

소금배로 위장해 먼저 도착했던 귀견수들이 바로 염방을 치지 않고 포구부터 장악한 것은, 곧 이어 도착할 후속 부대의 진입로 확보를 위한 때문이었다. 대규모로 움직이면 그만큼 놈들의 눈에 쉽게 떠어 도중에 공격받을 우려가 있었기에 병력을 나눈 것이었다.

미리 도착해 포구의 경비무사들을 주살했던 이백여 명의 귀견수들이 제일조, 자신과 함께 온 수로채 수적들과 인근 방파의 연합 세력 등

천여 명이 제이조, 그리고 무림맹에서 보내오기로 한 오백여 명 정도로
예상되는 지원 병력인 제삼조가 오늘 공격을 위한 모든 준비였다.

이곳에 모인 전력은 천주봉의 주력 전체나 다름없다.

스승과 사형제들의 모든 것이 걸린 일전.

중원제일의 이권을 다투는 싸움에 대한 준비로는 빈약한 감이 없지
않았지만 이번만큼은 자신감에 넘쳤다.

그의 품속에는 염왕회 졸개 하나가 염방을 잘 아는 어떤 사내로부터
받았다는, 교본성이 묵고 있는 별채의 약도와 병력 배치도가 있었다.

반간지계(反間之計)인지도 모를 그 떡을 덥석 받아 쥘 만큼 멍청하지
는 않았기에 입수 경위를 은밀히 조사해 보았다. 놀랍게도 그 비도(秘
圖)의 출처는 산서 상방 산하 직기방의 방주를 했던 간변이라는 자였
다. 놈은 얼마 전에 산서 상방 총행두 자리에 교본성 대신 곽수민을 밀
자는 주장을 하고 다니다가 방주 직위에서 파면된 자였다. 그는 비도
를 믿었다.

그는 머리 속으로 계획을 재점검했다.

실질적인 싸움은 제이조와 제삼조가 할 것이고 자신과 휘하의 귀견
수들은 교본성을 납치하는 것으로 끝낼 생각이었다.


"염방을 치는 일에 무림맹의 주력을 앞세워라. 이번 기회에 역무군과 염
방의 힘을 삭감하고 교본성을 납치하는 일이 제일의 목표다."


사부의 지시였다.

구파일방은 이미 금릉전장에서 만회하기 어려운 손실을 입었을 것
이니 그것으로 충분했다.

이번 싸움에서 사부의 의도는 남은 거대 무력인 무림맹과 염방끼리의 싸움으로 만들어 양패구상(兩敗俱傷)을 하게 함으로써 차후 무림을 평정하는 일에 걸림돌이 없게 하려는 것이 그 첫째요, 교본성을 납치해 산서 상방을 송두리째 빼앗으려는 것이 그 둘째였다.

일이 끝나면 모든 책임은 화산파 참살 사건과 마찬가지로 역무군에게 떠넘기고, 자신들은 다음 단계의 준비가 될 때까지 당분간 잠적하면 끝이었다. 일이 되려는지 산서 상방의 내분으로 그가 꼭 필요로 했던 비도(秘圖)까지 얻은 터였다.

'이번만큼은 하늘도 나를 돕겠지.'

그간의 숱한 실패에도 불구하고 힘이 넘쳤다.

악화는 염방이 한눈에 내려다보이는 언덕에 서서 교본성이 있는 별채를 살폈다. 일촉즉발의 사태를 맞은 염방이건만 언뜻 보기에는 평화로운 대저택과 다름없어 보였다.

그의 뒤에는 환영마제 호당과 고루신마 백소무 등 사제들이 백여 명의 귀견수들과 함께 팔짱을 끼고 침묵을 지키고 있었다. 은교교가 지휘하는 수채의 병력들은 이미 염방 앞으로 이동해 그의 신호만 기다리고 있을 것이었다.

악화는 포구 쪽을 바라보았다.

무림맹 지원 병력들이 양주로 도착하는 것이 예상보다 늦어지는지 포구에서는 아직 연락이 없었다. 문득 불길한 마음이 들기는 했지만 대전을 앞두고 평정을 찾지 못해 그런 것으로 치부했다.

"어떻게 된 일이냐?"

하지만 계속 기다려도 여전히 소식이 없는 포구를 보며 악화가 물었다. 계속 같이 있던 사제들이니 모르기는 마찬가지일 터라 대답이 있을 까닭이 없었다.

"역무군, 이놈이 정말 나를 골탕 먹이려고 작정을 했구나!"

시간이 흐를수록 초조감이 도를 더했기에 참지 못한 악화가 마침내 분통을 터뜨렸다.

분명 마안채 끈처의 강심에 도착해 자신의 뒤를 이어 출발 준비를 하는 세 척의 무림맹 병력을 확인했었다. 양주 포구를 접수한 시간부터 따지자면 한 시진은 족히 되었을 시간이었다.

"아무래도 무슨 일이 생긴 것 같습니다. 놈이 혹시 우리에게서 등을 돌린 것이 아닐까요?"

호당의 말에 악화는 가슴이 뜨끔했다.

"계속 시간을 끌 수는 없습니다."

초조하기는 사제들도 마찬가지라 백소무도 나서며 한마디 했다.

악화는 잠시 침묵을 지켰다.

어려운 결정을 해야 할 순간이었다. 그는 양주 포구를 바라보며 입술을 지그시 물었다.

'올 놈이라면 벌써 왔겠지. 두고 보자!'

마침내 악화도 역무군의 병력을 포기했다.

"먼저 정면 공격을 준비해라."

지원대가 오지 않는다면 막대한 희생을 각오해야 했다.

병력의 열세를 극복해야 하는 것은 물론이고, 이런 공격에 효과를 볼 수 있는 벽력문의 화탄이나 벽력탄 무기도 충분하지 않으니 희생이 적지 않을 것이었다.

'설마……'

등을 돌린 사태를 걱정한 호당의 말이 맞을지 모른다는 생각이 들었다.

하지만 그의 감시로 붙였던 만독대왕 파가나 그 휘하의 귀견수들에게서 아직 아무런 연락도 없었다.

펑! 펑!

화전이 쏘아 올려지자 잠시 후 포구 쪽에서 염방을 향해 이동하는 일단의 무리들이 보였다.

"싸움이 무르익기를 기다려라. 별채에 도달하려면 단숨에 삼십 장을 치고 나가야 한다. 아홉째가 선두에 서고 여섯째가 귀견수들을 이끌고 뚫어라."

악화가 비도를 보며 말했다.

"옛!"

"알겠습니다."

용담호혈 같은 곳이거늘 선두에 서라는 말에 호당의 안색이 변했지만 어쩔 수 없었다.

이각이 지났을까? 진용을 확인한 악화의 손이 번쩍 올라갔다.

"공격!"

펑! 펑! 펑!

세 개의 신호전이 붉은 불꽃을 피우며 허공으로 올라갔다.

"쳐라!"

"와아!"

신호탄이 터지자 멀리서 앙칼진 목소리로 공격을 명하는 은교교의 목소리가 이곳까지 들려왔고 이어 커다란 함성이 양주 전체를 뒤흔들었다.

쾅! 쾅! 쾅!

요란한 폭음이 들리며 염방 정면의 담장이 힘없이 쓰러졌다. 염방이 지어진 이래 두 번째 재난이었다. 무너진 담장을 넘어 천여 명의 무인들이 일제히 안으로 쏟아져 들어갔다.

"놈들의 수가 그게 전부인 것이 확실한가?"

곽수민이 의아한 표정으로 물었다.

"그렇습니다. 비밀 소초들의 병력들이 주변을 샅샅이 뒤진 결과를 종합한 것이니 믿으셔도 될 겁니다."

수하는 확신에 찬 어조로 말했다. 그도 각 소초장들의 보고를 여러 차례 검토한 끝에 올리는 말이었다.

불과 천여 명 남짓이라고 했다.

"우리 염방을 너무 쉽게 보는군."

"후진이 따로 있는 것은 아닌지 모르겠습니다."

"그렇다면 기다렸다 공격을 개시할 일이지 이토록 서두른다는 것도 이상하지 않느냐?"

전면을 공략해 온 상대는 담장을 넘었지만 아직 장원 안 이삼십 장 부근에서 진퇴를 거듭할 뿐이었고 내원 근처에는 얼씬도 하지 못하고 있었다.

곽수민은 정말 의아했다.

조총수 일백과 궁노수 이백을 포함하는 염방의 정예를 염방의 내장과 외장을 가르는 담장이 있는 곳에 배치한 것은 당연히 그곳까지는 밀릴 것으로 예상했기 때문이었다.

"음……."

공격을 당했어도 크게 밀리지 않고 있으니 기뻐할 일이었지만 당연히 예상한 상황이 일어나지 않으니 더 이상했다.

곽수민의 이마 주름이 더 깊어졌다.

'정면을 택해 공격했다… 정면을……. 성동격서(聲東擊西)인가?'

하지만 양주성을 공격하는 것도 아니고 동으로 몰리면 동으로 움직이고 서가 위급하면 서를 막을 수 있는 크지 않은 장원이었다. 성동격서고 성남격북(聲南擊北)이고 할 이유도 없다.

곽수민은 고심에 빠졌다.

'소수의 정예로 침입했을 때 얻을 수 있는 것은……?'

"혹시!"

곽수민이 자리에서 벌떡 일어났다.

"즉시 조총수 삼십을 총행두가 계신 별채에 증파하도록 해라!"

아직 확신하는 것은 아니기에 그는 우선 그렇게 응급조치를 해두었다.


장원 후문에는 모두 십여 명의 염방 무사들이 외곽을 경계하고 있었다.

스르르르…….

돌연 짙은 안개덩이가 흐늘거리며 다가오자 그들은 잔뜩 긴장하고 주변을 감시했다.

"컥!"

"커억!"

안개가 그들을 감싸는 순간 갑자기 경비무사 둘이 목을 감싸 쥐며 쓰러졌다.

"적이다!"

“흡!”

형체도 보이지 않는 암살자에 대해 당황해하던 그들은 이내 피를 뿌리며 바닥에 드러누웠다.

“암습이다. 안개를 조심해라!”

안쪽에서 그 광경을 보고 도우러 달려나오던 무사들은 황급히 문을 닫아걸었지만, 안개는 마치 구렁이가 담을 넘듯 장원의 담장을 타고 넘어 들어갔다.

“으악!”

“커!”

당황한 무사들은 제대로 손을 쓰지 못하고 속속 목숨을 잃었다.

“사술이다. 안개를 공격해라!”

조장인 듯한 무사가 소리치자 모두 안개를 향해 닥치는 대로 장력을 날리거나 검을 휘둘렀다.

펑!

돌연 안개가 씻은 듯 걷히더니 사람의 형체가 나타났다.

환영마제 호당이었다.

“저놈이다!”

“죽여라!”

이미 적잖은 동료들이 사술(邪術)에 명을 달리했기에 원독을 품은 무사들이 매섭게 그를 공격해 갔다. 모두 그자를 둘러싸고 공격을 하는 사이 갑자기 수십 명의 흑의인들이 담장을 넘어 공격해 왔다. 선두에 선 자는 고루신마 백소무였다.

삐익! 삐익!

“적이다.”

사방에서 호각 소리가 들리며 무인들이 몰려들었으나 백여 명의 흑의인들은 정면을 막아서는 자들만 척살하며 신속하게 길을 뚫어갔다. 그들은 예상치 못한 신속함을 보여 순식간에 별채 내원의 담장 가까이에 도달했다.

"막아라!"

"놈들이 총행두님을 노린다!"

그제야 침입자들의 의도를 눈치 챈 염방 무사들이 결사적으로 앞을 막아섰다.

탕! 탕! 탕! 탕!

후문에서 내원에 이르는 담장 뒤에서 조총수 십수 명이 준비하고 있다가 일제 사격을 해왔다.

"크억!"

"악!"

잠깐 사이에 귀견수 십여 명이 거꾸러졌다. 하지만 그런 희생에도 불구하고 앞으로 달려든 귀견수들은 이내 조총수를 제압하고 담장을 넘었다.

"막아라!"

별채의 내원 안쪽에서 대기하고 있던 수십 명의 염효들이 박도를 휘두르며 그들을 막아섰다.

펑!

고루신마 백소무가 장력을 날리자 희뿌연 안개 같은 것이 전면으로 퍼졌다.

"크윽!"

"독장이다!"

백소무의 고루장에 맞은 대여섯의 염효들이 목을 감싸 쥐며 구르자 나머지 염효들이 독장을 피해 황급히 사방으로 물러났다. 그 틈을 이용해 환영마제 호당이 귀견수들을 이끌고 앞으로 달렸다.

"막아라!"

"크아악!"

염효들이 결사적으로 앞을 막아섰지만 귀견수 십여 명이 그들을 상대하는 사이 남은 침입자들은 다시 안으로 내달았다.

악화가 전면에 나서서 그들을 맡았다.

악화는 호당의 뒤를 이어 그를 받치며 따르다가 교본성의 별채가 가까워오자 대오의 앞으로 나선 것이다.

"크아악!"

그의 검이 번뜩일 때마다 두세 명의 염효들이 드러누웠고 잠깐 사이에 십수 명의 시체가 그의 발 아래 쌓였다. 그사이 호당과 백소무는 귀견수들을 이끌고 재빨리 별채의 담장을 넘었다.

"헉!"

호당은 지면에 발을 내딛는 순간 무성한 숲 속에 홀로 남겨진 자신을 발견했다.

"아니!"

백소무도 예외는 아니었다. 그는 깎아지른 듯한 절벽을 마주하고는 어쩔 줄 몰라 했다.

쐐액!

백소무는 돌연 파공음이 들리며 날카로운 검기가 자신을 베어오는 것을 느끼고는 기겁을 했다. 상대의 모습은 안개에 싸인 듯 흐릿하게 보여 누군지조차 알 수 없었다.

“으아악!”

훌쩍 뒤로 물러나는 순간 자신이 끝없는 낭떠러지로 떨어지는 것을 알고 놀란 나머지 그가 내지른 비명이었다.

쿵!

그의 몸이 바닥에 떨어지는 순간 마치 뼈가 산산조각나는 듯한 극심한 고통이 밀려왔다.

“으으으……”

참을 수 없을 정도로 지독한 고통이었다. 그는 아픔을 이기지 못해 이를 악물었다.

잠깐의 시간이 지났을까?

한동안 그렇게 통증과 씨름하던 그는 그 높은 곳에서 떨어지고도 전신이 멀쩡하다는 것을 알고는 놀랐다. 자신이 어쩌다 떨어졌는지를 곱씹어보던 그는 별채 담장을 넘던 순간을 기억했다.

‘분명 별채 안으로 내려섰는데……’

도무지 이해할 수 없이 한동안 혼란에 빠져 있던 그는 문득 자신이 기진(奇陣)에 빠진 것을 알았다. 하지만 진법에는 문외한인 그였기에 어떻게 빠져나가야 할지 생각조차 하지 못했다.

“헛!”

백소무는 갑자기 뒤쪽에서 살기를 느끼고는 재빨리 몸을 틀며 상대를 베었다.

“크아악!”

상대는 부상을 당한 듯 피를 흩뿌리더니 홀연 사라졌다.

“아니!”

　거의 오십에 이르는 경비무사들을 베어넘기고 별채에 이르는 담장
에 우뚝 올라서서 안을 살피던 악화는 기가 막혔다. 수십 명의 귀견수
들은 물론 두 명의 사제들도 돌연 멀쩡히 서 있는 주변의 동료를 베어
죽이는 것이 아닌가?

　백소무는 연신 펑펑거리며 고루장을 쏟아내고 있었고, 호당은 허공
을 향해 칼질을 하다가 갑자기 곁에 있던 수하를 베어버리질 않나, 나
머지 귀견수들도 서로 죽이지 못해 안달하는 등 한마디로 가관이었다.

　"기문진!"

　뒤따라 담장을 올라서는 경비무사들에게 살초를 펼치던 그는 그제
야 상황을 인식했다. 하지만 자신도 진법에 대해서는 자세히 알지 못
했기에 언뜻 도울 길이 떠오르지 않았다.

　"크아악!"

　진식에 갇힌 수하들은 계속 서로를 죽여 어느 틈에 십여 명만 남아
있는 상황이었다. 악화는 재빨리 품속을 뒤져 화탄 두 개를 꺼내 진식
안으로 던졌다. 물론 앞으로도 쓸모가 많은 두 사제가 있는 방향을 피
하기는 했다.

　쾅! 쾅!

　비상시를 대비해 가지고 온 화탄이었지만 위력은 그리 크지 않아 반
경이 일 장 남짓한 것이었다. 진식의 일부를 부숴 버리면 되지 않을까
하는 생각에서 던진 것이었다. 폭발의 위력으로 근처에 있던 두 명의
귀견수가 어육이 되어 튕겨져 나갔다.

　과연 그의 선택은 적절했다.

　"엇!"

　"아니!"

진식 안에 갇혀 있던 자들은 돌연 눈앞의 경물이 바뀌자 크게 놀랐다.

"빨리 길을 뚫어라!"

겨우 다섯만 남은 그들을 보고 악화가 신경질적으로 고함치고는 앞장서서 몸을 날렸다.

별채에는 수십의 호위무사들이 각자 자신의 자리를 잡고 그들을 맞을 대비를 하고 있었다.

단숨에 그들에게로 달려간 악화의 검이 허공을 갈랐다.

쐐액!

"으악!"

"크억!"

무사들은 자신을 베어오는 검을 보기는 했지만 미처 대응할 만한 여유도 없이 그대로 쓰러져야 했다. 악화의 검이 번뜩일 때마다 두세 명의 무사들이 바닥으로 뒹굴었다.

펑!

쐐액!

뒤이어 합세한 백소무와 호당이 남은 세 명의 귀견수와 함께 연신 독장과 검을 날리자 순식간에 수비벽이 허물어졌다. 악화는 그들의 뒤를 쫓아온 무사들이 미처 공격을 해오기도 전에 안으로 뛰어들었다.

"크아악!"

건물 안에서 몇 명의 무사들이 교대로 나타나며 그를 공격했지만 악화의 일검으로 끝장이었다.

쾅!

악화는 내실로 보이는 문을 걷어차고 안으로 들어섰다.

쐐액!

잔뜩 살기를 머금은 검이 그의 정수리를 갈라왔다.

'웃! 마지막 관문인가.'

총행두 정도라면 그로서도 절대 경시할 수 없는 한둘의 특급호위는
붙어 있기 마련이다.

팟!

회심의 한 수였는지 몸을 뺐다고 생각했는데도 그의 소매 끝이 잘라
졌다. 그는 목표물을 확인하기 위해 한쪽으로 물러섰다.

'후훗! 저 녀석이 교본성이라는 놈인 모양이군.'

침상 쪽으로 노인 하나와 면사를 한 여자, 그리고 귀공자 풍의 한 청
년이 당황한 표정으로 물러나 있었다.

'역시!'

비영은 자신의 전력을 다한 일검이 상대의 가벼운 몸짓으로 무산되
자 감당하기 어려운 상대임을 직감했다. 이미 바깥에서 호위무사들이
내지르는 비명을 듣고 어느 정도 파악을 한 상태이기는 했다.

'시간을 끌다 정 안 되면 뼈를 주고 살이라도 깎는다.'

자신의 행동에 대해서는 미리 결정해 둔 바가 있었다.

마지막 순간이 온다면 나머지는 놈의 뒤를 쫓아올 호위무사들의 몫
으로 남길 수밖에 없었다.

'저놈이군.'

악화의 시선이 비영에게 고정되었다.

전신을 검은 헝겊으로 둘둘 만 듯 검은 무복에 검은 복면까지 착용
했는데, 복면 안의 투명한 두 눈은 교룡의 눈알을 연상케 했다.

'전문적인 살수.'

자신이 키운 귀견수들에게서 맡을 수 있는 그런 냄새였다. 검을 잡은 그의 손에 힘이 들어갔다.

불이검(不二劍).

사부로부터 십마의 무공 중에서 선택할 수 있는 기회를 받은 자는 자신뿐이었다.


두 번의 기회란 없다.


비급의 첫 장에 써 있던 그 글귀가 그의 마음을 빼앗았다.

그래서 그는 불이검귀를 선택했다.

아직 단 한 번도 제대로 펼친 적이 없는 불이검귀의 독문무공이었다. 역무군을 상대로 한 번의 기회가 있었지만 끝내 손을 떨치지 못했었다.

'놈! 시간을 끌고 싶겠지.'

두 명의 사제와 귀견수들이 입구를 막아서며 고군분투하는 소리는 방 안에서도 들을 수 있을 정도였다.

막을 수 있는 것도 잠시뿐, 악화는 내력을 늘려가며 무럭무럭 살심을 피워 올렸다.

스스스슥!

그의 발바닥이 방바닥에 붙어 서서히 움직여 갔다. 미미하게 떨리던 검도 마치 자석에 달라붙은 듯 그의 몸과 한 덩어리를 이루었다.

금방이라도 전신을 난도질할 것 같은 진한 살기가 그의 전신을 감쌌다. 하지만 그는 조금도 표정의 변화를 보이지 않았다.

돌연 악화가 우뚝 서며 움직임을 멈추었다.

'오직 한 수!'

비영은 상대를 읽었다.

살기를 피워 올려 상대를 압박하려고 했지만 그의 기세는 상대의 강기에 막혀 조금도 효과를 보지 못했다. 상대가 움직임을 멈추는 순간 몸 곳곳에 감춰진 약점이 드러나는 느낌에 적잖이 당혹해했다. 하지만 비영의 자세만큼은 처음이나 지금이나 조금도 변화가 없었다.

'오직 한 수! 뼈를 주고 살을 깎는다.'

부족한 무공으로 적당히 살을 내줘가며 시간을 끌 수 있는 상대가 아니었다.

비영의 눈이 더욱 투명해졌다.

'간다!'

침묵이 절정에 달한 어느 한순간 악화의 몸이 흔들리는가 싶더니 팅기듯 앞으로 쏘아졌다.

"핫!"

"타앗!!"

짧은 기합 소리와 함께 두 사람의 신형이 재빠르게 교차되었다.

팟!

검이 부딪치는 마찰음도 없었고 보는 사람의 눈을 황홀하게 할 만한 화려한 초식의 전개도 없었다. 일 장의 거리에서 서로 등을 마주한 두 사람은 조금의 미동도 하지 않고 그렇게 우뚝 섰다.

툭! 툭!

돌연 악화의 가슴 언저리에서 피가 흘러 바닥으로 떨어졌다.

"으음!"

그의 입에서 묵직한 신음성이 흘러나왔다.

한 줌의 햇볕도 없는 열 개의 동굴이 있었다.

복면을 한 채로 십 년 동안을 벽곡단만으로 지내야 했던 동굴이었다. 동굴 안의 소년들이 배워야 하는 것은 단 한 수의 필살기였다. 무공을 가르치는 사람이 사부가 아니었듯 배우는 사람도 제자가 아니었다. 그저 복면의 교관이고 복면의 살수 후보일 뿐이었다.

부모도 몰랐고 동료도 몰랐다.

알고 있는 것이라고는 암천(暗天)의 살수로 살아가야 하는 운명이 전부였다.

"삼호(三號), 너는 오 년을 더 배운다."

이유도 몰랐다.

단지 자신이 오 년을 더 배우는 동안 다른 동굴의 동료들은 모두 살수가 되어 나갔을 것이라는 짐작이 고작이었다.

그리고 다시 암흑의 세월이 흘렀다.

오 년 동안 그가 배운 것은 적(敵)과 아(我)를 구별하는 법과 그림자가 되어 지키는 방법이었다.

"가라! 그곳이 너의 집이고 무덤이다. 지금부터 이곳 누구의 지휘나 간섭도 받지 않는다. 그곳의 주인이 너의 주공이다. 오늘부로 암천은 너를 잊었다. 너도 이곳의 모든 것을 잊어야 한다."

하지만 비영은 원래의 주인 교평천을 지키지 못했다.

자결을 했어야 마땅했다.

임무를 실패했음에도 자신의 심장에 칼을 박지 않은 것은 그분의 마지막 부탁을 지키기 위함이었다.

덤이었다!

죽을 수도 없어 덤으로 버텨온 세월이었다.

그 덤을 던져 버린 비영의 어깨는 날아갈 듯 가벼웠다.

비영은 복면 속에서 미소를 지었다.

'해냈어!'

어느 한순간 시리도록 투명했던 비영의 두 눈이 스르르 감겼다. 어머니의 때늦은 방황에 고뇌하던 소주공의 모습이 그의 뇌리에 아른거렸다.

'지켜드리지 못하고 먼저 갑니다.'

하늘이 도와 오늘만 무사히 넘길 수 있다면 또 다른 비영이 오겠지…….

쿵!

중심을 잃은 그의 몸이 요란한 소리를 내며 바닥으로 무너졌다. 마지막 순간까지도 비영은 단 하나의 친구였던 검을 놓지 않았다.

"악!"

하경의 면사가 다급하게 흔들렸다.

믿었던 비영의 죽음에 당황한 교본성은 어쩔 줄 몰라 했고 남안은 허둥거리며 검을 고쳐 잡았다. 비영에게 일격을 당한 충격으로 비틀했던 악화가 재빨리 몸을 날려 교본성의 완맥을 잡아챘다.

그것을 본 남안이 엉성하게 검을 휘두르며 달려들었다.

"크억!"

하지만 그는 미처 악화의 근처에도 가기 전에 가벼운 발길질 한 방에 노구를 처박으며 혼절했다.

쿠당탕!

'이게, 이게……!'

하경은 후들거리며 쓰러지려는 몸을 침상 모서리의 기둥을 잡고서야 겨우 지탱할 수 있었다.

'안 되는데, 안 되는데!'

교본성의 혈도를 짚어 가볍게 옆구리에 끼고 나가는 침입자를 뻔히 보면서도 발걸음은 물론 입조차도 떨어지지 않았다.

"안 돼!"

그녀가 악을 쓴 것은 악화가 나가고도 한참이 지난 후였다.

몇 번이나 애를 쓴 끝에 발을 끌다시피 하여 겨우 내실을 나온 그녀는 건물 앞에서 염방의 무사들과 대치한 그를 발견할 수 있었다.

"후우, 후우……."

하경은 몇 번이나 숨을 몰아쉬고야 겨우 마음을 다스릴 수 있었다. 그녀는 후들거리는 몸을 다잡아 출구를 막고 서 있는 그들을 피해 옆으로 돌아 낑낑대며 창틀을 넘어 밖으로 나왔다.

입구에서는 살벌한 대치 상황이 벌어지고 있었다.

"물러서랏! 물러서지 않으면 총행두의 목숨은 없다."

악화는 조총을 들고 자신을 겨냥하고 있는 자들을 싸늘한 눈매로 훑어보며 냉막한 어조로 말했다. 살기가 풀풀 넘쳐 나는 그의 목소리는 금방이라도 교본성의 허리를 양단할 것 같은 기세로 보이기에 충분했다.

"총구를 내려라!"

그를 겨냥하고 있는 것은 곽수민이 급히 증파한 삼십 명의 조총수였다. 그들의 뒤로는 이백여 명도 넘을 듯한 무인들이 철통같이 별채를 둘러싸고 있었다.

염방의 전면 쪽에서는 아직도 요란한 함성과 도검 소리가 한데 뒤섞여 들려오고 있었다.

"네놈은 누구냐?"

곽수민이었다.

후문이 뚫렸고 총행두를 노린다는 말을 듣고는 급히 달려온 그였다. 모든 것을 책임져야 하는 염방에서 자신은 살아남고 총행두가 죽었다면 고개도 들지 못할 일이었다. 아니, 강호 소문이 어떻게 떠돌지도 몰랐다. 그가 만사를 제쳐 두고 달려온 것은 지극히 당연한 일이었다.

"물러설 테냐, 아니면 총행두를 나와 함께 죽일 테냐?"

악화는 그의 말에 대답도 않고 단호한 음성으로 되물었다.

그의 뒤에는 피투성이가 된 백소무와 호당이 숨을 헉헉대며 겨우 자리를 지키고 있었다.

지금 악화의 내심은 그리 밝지 않았다.

곽수민이 이곳으로 올 수 있다는 것은 은교교가 이끄는 염방 전면의 공격을 충분히 막아낼 자신이 있다는 말이었다.

"총행두를 놓아드려라! 그게 네놈이 살길이다."

곽수민이 무심한 어조로 말했다.

"후후후, 나를 어린애로 아는 게냐? 네놈이라면 어쩌겠느냐? 그게 본좌의 대답이다."

"……."

곽수민이 표정을 일그러뜨렸다.

하긴 자신이 그런 경우에 처했더라도 생명줄이나 다름없는 인질을 내주지는 않을 터였다. 그렇다고 자신도 놈을 쏘아 죽이라고 할 수도 없는 노릇이었다.

자신이 없었다.

"용담호혈을 피로 뚫고 왔다. 이미 내 목숨은 버린 터, 총구를 내리라고 해라!"

곽수민의 마음을 읽은 악화가 다시 말했다.

"총구를 내려라."

곽수민은 고개를 저으며 조총수들의 조장을 향해 명령했다. 이미 모든 상황을 염두에 두고 행동하는 놈이었다.

"안 돼!"

돌연 곽수민의 뒤에서 하경이 나서며 앙칼진 목소리로 소리쳤다. 모두의 눈이 그녀에게 쏠렸다. 그동안 머물며 교본성의 소개로 곽수민을 비롯한 간부들과 인사를 했기에, 그녀가 요월선자의 제자이며 청수원 주였던 하경이라는 것을 모르는 사람은 없었다.

"어쩌자는 것이오?"

곽수민이 그녀를 향해 물었다.

"어차피 인질로 잡혀가게 하면 총행두님은 이미 죽은 목숨이나 다름없어요. 그분에게 그런 치욕을 안겨 드리느니 이곳에서 깨끗한 최후를 맞게 해드리는 것이 차라리 나아요."

"……"

곽수민은 입을 닫았다.

틀린 말은 아니었다.

자신도 그런 생각을 해보지 않은 것은 아니었지만 수하 된 입장으로 도저히 그런 명령을 내릴 수는 없었기에 채택할 수 없는 생각이었다. 교본성을 이렇게 떠나보내면 차기 산서 상방의 총행두는 결국 자신이었다. 그의 머리 속은 복잡하기만 했다.

"네년은 누구냐?"

악화는 면사녀가 방금 전 교본성 옆에 서 있던 계집이라는 것을 알고는 내심 그때 베어버리지 않은 것을 후회했다.

"네놈이 알 것 없다. 같이 죽을 테냐, 아니면 총행두님을 내려놓을 테냐?"

서릿발 같은 목소리였다.

하경은 소맷자락 속으로 두 주먹을 꼭 쥐어가며 정신을 똑바로 차리려고 노력했다.

어디서 그런 용기가 나는 것인지 몰랐다. 하지만 지금 그녀의 머리는 어떤 이유로든 교본성을 내어줄 수 없다는 생각뿐이었다. 내색은 하지 않았지만 그동안 남몰래 스승님에 대한 죄책감으로 얼마나 힘들었는지 몰랐다. 자신이 그런 스승에게 등을 돌린 것은 사람답게 살고 싶다는 생각 때문이었다.

교본성.

처음 본 순간부터 정감이 가는, 마치 동생 같기도 한 맑은 청년이었다. 스승님에 대한 보은이라는 생각 또한 없지 않았기에 무영을 떠나면서까지 열성적으로 도왔던 자신이었다.

그런 그를 남의 뜻에 따라 휘둘리는 꼭두각시의 고통을 안고 살게 만들 수는 없었다.

'정히 죽임을 당한다면 저도 자결해 죽음으로 사죄를 드릴게요.'

면사 속의 하경은 이를 앙다물었다.

"조준!"

하경이 그들의 명령권자도 아니건만 그 말에 조총수들의 총구가 일제히 올라갔다.

“셋을 세겠다. 그동안 총행두님을 풀어주지 않으면 사격 명령을 내리겠다. 하나!”

“흐흐, 절대 그렇게 못할걸.”

악화는 여유있는 웃음을 띠며 비웃듯 말했다.

하경은 상대의 말에 대꾸도 하지 않았다. 어차피 판을 벌인 도박이었다. 문득 자신이나 교본성이 결혼도 해보지 못하고 죽을지도 모른다는 생각을 했다.

‘내세에 부인이 되어드릴게요.’

그렇게라도 하는 것이 도리라고 믿었다.

“둘!”

‘아니, 저 계집이!’

둘을 세는 순간 악화의 가슴이 철렁 내려앉았다.

악화의 내심에서 어쩌면 이곳에서 총에 맞아 죽을지도 모른다는 생각이 고개를 들기 시작했다.

얼른 곽수민을 보았지만 놈은 먼 산만 쳐다보고 있었다. 무슨 일이 벌어지든 상관하지 않겠다는 뜻이었다. 조총수들도 곽수민과 하경의 눈치를 교대로 보고 있었다. 하지만 마지막 셋이 떨어져 몇 놈만 방아쇠를 당기더라도 그걸로 자신은 끝이었다.

그의 눈빛이 흔들리기 시작했다.

“셋!”

마지막을 센 하경이 손을 들어 올렸다.

방아쇠에 손을 건 조총수들의 어깨가 움찔하는 바로 그 순간,

“잠깐!”

악화가 다급하게 하경의 행동을 중단시켰다.

"내가 이놈을 놓아준다면 우리 안전을 어떻게 보장하겠느냐?"

"내가 보증하지."

곽수민이 나서며 말했다.

"흐흐흐, 웃기는 소리. 너라면 어쩌겠느냐는 대답을 다시 들려주고 싶군."

그 말에 곽수민이 입을 닫았다.

"내가 인질이 되겠다."

하경이 말했다.

곽수민은 크게 놀랐다.

저런 여자였던가?

어린 나이에도 청수원을 중원제일의 위치에 올려놓았다는 상방 내의 전설적인 얘기는 그도 들었다. 오늘 직접 일 처리하는 솜씨를 보니, 상대를 목을 조여 마침내 손을 들게 하는 능력이나 그 배포에 소문이 결코 과장이 아님을 알았다.

"네년이 무슨 자격으로 그런 소리를 하느냐?"

"총행두님의 혈도를 풀어 직접 여쭈어보거라."

그 말에 악화가 재빨리 교본성의 아혈을 풀어주었다.

교본성도 하경과 악화의 대화를 모두 듣고 있었지만 아혈을 제압당해 말을 하지 못하고 있었을 뿐이었다. 그러는 동안 그는 미칠 지경이었다.

"안 돼! 내가 따라가겠소! 그 여자와는 거래할 것도 없소!"

교본성은 마치 악을 쓰듯 소리쳤다.

하경을 그렇게 만들 수는 없었다. 하경을!

"절대 안 돼!"

교본성이 악을 썼다.

얼굴을 가린 면사만 아니었다면 사람들은 하경의 눈에 맺힌 이슬을 볼 수도 있었을 것이다. 그녀는 그저 고개만 저었다.

"그만 하면 되었느냐?"

하경이 악화를 향해 물었다. 말소리가 떨려 나왔다.

"안 돼요!"

교본성은 그저 그렇게 소리치는 것이 고작이었다. 목소리는 갈라졌고 관자놀이에 핏줄이 불끈거리도록 소리쳤건만 아무도 그의 고함 소리에 귀를 기울이는 사람은 없었다.

"좋다."

교본성의 광적인 반응에 마침내 악화가 결정을 내렸다.

"내가 저리로 건너가는 동안 놈이 수상쩍은 행동을 하면 즉시 사격 명령을 내리세요."

하경은 어느새 정신을 차리고 밖으로 나온 남안을 향해 말했다.

곽수민이 아닌 남안에게 맡긴 것은 곽수민은 입장이 난처해 명령을 내리기 쉽지 않다는 것을 상대도 이미 간파하고 있기 때문이었다. 그러기는 남안도 마찬가지였지만 놈이 남안의 정체는 모를 것이라는 생각이었다.

"안 돼요! 오지 말아요!"

이제 교본성의 목소리는 거의 울음으로 변했다.

"쿨럭! 조총수들은 지금부터 내 명령만을 받는다. 모두 두 사람의 대화를 들었을 것이니, 쿨럭! 쿨럭! 행여 명령을 따르지 않고 망설이는 자는 이 자리에서 목을 베겠다."

남안은 아직 발길질에 당한 충격이 가시지 않았는지 연신 기침을 해대면서도 단호한 어조로 말했다.

하경은 조금도 망설임없이 똑바로 상대를 향해 걸어갔다.

“안 돼요, 안 돼, 흐으!”

교본성은 절규했다. 혈도를 제압당해 몸을 움직일 수 없는 상태에서 그가 할 수 있는 일은 그게 전부였다.

하지만 그럴수록 악화의 마음은 한결 든든해졌다. 목숨을 보장할 확실한 거래를 한 셈이었다.

“안 돼! 커억!”

악을 쓰며 소리치던 그는 목이 잠기는지 더 이상 말을 계속하지 못했다.

악화는 하경이 앞으로 오자 재빨리 그녀의 완맥을 거머쥐고 앞으로 끌어당긴 후에 곽수민을 향해 교본성을 던졌다.

“으헛!”

곽수민이 크게 놀라는 중에 무공이 높은 수하 몇이 재빨리 달려와 교본성을 안전하게 안아 내렸다.

“안 돼!”

어느 틈에 혈도를 풀어주었는지 그가 그대로 벌떡 일어나 하경에게 달려가려고 하자 호위무사들이 황급하게 그를 붙잡았다.

“안 된다, 이놈들! 어서 누님을 풀어주지 못할까? 어서……!”

교본성은 혈육 간이라도 이보다는 더할 수 없다는 생각을 할 정도로 소리 지르며 발버둥 쳤다. 호위무사 중 하나가 재빨리 그의 수혈을 짚자 악을 쓰던 그의 몸이 축 늘어졌다.

하경을 앞세운 악화의 뒤를 백소무와 호당이 따랐다.

“멈춰라!”

갑자기 남안이 소리쳤다.

“무슨 짓이냐?”

악화는 가슴이 철렁했다.

이제 칼자루를 쥔 놈들은 상대였다. 게다가 겨우 응급지혈은 해두었지만 호위무사와의 싸움 중 몸에 입은 상처로 더 버티기도 쉽지 않은 형편이었다.

“뒤에 두 놈은 남아야 한다.”

남안의 말에 놀란 백소무와 호당이 악화의 뒤로 바싹 붙었고 반대로 악화의 안색은 밝아졌다. 누구나 제 목숨은 중했다.

“인질은 어찌하려고 그냥 가느냐? 두 놈은 뒤에 남아 안전한 곳에서 그 여자와 맞교환이 되어야 할 것이다.”

“너희들은 잠시 남아라. 인질 교환 장소는 포구로 하고 내가 배를 탄 후에 인질들을 각각 배에 태워 보내기로 하자.”

‘니미럴!’

백소무와 호당의 안색이 시커멓게 변했다. 하지만 지금 그들의 편이 되어줄 사람은 아무도 없었다.

“좋다.”

악화는 하경을 안고 담장을 넘어갔다. 상처가 적지 않게 깊었기에 그도 힘들게 몸을 추스르고 있는 형편이라 더 이상 약점이 노출되기 전에 어서 자리를 떠야 했다.

‘빌어먹을 놈.’

사라지는 악화를 보며 남은 백소무와 호당은 서로 얼굴을 마주 보며 쓴맛만 다셨다.


약속에 따라 인질 교환은 포구에서 이루어졌다.

남은 병력을 거두어 배를 탄 악화 일행은 화살의 사정거리를 피해 멀찍이 반대 편으로 물러섰다. 사공 하나를 태운 소선이 악화 일행의 배로 다가왔고 악화 편에서도 소선 하나가 포구를 향해 노를 저어갔다.

하경의 몸 상태를 점검한 사공이 포구를 향해 이상이 없다는 신호를 보내자, 포구 쪽에서 교환할 인질을 출발시키라는 신호가 떨어졌다.

인질을 태운 두 척의 소선이 강상(江上)에서 서로 마주쳤다.

'다 저년 때문에 이런 수모를……'

하경을 본 고루신마 백소무는 살심을 품었다.

사공에게 전음으로 배를 상대 배에 가까이 가도록 지시한 그는 두 배의 거리가 삼 장 정도로 좁혀지자 공력을 끌어올려 일장을 날렸다.

펑!

희뿌연 고루장이 하경을 향해 날아왔지만 배를 젓던 사공도 특별히 선발된 자였기에 재빨리 장력을 날려 독무(毒霧)를 흩뜨리고는 호흡을 멈추었다.

'흡.'

하지만 미처 대비를 하지 못한 하경은 독무의 일부를 마실 수밖에 없었다. 갑자기 정신이 아득해 왔고 몸이 말을 듣지 않았다.

"아……."

쿵!

하경은 정신을 잃고 배 위에 쓰러졌다.

'바보.'

그런 백소무를 향해 악화가 비웃음을 날렸다.

하잘것없는 계집 하나를 죽이기 위해 자신의 목숨을 건 멍청한 짓이었다. 예상대로 포구 쪽에서 쇠뇌가 날아왔고 백소무 일행은 피하기에 바빴다. 다행히 거리가 제법 멀어 무사히 배로 건너오기는 했다.

"출발!"

악화의 지시에 따라 다섯 척의 배가 출발했다.

'또 실패로군. 이 정도 병력이라도 수습해 가는 것을 다행으로 여겨야 하나?'

악화는 뱃전에 서서 눈을 지그시 감았다.

대체 무엇을 얻으려고 이런 난리를 치게 만드는가? 그저 그렇게 살면 되는 것을… 대체 무엇 때문에 아웅다웅 다투며 살아야 하는가? 그냥 조용히 살기에도 너무나 짧은 인생이 아니던가?

어디론가 몰래 달아나고 싶다.

고아인 자신을 거두고 키우며 무공을 가르쳐 준 은혜가 아니었다면 벌써 어디론가 자취를 감추었을 자신이었다.

싫었다.

정말 싫었다.

이렇게 사는 것은 정말 싫었다.

눈물이라도 펑펑 쏟아가며 통곡하고 싶었다.

악화는 지쳤다.

'크윽!'

갑자기 상처가 무섭게 쑤셔오며 극심한 고통이 엄습했다.

쿵! 쿵! 쿵! 쿵! 쿵!

별안간 그의 상념을 깨는 요란한 포성이 야공을 찢으며 천지를 뒤흔들었다.

"또 뭐냐!"

눈을 번쩍 뜬 악화가 신경질적으로 참을 수 없어 악을 쓰듯 소리 질렀다.

꽝!

폭음과 함께 바로 옆을 달리던 배가 제대로 한 방 맞았는지 움찔하며 크게 몸을 떨었다.

쿵! 쿵! 쿵! 쿵!

포격은 잠시도 쉬지 않았다.

"무슨 일이냐?"

악화가 신경질을 참을 수 없어 악을 쓰듯 소리쳤다.

하지만 아무도 대답하는 사람이 없었다. 양주 포구를 떠난 지 아직 반 시진도 채 지나지 않았다.

진강채주 서문탁이 달려왔다. 그는 악화가 타고 있는 배의 운항을 책임지고 있었다.

"아무래도 장무영이란 놈이 이끄는 무적 호송선단 같습니다."

"확실한가?"

"지금 장강 일대에서 이만한 화력의 선단을 보유한 자는 그놈밖에 없습니다. 관선들도 이 정도는 아닙니다."

그러지 않아도 포성을 듣는 순간 장무영을 떠올리고 있던 악화였다. 직접 몸으로 겪고 실컷 당하지 않았던가?

"어떻게 했으면 좋겠느냐?"

수전(水戰)이라면 아무래도 서문탁의 의견을 존중해야 했다. 지난번 해룡방 방주 의견을 무시하고 고집을 피웠다가 큰 실패를 맛본 터였다.

"방법이 없습니다. 해전에서는 화력이 절대적입니다. 지금으로선 피해를 무시하고 그저 뭍으로 배를 대고 달아나는 것이 최선인 것 같습니다."

"배를 뭍으로 최대한 가까이 대도록 해라!"

악화가 급히 명령을 내렸다.

'크으!'

참을 수 없는 고통이 다시 그를 괴롭혔다. 어쩌면 그것은 상념 속의 아픔인지도 몰랐다.

꽝!

또 한 척이 당했다. 악화의 지시에 따라 배들끼리 등불로 서로 교신을 해가며 바삐 뭍으로 붙었다.


"쏴라!"

무영은 갑판에 서서 포격을 지휘하고 있었다.

반격도 하지 못하는 강선(江船)들이 상대니 두려울 것이 없었다. 무영은 입에 거품을 물어가며 연신 포격 명령을 내렸다.

'허!'

유석대는 입을 다물지 못했다.

무영의 전투함이 없었더라면 서로 활을 쏘아가며 치열하게 격전을 벌였을 상황이었다. 꼬리를 내리며 달아나는 배들을 보자 은근히 무영이란 존재에 대해 두려움마저 들었다.

영원한 친구도 영원한 적도 없는 것이 강호가 아닌가?

그의 표정이 알 듯 모를 듯 굳었다.

쿵! 쿵! 쿵! 쿵! 쿵!

포격은 점점 정확도를 더했다.

꽝! 꽝!

잠깐 만에 강변으로 도주를 하던 세 척의 배가 속도를 잃고 기울어가기 시작했다.

선부들이 앞 다투어 물로 뛰어들었고 소선들이 내려져 재빨리 달아나는 모습도 보였다. 널빤지를 안고 물로 뛰어드는 자들도 적지 않았다.

악화는 강변에 서서 그런 모습들을 지켜보았다. 소선을 내려 겨우 달아날 수 있었던 것이다. 어느새 사제들을 비롯한 이번 싸움에 참여했던 채주들이 하나둘 그의 곁으로 몰려들었다.

"가자."

악화가 몸을 돌렸다.

욕심 때문에 죽고 죽이는 사람들의 틈에 끼어 미쳐 가는 것도, 바라보는 것도 이제는 모두 지겨웠다.

아니, 역겨웠다.

지독한 악취가 코를 스쳤다.

항상 그의 곁을 떠나지 않는 시체 냄새.

문득 얼굴을 찡그린 그는 황급히 코를 감싸 쥐었다.

"으흡!"

악화는 구역질이 올라오는 것을 겨우 참았다.


무참히 부서지는 적선들을 보는 무영의 입가에서 미소가 배어났다. 이만하면 체면치레는 충분히 한 셈이었다.

마교의 최후를 장식한 장무영!

이제 무림은 그 이름을 영원히 기억할 것이다.

생각만 해도 가슴이 뿌듯했다. 자신도 당당한 중원무림의 큰 세력으로 떠올라 있음을 믿어 의심치 않았다.

'보았소?'

유석대는 자신을 바라보는 그의 눈에서 오만을 보았다.

'건방진 놈!'

그는 애써 무영의 눈길을 피했다.

하지만 그는 오늘 무영에게 숙인 이상으로 다른 문파의 사람들로부터 인정을 받은 것으로 만족했다.

청방을 동원하고, 장무영을 동원하고…….

그들은 이구동성으로 유석대를 치켜세워 주었다.

그것으로 충분했다.


교본성은 식음을 전폐했다.

그는 모든 것을 잊고 하경의 간호에만 매달렸다.

비록 약한 고루장에 쏘였지만 무공을 모르는 그녀였기에 상당히 위중한 상태로 벌써 사흘이 넘게 혼수상태에 놓여 있었다.

성안에 유명하다는 의원은 물론 멀리 남경과 소주, 항주 등 인근의 여러 곳에서 제법 이름이 있는 의원들은 죄다 불러왔지만 하경의 상세는 별반 차도를 보이지 않았다.

숨 쉬는 것에 조금이라도 불편을 없게 하기 위해 면사를 걷어두었는데, 파리하게 죽은 입술과 눈가의 거뭇거뭇한 피부색은 곧 죽어갈 사람의 얼굴과 다르지 않았기에 교본성은 더욱 애가 탔다.

"다, 당신이 죽으면 내세에서라도 부인이 되어드리겠어요……."

아직 깨어나지 못한 하경이 침상에 누워 혼몽 속에서 몇 번씩이나 하는 헛소리였다.

"……."

가슴이 뭉클했다.

하경이 아니었으면…….

산서 상방의 행두들이 자신을 총행두로 인정하든 아니든 간에 상방의 최대 지분을 가진 고동은 교본성 자신이었다. 매년 막대한 이익금이 절로 굴러들어 올 테니 그보다 더 이상 확실한 담보물이 없었다.

자신의 몸을 던진 여자.

말할 수 없는 사랑과 연민이 파도처럼 밀려들었다.

"허엉!"

하경의 파리한 손을 고이 감아쥔 교본성은 눈물을 비 오듯 쏟아냈다.


마안채(馬鞍寨).

음풍신권 당열지는 금릉전장에서 운반해 온 마차의 보화를 지키는 임무를 맡고 있었다. 수천만 냥에 이를 것이라는 예측만 할 뿐 누구도 자세한 액수를 알 수 없을 정도의 엄청난 금액이었다.

그는 대사형이 염방으로 떠난 직후부터 묘한 불안감에 싸였다.

모두가 염방을 치러 떠난 마안채에 남아 보화를 지키는 일이 영 내키지 않았다. 이런 일이란 공은 없고 그저 책임만 따른다는 것을 잘 알기 때문이었다. 그 엄청난 보화를 지키기 위해 남은 사람이라고는 귀견수 오십과 마안채 수적들 백여 명이 전부인 것이 그를 더욱 불안하게 했다. 마음만 먹으면 안으로 들어가 편히 쉴 수도 있겠지만 뭔가 찜찜한 생각이 그를 마차 주변에서 떠나지 못하게 했다.

'여럿이 있다가 나 혼자 남아 지키려니 별 생각이 다 드는군.'

귀견수들이 금궤 주변 곳곳에 매복해 있어 외인이 감히 접근하지도 못하겠지만 그런 마음은 쉽게 가시지 않았다.

'응!'

갑자기 공기의 흐름이 이상하게 느껴지는 것 같아 그는 귀를 쫑긋 돋우고 내력까지 끌어올려 가며 주위를 살폈다. 신경을 곤두세워 가며 집중했지만 아무런 인기척도 발견하지 못했다.

'내가 너무 긴장을 했나.'

차라리 염방으로 가서 싸울 터이니 다른 사람을 대신 세워달라고 할 것을 그랬다는 후회마저 일었다.

"커억!"

갑자기 단말마 소리가 들려왔다.

휘익!

당열지는 나는 듯 몸을 날려 달려갔다.

매복해 있던 귀견수 세 명이 지른 소리였다. 비명 소리는 하나였지만 다른 둘은 미처 비명을 지르지도 못한 모양이었다.

"적이다!"

당열지는 황급히 외치며 검을 빼 들었다. 어느 틈에 짙은 살기가 그의 주위를 덮고 있었다. 심장이 쿵 내려앉았고 모골이 송연해졌다. 상대는 조를 이루어 숨어 있던 귀견수들을 소리없이 해치울 만한 실력을 가진 놈이었다.

"크악!"

"커억!"

"큭!"

다시 세 명이 죽어 나갔다. 이번에는 모두들 대비를 하고 있었기에 비명 소리나마 지를 수 있었던 모양이었다.

연이은 비명에 당열지의 긴장은 극에 달했다. 아무리 귀를 열어도 상대의 움직임이 포착되지 않았다. 첫 번째라면 몰라도 비명 소리에 호흡까지 죽여가며 미리 대비를 하고 있었을 귀견수 셋이 또 그렇게 당했다는 사실이 그를 경악하게 했다.

"나가보자!"

십여 명의 귀견수들을 대동하고 건물 밖으로 나선 당열지는 냉정을 찾으려고 노력하며 날카로운 눈매로 건물 주변을 샅샅이 훑었다. 기이하게도 마안채 수적들은 그림자도 보이지 않았다.

'놈, 어디냐……?'

놈의 귀신 같은 움직임을 보건대 적어도 상대의 무공 수위는 자신들이 가장 두려워하는 대사형의 아래로 보이지도 않았다. 보이지 않는 적을 찾으려는 귀견수들의 살기가 자신에게도 느껴졌다.

'응?'

미세한 기(氣)의 움직임이었다.

"컥!"

"아악!"

미처 비명의 여운이 채 가시기도 전에 현장에 도착한 그가 본 것은 처참한 자세로 널브러져 있는 귀견수 셋의 시신이 전부였다.

당열지는 시체의 상흔을 살폈다.

'음!'

상대는 급소에 정확히 일검을 찔러 넣었는데, 죽은 자세로 보아 나머지 둘은 반항을 하려고 한 듯 몸을 틀고 죽어 있었다. 하지만 그게 전부였다.

그는 더 이상 움직이지 않았다. 벌써 아홉 명, 이대로 있다가는 반각이면 모두 당할 형편이었다.

"모두 회의청 안으로 들어가라!"

당열지의 명령에 주변 건물 곳곳에서 귀견수들이 몸을 일으켜 회의
청으로 몰려들었다.

"아니!"

죽은 귀견수는 아홉이 아니었다.

남은 자들은 서른 둘, 예상보다 훨씬 적은 인원수에 머릿수를 헤아
려 보던 당열지는 자신이 알고 있는 것보다 두 배 가까운 인원이 이미
살해된 것을 알았다. 모두 여섯 개 조가 당했다.

'대단한 놈!'

모골이 송연해지며 자신도 모르게 검을 쥔 손이 떨려왔다.

그는 귀견수들을 이끌고 건물 안으로 들어가 출입구만을 철저히 감
시하기로 했다. 출입구는 물론이고 회의청에 난 십여 개의 창문까지
철저하게 감시를 붙여놓은 후에야 약간 안정을 되찾은 그가 막 돌아서
려는 순간이었다.

쾅! 쾅! 쾅!

어디선가 커다란 돌덩이들이 건물 벽을 사정없이 부수고 날아들었다.

"으악!"

미처 피하지 못한 귀견수 하나가 이마에 피를 흘리며 쓰러졌다. 하
지만 문제는 그게 아니었다.

우르릉!

계속 날아드는 수십 개의 돌덩이에 버티지 못한 건물의 기둥들이 심
하게 흔들리기 시작했다. 수적들의 회의청에 불과한 곳이니 튼튼하게
지었을 리도 없었다.

건물 지붕이 흔들리는가 싶더니 기왓장이며 나뭇조각들이 우수수
떨어져 내리기 시작했다.

“컥!”

한꺼번에 쏟아져 내리는 나무 기둥들을 이리저리 몸을 날려가며 피하던 귀견수 몇이 제대로 맞아 크게 다쳤다.

우르릉! 쿵! 쿵!

마침내 계속되는 공격에 견디지 못한 건물이 한꺼번에 무너지며 흙먼지가 사방을 덮었다.

“아니!”

주변을 둘러본 당열지는 크게 놀라지 않을 수 없었다. 언제 모여들었는지 수십 명의 복면인들이 건물 터를 포위하고 있었다.

“쫘랏!”

순간 흑의인들이 화살을 쏘아 날렸다.

쐐애액! 쐐액!

“크아악!”

“으악!”

화살을 날리는 자들의 무공이 보통이 아닌지 파공음마저 예사롭지 않았고 어둠 속이라 화살을 피할 길이 없었다. 무너지는 건물 더미에서 겨우 살아남았던 귀견수들은 미처 정신을 차릴 겨를도 없이 속속 화살에 꿰이며 쓰러졌다.

“이놈들!”

당열지는 팔짱을 끼고 우뚝 서 있는 지휘자로 보이는 복면인을 향해 달려들어 검을 휘둘렀다.

“헛!”

그가 벤 것은 허공이었다.

미처 자세를 수습할 틈도 없이 싸늘한 냉기가 그의 옆구리에 흘렀기

에 상대의 반격에 허리를 베인 것이 틀림없다는 생각이 들었다. 그는
재빨리 검을 떨쳐 내고는 훌쩍 뒤로 물러섰다.

당열지를 공격했던 상대가 뒤로 훌쩍 물러서더니 한편에 서서 그들
의 싸움을 지켜보던 다른 복면인을 향해 고갯짓을 했다. 그러자 이번
에는 그가 검을 뽑고 다가왔다.

'이놈들이!'

임무 교대라니…….

'큭!'

마치 놀림을 당한다는 생각에 치미는 화를 억지로 삭이려던 그는 허
리에서 퍼져 가는 심한 통증에 신음성이 나오려는 것을 겨우 참았다.
느낌으로 보아 가벼운 상처가 아니었다.

싸악!

복면인은 일견하기에도 예사롭지 않은 현란한 동작으로 검을 휘두
르며 당열지를 압박했다.

'좋다. 네놈이라도!'

바짝 약이 오른 당열지의 검이 화려하게 쳐져 있던 복면인의 검막을
뚫으며 베어갔다.

창! 창! 창!

순식간에 세 차례의 공수를 주고받은 당열지는 감각적으로 상대의
실력이 자신에게 미치지 못한다는 것을 알았다. 그는 상대를 향해 복
수를 하듯 날카로운 공격을 연이어 퍼부었다.

"훗!"

요란했던 초장의 공세는 어디 가고 상대는 힘에 겨웠든지 연신 뒤로
밀리며 수비에 급급했다. 초식은 매섭되 여유가 없는 것으로 보아 경

험이 없어 보였다.

여유가 생긴 당열지의 머리가 빠르게 돌아갔다.

주변이 조용한 것을 보니 이미 귀견수들이 모두 제압된 것이 틀림없었다. 정공으로 나왔어도 감당할 수 없었을 터인데 굳이 암습을 하고 화살을 쏘는 등 마치 전쟁터에서와 같은 치밀한 작전을 구사한 것은 자기편의 희생을 줄이려는 것임을 알았다. 게다가 처음의 놈은 자신을 상대로 두 번째 복면인에게 실전 연습까지 시키고 있음을 알았다.

"타앗!"

당열지가 요란한 기합을 넣으며 비스듬히 베어가자 상대가 놀라며 전력을 다해 방어를 했다.

쐐액!

무서운 검기가 바람을 찢으며 나갔지만 허초였다.

당열지는 재빨리 검을 회수하며 몸을 틀어 상대에게 일장을 날렸다. 얼핏 보기에는 가볍게 손을 휘두르는 것으로 보였을 정도인 그의 장력이 어둠을 타고 상대를 가격했다.

음풍투골장(陰風透骨掌).

펑!

복면인의 몸이 심하게 휘청거리는 순간 당열지의 몸이 어둠 속으로 빨려들었다.

"서랏!"

물러섰던 복면인이 고함치며 재빨리 그를 추격했다. 그의 신법은 당열지를 능가했다.

'제기랄!'

작심하고 달아나던 당열지는 마음을 고쳐먹어야 했다. 거리가 삼사

장 정도로 좁혀지자 더 이상 버틸 수 없다고 생각한 그는 허공으로 몸
을 날렸다.

"아니, 저놈이!"

보기에도 위험해 보이는 비스듬한 절벽 아래로 떨어지는 그의 모습
을 보면서도 복면인은 더 이상 추적을 할 수 없었다.

쿠르르르…….

수십 장 아래는 꿈틀대는 장강의 거센 물결이 있었다.

풍덩!

"음!"

복면인은 아쉬운 신음성을 남기고는 돌아섰다.

'음!'

당열지는 절벽 중간의 바위 밑에 납작 몸을 붙이고 있었다.

장강의 검푸른 물결 속으로 떨어진 것은 절벽에 걸쳐 있던 바위였
다. 중간에 우거진 나무들이 상대의 시야를 가려준 것은 그에게 행운
이라 할 수 있었다.

'놈들이 이곳을 습격할 정도라면…….'

당열지의 머리가 바쁘게 돌았다.

사부의 모든 전력이라 할 수 있는 대사형이 이끄는 병력도 양주에서
변을 당했을 가능성이 컸다.

'그래, 당분간 어디 숨어 있으며 대세를 관망해야겠군.'

어쩌면 자신이 선택했던 배는 이미 바닥에 큰 구멍이 나 침몰하고
있는 중인지도 몰랐다.

제2장 어떤 승부

천주봉.

대용의 붓끝처럼 솟아 있는 수십 개의 봉우리 중 가장 험하고 가파른 봉우리라 할 수 있다.. 그 산기슭에 웬만큼 자세히 보아서는 알 수 없을 정도로 교묘하게 산세에 파묻힌 조그만 장원이 있다.

장원 내실.

중앙 태사의에 백발의 노인이, 그 아래로 장방형의 탁자를 두고 악화와 그의 사제들이 서열에 따라 자리를 잡고 있었다. 방 안에는 숨소리마저 크게 내기 힘들 정도의 긴장감이 흘렀다.

"허허허, 그놈의 잔꾀에 당하다니……."

태사의에 앉은 노인의 자조 섞인 말이었다.

"제 불찰입니다. 설마 놈이 그런 기회를 노려 뒤통수를 치리라고는 전혀 생각지 못했습니다.”

악화가 얼굴을 붉히며 말했다.

“어차피 언젠가 없애려고 마음을 먹었던 놈이다. 놈은 양지에서 햇볕만 골라 쬐었고 나는 음지에서 야망을 키웠다. 내게 고개를 숙인 줄로만 알았더니……. 허허허, 놈은 효웅이었어. 하지만 대단한 놈은 아닐 것이다. 지금 내가 가슴이 아픈 것은 수십 년을 키워온 제자들 중에서 넷이나 생사를 알 수 없다는 것이 전부다.”

백골마조 철지상과 무정공자 낙일도, 음풍신권 당열지, 그리고 만독대왕 파가를 말하는 것이었다. 그중 낙일도는 어산도에서 죽은 것으로 알고 있었지만 철지상과 당열지, 파가 등은 행방이 묘연했다.

노인이 말을 이었다.

“내가 중원 최고수였을 때 놈은 이름조차도 알려지지 않았었다. 그랬기에 나는 무림에서 적수가 없음을 아쉽게 여기고 천하를 욕심 냈었다. 하지만 하늘이 나를 돕지 않으니……. 천명(天命)이 아직 당금의 황실인 주씨에게 있는 것 같구나. 하지만 이 땅에 황제가 둘일 수 없듯 이 무림의 제왕 또한 둘일 수 없다.”

“영악한 놈입니다. 충성스러운 개처럼 보였지만 결국 기회를 포착해 우리 목을 물었습니다.”

악화가 조심스런 어조로 말했다.

“어쨌거나 그는 가면을 쓰고 무림맹주까지 오를 만한 지략과 무공을 가진 자이기에 애초부터 네가 역무군을 감당할 수 있다고는 생각하지 않았다. 다만 내가 상대할 시간이 없었기에 네게 일임했던 것이니 너무 자책하지 말도록 해라.”

그 말에 악화를 비롯한 제자들의 표정이 조금 밝아졌다.

사실 여러 번 실패가 일어난 잘못의 원인 중 하나는 자신은 물론 사제들 또한 과장된 보고를 하는 등 부풀리기식으로 처리해 온 탓이 컸다. 그런 보고를 바탕으로 내린 사부의 결정이니 일이 제대로 될 까닭이 없었다.

"하지만 금릉전장에서 가져온 금궤를 놈에게 잃었으니 앞으로 자금을 마련하는 일 또한 결코 태만히 할 수 없다. 게다가 교본성을 이용하려던 계획도 성공하지 못했으니, 결국 남의 떡을 시샘하다 손에 든 것마저 놓친 격이 되었구나. 허허허."

악화를 비롯한 제자들의 표정이 다시 어두워졌다.

"지금 놈과 싸워 이기기 위해 우리에게 가장 필요한 것은 자금줄이다. 하지만 역무군을 눌러놓는 일 또한 소홀히 할 수 없다. 앞으로는 모든 일을 내가 직접 챙길 것이니 그리 알아라."

전면에 나서겠다는 것은 그동안의 잘못에 대한 직접적인 질책이었다. 악화가 얼굴을 붉혔다.

"알겠습니다."

"모두 나가보도록 해라."

그동안 제자들이 제대로 한 일은 금릉전장과 산서 상방을 접수했던 일이 전부였다.

'멍청한 놈들!'

이후로는 실패를 거듭했기에 생각 같아서는 모조리 목을 비틀어 버리고 싶을 정도로 속이 부글거렸다. 하지만 이십 년 넘게 공을 들인 놈들이니 앞으로 쓸 곳이 많았다.


역무군이 본산을 비밀리에 방문해 장문인을 만나고 갔습니다.

전서구를 통해 해남도에서 온 소식이었다.

마안채를 습격해 보화를 탈취해 간 것도 놈이 결국 이쪽의 정체를 알아냈다는 말이었다.

"나를 알아냈다는 말이군."

그랬다. 그는 반군의 수장 서홍유 행세를 했던 묘이강으로 양산박을 떠나 천주봉으로 돌아와 있었다..

"후후, 제법이군."

그는 가볍게 웃었다. 하지만 허세였는지 얼굴 한구석의 어두운 기색을 감추지는 못했다.

'너무 버려두었나……'

놈의 진정한 무공 수위를 아는 사람은 아무도 없었다.

알려진 것은 그가 옥허궁에 들어가기 전에도 상당한 실력이 있었다는 것과 역대 옥허궁주 중에서 허무관(虛無關)을 통과한 몇 안 되는 사람 중 하나라는 것이 전부였다. 무림에 알려진 바로 허무관은 옥허궁의 모든 무공이 집대성되어 있는 죽음의 관문으로 욕심만으로 함부로 입관했다가는 그곳에서 뼈를 묻는다는 말이 나도는 곳이었다.

그런 생각을 하니 혹시 자신이 놈을 너무 쉽게 생각해 온 것이 아닌가 하는 염려가 고개를 들었다. 놈의 세력이 갑자기 커진 게 문제가 아니라 여러 차례 실패를 통해 이쪽의 전력이 급속히 약화되었다는 것이 문제였다. 이제는 놈을 통제하려고 해도 쉽지 않았다.

'음… 어쩔 수 없군.'

묘이강은 마음을 굳혔다.

　반란의 여파인 녹림 세력의 급격한 팽창은 그러지 않아도 금릉전장의 붕괴로 허덕이던 상인들의 허리띠를 더욱 압박했다.

　결국 그들은 비싼 운송료를 지불해 가며 표국을 찾아야 했다. 하지만 안전하게 운송을 맡아줄 표국은 한정되어 있었기에 운송을 의뢰하려면 몇 달을 기다려야 했다. 장사의 때를 맞추는 것이 중요한 상인들로서는 발만 구를 수밖에 없었다.

　장강 이남의 물자들을 북으로 운송하기 위해서 주로 이용되는 길은 장강 하류의 양자진을 돌아 양주로 들어서서 수로를 타고 부상하는 방법이었다.

　하지만 패잔병들의 상당수가 수적으로 흡수되어 덩치가 커지면서 조운선(漕運船)이나 관선까지 습격하는 형편이라 수로를 이용하는 것마저도 쉽지 않았다.

　표국도 어렵기는 마찬가지였다.

　워낙 도적들이 들끓다 보니 걸핏하면 죽어 나가는 표사가 되려는 사람도 드물어 쓸 만한 사람을 구한다는 것도 쉽지 않았다. 아무리 운송료를 높게 책정했다 하더라도 표사들이 무수히 죽어 나가서야 운영이 제대로 될 리 없었다. 손님들은 줄을 섰건만 사람을 구하지 못해서, 혹은 너무 많은 표사들이 죽어 나가 채산을 맞추지 못해 문을 닫는 중소 표국이 한둘이 아니었다.


　석가장으로 돌아온 무영은 자신만의 사업에 열중했다.

　남궁화와 아라 공주를 비롯해 남우선과 백문호 등 어산도로 피신했던 식솔들은 당분간 그대로 두고 조씨 형제들만 불러들였다. 남궁화가 따라오겠다고 했지만 번듯한 장원을 지은 후에 부르겠다고 막았다.

섬서 상방을 돌려주었기에 막청과 황영기에 대한 마음의 빚은 덜었다. 하지만 영후발이 섬서 상방으로 가버린 것은 무영으로서는 무척 큰 손실이었다.

어쨌든 얻은 것도 많고 잃은 것도 많았다.

한때의 욕심으로 광동 상방의 일에도 끼어들려고 했지만 그것은 자신의 한계를 인식하는 계기가 되었을 뿐이었다. 하경이 산서 상방으로 가버린 일은 다시 한 번 자신을 돌아보게 했다.

'상관없어.'

내심 그렇게 위안을 하면서도 내 편으로 알았던 사람이 떠났다는 사실에 섭섭한 마음이 드는 것은 어쩔 수 없었다.

떠난 사람들, 죽어서 영원히 돌아오지 못할 길을 간 아버지, 어머니, 마 집사, 그리고 곡완주……. 조씨 형제들도 이제는 곡완주를 찾는 것을 포기했다.

때로는 고비를 맞아 죽음의 문턱을 넘나들기도 했고 숱한 일들을 치르며 대단한 위업을 이룬 것 같기도 했지만 다시 돌아보니 결국 출발점에서 겨우 한 걸음 지나 있었다.

다행히 무영의 호송함대는 은자를 긁고 있다는 표현이 적절할 정도로 수입이 좋았다.

정세가 불안하고 도적들이 설치니 단 한 번의 사고도 없을 정도로 안전하다고 소문이 난 무영의 호송선단을 찾는 고객들은 폭발적으로 늘어 호송비가 오른 것은 물론이요, 오히려 손님에 대해 이것저것 따져가며 물건을 가려서 받는 형편이었다.

상인들은 당연히 무영의 눈치를 보지 않을 수 없었다.

"너무 심하게 올리는 것이 아닐까요?"

갑자기 운송비를 두 배나 올린다는 말에 추명이 걱정스런 투로 말했다.

"원래 돈이란 기회가 있을 때 벌어야 하는 것입니다. 상인에게 있어 축시(逐時)란 제 시기를 놓치지 않는 것으로 지금이 바로 그런 때라고 할 수 있지요."

"하지만 호송비를 올린다는 것은 결국 상인들이 판매할 물건 값을 올리는 것이니 일반 백성들의 피해가 적지 않을 겁니다."

추명은 불만스런 목소리로 말했다.

말단 포쾌로 있었기에 바닥의 백성들이 얼마나 힘들게 하루하루를 살고 있는지 잘 아는 그였다.

"내가 적게 받는다고 그 이익이 백성들에게 돌아가지는 않습니다. 결국 상인들의 배만 불릴 따름이지요."

무영이 따분한 소리라는 듯 그렇게 말했다.

사실 그는 불안감에 싸여 있었다.

그동안 이루어놓았다고 생각한 모든 것들이 자신의 것이 아니었다. 섬서 상방을 돌려주고, 지분을 나누어 주겠다던 위진해는 입을 씻었고……. 영후발도 가버렸으니 남은 것은 호송선단과 시복의 직기공장이 전부였는데 진립과의 약속대로 호송선단을 남해대왕에게 돌려주고 나면 남는 것이 없었다.

알 수 없는 불안감이 그를 다급하게 했고 하루라도 빨리 산더미 같은 재산을 모으고 싶었다.

곡완주의 빈자리가 그를 더욱 허전하게 만들어 그 자리를 돈으로 메우게 하고 있는지도 몰랐다. 묘하게도 곁에 있을 때는 남궁화나 아라 공주보다 못하다고 여겼는데 지금 느끼는 감정은 그게 아니었다.

"이 일은 나에게 맡기고 마교 잔당들의 뒤를 추적해 주시오. 아무래도 복수를 해주기 전까지는 잠을 제대로 이룰 수 있을 것 같지 않소."

"알겠습니다."

추명은 고개를 저으며 물러났다. 뭔가 무영에게 변화가 생기고 있는 것 같았지만 그의 말처럼 자신이 나설 일은 아니었다.

무영의 사업 영역은 바다는 물론 장강으로까지 확대되었다.

수십 척의 수송선을 사들인 그는 양주 일대는 물론이고 장강 줄기를 따라 남경과 무호를 지나 구강까지 운송 범위를 확대했다.

하루에 들어오는 은자만도 수만 냥에 이를 정도로 이익금은 급속히 늘어갔고, 그것으로 다시 배를 구입하거나 새로 건조했고 경호에 필요한 무인들도 사들였다.


장회루.

삼층 별실에 점잖은 문사풍의 중년인 네 사람이 둥근 탁자를 앞에 두고 모여 앉았다.

"본 회에서 그동안 조사한 바에 따르면 마안채까지 운송되었던 금궤가 제삼의 인물에 의해 탈취된 것이 분명합니다. 하지만 범인들은 아무런 흔적도 남기지 않았는데 죽은 자들은 대부분 급소에 한 수를 당해 절명했거나 화살을 맞은 상태로 밝혀졌습니다."

청방의 정춘교였다.

그는 지금 금릉전장의 다섯 고동 중 일 인의 자격으로 이 자리에 참석해 있었다. 뺨에는 흉터 자국이 나 있었는데 지난번 금릉전장을 공격했다가 관군들이 쏜 조총에 비껴 맞은 상흔이었다. 그 때문에 그는 입 근육을 움직이는 데 불편을 겪어 한동안 식사도 제대로 하지 못했었다.

"혹시 범인들이 쓴 무공으로 추적을 해보았소?"

정춘교의 맞은편에 앉은 짙은 눈썹의 중년인이 물었다.

그는 동정 상방의 총행두 유홍의 동생인 행두 유청으로 동정 상방을 대표하여 이 자리에 참석한 자였다.

"유감스럽게도 워낙 평범한 수에 죽어 불가능했습니다. 단 하나 밝힐 수 있었던 것은 급소를 맞고 죽은 자들의 몸에 난 상흔이 일정해 모두 한 사람에 의해 당하지 않았나 하는 것과 무림에서 손꼽을 만한 상당한 무공의 소유자라는 것 정도입니다."

마교에게 빼앗겨 마안채로 운반되었다가 사라진 금궤를 가져간 범인에 관한 회의였다. 전장을 지켜야 하는 임무로 고동의 자격을 부여받은 청방이었기에 무력이 개입된 이번 일은 전적으로 야월회가 담당하고 있었다.

"흠, 범인이 될 만한 자들이 상당히 제한적이라는 말이로군."

중원표국을 대표하는 부국주 도행오(陶行悟)였다.

"저도 그렇게 생각합니다."

장강 이남에서 가장 큰 마방으로 꼽히는 천하 마방(天下馬幇)의 총호법인 탁건충(卓健沖)이었다. 다른 군소마방과 달리 수천여 명에 이르는 마바리꾼을 거느린 천하 마방은 그 발길이 닿지 않는 곳이 없었는데 '수로는 청방이요 육로는 천방이다' 라는 말이 나오게 할 정도로 세를 떨치고 있었다.

금릉전장이 중원제일의 전장이 될 수 있었던 것은 결코 우연이 아니었다. 모두 이들 고동들이 알게 모르게 전장의 일에 협조를 했기 때문이라 할 수 있었다.

"이미 그 부분에 대한 조사를 마쳤습니다."

모두가 숨을 멈추었다.

"여러 가능성이 있지만 장무영을 가장 유력한 용의자로 보고 있습니다."

"으음! 하지만 그는 염방과 마교와의 싸움 당시 해전에 참가하지 않았소?"

탁건충이 그렇게 물었다. 무영이 마교 괴멸의 중심에 섰다는 얘기는 중원 전체에 파다했다.

"그것이 더욱 수상합니다. 조사한 바로 그는 개방 유 방주의 부탁에도 불구하고 지난번 금릉전장 싸움에는 참가하지 않았다고 합니다. 그런데 이번 양주 싸움에는 직접 참여했습니다. 왜일까요?"

"지난번에 불참한 것은 팽가장주와의 싸움 때문이 아니었소?"

"아시는 바와 같이 석가장에는 남북쌍괴와 같은 고수도 있습니다. 현장에 북괴도 있었지만 구경만 했다고 하더군요. 말을 바꾸자면 굳이 갈 필요가 없었다는 말이지요."

"그렇다면 이번은 현장에 없었다는 것을 증명하기 위해……?"

"그럴 가능성이 높습니다. 그의 휘하에 또 다른 어떤 고수가 있어 마안채에서 일을 벌였을지는 아무도 모르지요. 지금 중원에서 그만큼 재정이 넉넉한 사람도 드물지 않습니까?"

정춘교는 장무영에 대한 답변에 많은 부분을 할애했다.

강호에서 잔뼈가 굵은 참석자들이라고 그런 기미를 눈치 채지 못할 리 없지만 그들은 그 부분에 대해 침묵했다.

상대가 그랬다면 이유가 있는 것이다. 문제가 없다면 나설 필요가 없었다. 게다가 어느새 장무영의 존재는 모두에게 두려움으로 떠오르고 있었다.

청방이 견제를 하겠다고 나서는 것인가?

모두들 그렇게 생각했다.

"흠, 그가 가져갔다고 합시다. 그 다음의 대책은 무엇입니까?"

도행오가 물어왔다.

예리한 질문이었다. 모두들 정춘교의 입만 쳐다보았다.

"청방이 혼자 감당하기에는 벅찬 상대입니다. 하지만 이 자리에서 말씀드리고 싶은 것은 절대 포기하지 않겠다는 것이 전부입니다. 계책은 상대가 정해지면 마련할 것이고 우선은 범인을 밝히는 것이 중요합니다."

그의 말에 다른 세 사람의 표정에는 실망의 기색이 역력했지만 그렇다고 더 추궁하는 사람은 없었다.

둘러보던 정춘교가 말을 이었다.

"믿고 기다려 주십시오."

세 명 모두 천천히 고개를 끄덕였다.


정춘교는 목룡군 앞에 부복했다.

"더 기다리게. 어차피 누군가를 희생양으로 삼아야 한다면 선택이라도 제대로 해야겠지."

"저 또한 그렇게 생각하고 있습니다. 만반의 준비가 갖추어질 때까지 미룰 생각입니다."

"그래야겠지. 하지만 자칫 우리가 직접 나서는 경우가 있어서는 절대 안 되네."

"위진해를 건드려 볼 생각입니다. 그가 상방 지분 문제로 장무영과 묘하게 꼬여 있다는 정보가 있습니다."

"장무영 쪽에서는 신경을 쓰지 않는다고 하던데……."

"하지만 그래도 위진해는 껄끄러울 것입니다. 게다가 장무영이 중원의 허리를 막고 있으니 눈엣가시라고 할 수 있겠지요. 반드시 나설 것입니다."

"흠, 자네가 알아서 하게. 하지만 우리가 개입되었다는 어떤 냄새도 풍기지는 말아야 하네. 그자의 뒤에는 남궁세가가 있어. 그리고 암중에 그를 비호하는 어떤 세력 또한 만만치 않고."

"절로 굴러가게 만들 것입니다."

그제야 목룡군은 고개를 끄덕였다.

금궤를 가져간 범인이 역무군이라는 것은 이미 알고 있었다. 역무군은 그들을 돕는 척 따라가다가 배를 돌려 다시 마안채를 기습했다.

마교와 역무군의 무림맹이 갈라서는 순간이었다.

그 모든 것이 배를 이용한 움직임이었기에 청방에서도 전모를 알아낼 수 있었다. 하지만 고동회의에서 역무군을 범인으로 지목해 전모를 밝힐 수는 없었다. 그렇게 했다가는 그 이후 일어나는 일의 뒷감당은 청방의 몫이기 때문이었다. 마교를 상대로 몇 년을 싸워온 지금 청방은 그를 감당할 여력이 없었다.

사건 당시 양주에서 악화를 상대로 해전을 치르고 있었기에 명백히 범인이 아닌 장무영을 끌어들여 거명한 것은 어쩔 수 없는 일이다.

"휴우……."

목룡군은 긴 한숨을 내쉬었다. 문득 장무영의 얼굴이 떠올랐다.

세상일이란 다 그런 것이네.

일이 있으면 분명 이득을 보는 자와 손실을 보는 자가 있다네.

일을 저지른 자와 책임을 져야 할 자가 있다는 말이지. 하지만 책임을 져야 할 자가 아니더라도 누군가 대신 책임을 져줄 자가 되어야 할 필요가 있지.

지금이 그런 때이네.

목룡군은 장강의 파도에 눈을 고정시켰다.

푸른 물결이 출렁였다. 모두 대해로 향하는 물결이었다.

물결은 늘 그렇듯 서로를 밀어댔다. 세상은 물결처럼 그렇게 흘러가는 것이다.

자네 억울한가?

살면서 누구라도 겪는 일이네. 그렇게 받아들이게.

굳이 자네여야 하는 이유는 잘 알겠지?

자네는 청방의 영역을 침범했네. 우리는 희생양이 필요하고…… 지금 중원에는 자네를 싫어하는 사람이 너무 많다네.

다 자네의 업이지!

그의 눈이 다시 자리를 찾았다.

목룡군은 무영에게 구명을 받은 사실이 마음에 걸렸다.

적어도 아직은…….


부양현 걸개방 총단.

이름만 총단이지 곡완주가 거처하는 막사일 뿐이었다.

무영은 문발을 마주하고 걸개방주와 마주 앉았다.

여름 햇볕을 피하기 위해 선실 창문에 걸어두었던 것을 주렴 대신으로 쓰려고 급히 떼어온 것이었다. 군데군데 때가 묻은 것은 물론이고 구멍도 몇 군데 뚫린 엉성한 발이었지만, 안에 앉은 사람을 가려주기에는 충분했다.

문발 바로 앞에는 총호법 문칠이 긴장감에 반쯤 언 자세로 앉아 있었고 이 장가량의 거리를 두고 무영이 자리를 잡았다.

조씨 오 형제도 모두 와 있었는데 무영과 함께한 조일을 제외한 나머지 네 명은 다른 수십 명의 상방 무사들과 함께 막사 밖에서 엄중한 경계를 펴고 있었다.

"그럼 화우 상방에서 의뢰한 물품을 손님이 요구하는 지점까지 운송해 주면 된다는 것입니까?"

상대가 누구라는 것을 잘 알고 있는 문칠이 대부인의 전음을 받아 무영을 향해 말했다.

사뭇 긴장을 풀지 못했기에 말소리도 약간 떨려 나왔다.

오늘의 만남이 이루어진 것은 화우 상방에서 사람을 보내왔기 때문이다.

문칠은 그때의 일을 기억했다.

보고를 받은 대부인은 마치 큰 충격을 받은 사람처럼 휘청거렸었다. 대부인이 화우 상방 총행두와의 만남에 대해 수락의 뜻을 밝힌 것은 그로부터 이틀이 지난 후였다.

'뭔가 관련이 있어.'

걸개선 총선장은 아무나 할 수 있는 자리가 아니었다.

문득 석가장 사람들이 물에 빠진 사람을 찾는다며 전당강 일대를 뒤졌던 기억이 났다. 당시에는 겁에 질려 혹시 날벼락이라도 떨어질까 하여 수하들을 철저히 함구시키기까지 했었다.

'맞아!'

눈치라면 이 바닥 어느 놈에게 견주어도 절대 지지 않을 자신이 있는 문칠이었다. 화우 상방에서 제의가 있은 직후로 방주는 마치 사시나무 떨듯 몸을 떨었고, 무려 이틀 밤을 전용 바위에 홀로 앉아 지샜다는 얘기까지 전해 들은 터였다.

게다가 언제부터 남녀유별을 그렇게 따졌다고 화우 상방 총행두 장무영을 만나는 자리에 문발은 왜 치라고 하는가?

입병이 생긴 것도 아니고 자신이 앵무새 새끼도 아닌데 전음을 받아 말을 전하라는 것은 또 무슨 해괴한 절차인가?

상대를 함부로 대하지 말고 최대한 예의를 갖추어 맞으라는 것은 또 무언가? 전당강 걸개선이나 몰고 다니는 촌놈이지만 해룡방과 남해대왕을 쳐부쉈다는 장무영이니 어련히 알아서 길 터였다. 감히 그에게 자신이 무례라도 범할까 걱정이란 말인가?

'아마 그럴 거야……'

문칠은 자신의 직감을 믿었다. 그런 생각을 하니 새삼 대부인에 대한 존경심이 도를 더했다.

"그렇소이다. 운송 의뢰를 받으면 일단 항주나 소흥까지는 우리 화우 상방이 책임을 지고 그 이후의 세세한 목적지까지는 걸개방에서 맡아주십사 하는 것이오."

무영은 담담한 어조로 말했다.

걸개방의 운송 능력을 크게 눈여겨본 사람은 별로 없었다. 그는 오늘 걸개방주와의 담판이 화우 상방의 미래를 결정할 수도 있는 중요한 자리라고 믿었다.

'후훗.'

무영은 문발까지 치고 수하에게 전음으로 자신의 말을 대신하게 하는 등 상대의 번거로운 절차를 보며 내심 웃었다. 문발 뒤에 앉은 여자는 흰 복면에 백의를 걸쳤고 그것도 모자라 두꺼운 망사로 눈까지 가렸다.

마치 전염병이라도 옮을까 걱정하는 사람같이 보였다.

　워낙 철저하게 몸을 가려 비록 숭숭 구멍이 뚫려 있는 낡은 문발 사이로 대충의 모습이 보였지만 나이조차도 짐작하기 어려울 정도였다.

　하지만 그보다도 더 주목하고 있던 것은 상대의 예사롭지 않은 무공이었다. 암중에 풍기는 걸개방주의 기도로 미루어보아 무공도 결코 자신에게 뒤지지 않음을 짐작했다.

　"이익금의 분할은 어떻게 하자는 것입니까?"

　대부인의 전음을 받은 문칠이 말했다.

　"전체 운송 구간을 대충 거리로 환산해 나누자는 것이오. 예를 들어 소주에서 출발한 물건을 우리가 소흥까지 운송하고 남은 목적지까지는 걸개방에서 운송을 맡았다면, 출발지에서 소흥까지의 거리와 소흥에서 목적지까지의 거리를 계산해 운송료를 나누는 것이지요."

　"그럼 북경에서 출발한 물건이라면 우리는 전체 운송료의 오 푼도 건지기 힘들겠군요."

　전음을 받은 문칠이 말했다.

　'음.'

　그 점은 미처 계산에 넣지 못한 부분이라 무영이 내심 침음성을 삼켰다. 바다를 지나는 해상 운송 경우 물건을 싣고 내리는 비용을 빼면 원가가 거의 들지 않는 편이었다. 상대는 그 점을 지적하고 있었다. 결코 만만한 상대가 아니다.

　"해상 운송은 각 구간에 따른 별도의 비용만을 뽑아 계산에 넣도록 하겠소."

　"물건의 인도 시점은 어디를 기준으로 정할 것입니까?"

　"배에서 내려 창고에 쌓아둔 시점으로 하겠소."

　"도중에 비나 눈을 맞은 경우 물건에 변질이 일어날 수도 있는데, 그런 경우 물건에 이상이 생기는 것은 우리가 인도를 받은 이후지만 기실 원인은 인도받기 전에 맞은 눈비에 있다고 할 수 있습니다. 그런 경우 어떻게 처리하실 것입니까?"

대부인의 계속되는 예리한 지적에 중간에서 말을 전하는 문칠까지도 놀라고 있었다.

"음, 주고받는 시점에서 물건의 상태를 기록하게 하면 될 것이오. 가령 젖어 있었다면 그렇다고 표시를 하자는 말이지요."

"물건받을 자가 자리를 비워 장기간 우리가 보관을 해야 할 경우는 어떻게 할 것입니까?"

그런 경우 귀한 물건이나 변질이 쉬운 물건은 보관에 상당한 부담을 안아야 했다.

"인수를 받을 때 예상되는 인도 시점을 물표에 기록해 그 이후에는 책임을 지지 않는 것으로 하겠소."

"부득이한 사유로 물건을 분실했을 경우 배상은 얼마나 어떻게 해야 합니까?"

"그것도 물표에 미리 표시를 하겠소. 출발지와 도착지 가격을 계산해 중간 가격으로 하면 될 것이오."

"취급할 물건을 어떻게 다루어야 하는지도 물표에 표시해 주십시오. 그렇지 않았다가 도자기 같은 것을 함부로 취급해 깨지기라도 하면 모두 우리 책임이니까요."

"좋소. 물표에 그것도 기록하겠소. 언급하지 않은 그 밖에 다른 문제에 대해서도 문제가 되면 일반적인 관례에 따라 서로 손해가 가지 않는 방향으로 합의하는 것으로 하겠소. 본인이 원하는 것은 물건을 안전하게 운송하고 돈을 벌자는 것이지 내 이익을 위해 걸개방에 손해를 끼치자는 것이 아니오."

문칠이 잠시 말을 끊고 문발 뒤에 있는 대부인을 바라보았다. 더 이상 전음이 이어지지 않았기 때문이다. 대부인은 잠시 생각에 잠긴 듯 말이 없다.

낑낑.

그때였다. 어디선가 고통에 찬 개 울음소리가 잠시의 침묵 사이를 파고들었다. 문칠의 눈에 대부인이 놀라 몸을 움찔하는 것이 보였다.

무영이 고개를 갸웃했다. 어디서 많이 듣던 개 소리였다. 그러지 않아도 곡완주의 뒤를 이어 멍구까지 없어진 터라 허전함마저 느끼는 그였다. 하지만 상대는 그로 하여금 계속 생각할 여유를 주지 않았다.

"방주께서 총행두의 제안을 수락하시겠다고 합니다."

문칠이 말을 전했다.

"훌륭한 결정이오. 앞으로 걸개방의 무궁한 발전을 빌겠소."

"오늘 이 자리에서 일반적인 계약서를 작성하자고 하십니다. 세세한 사항에 대해서는 후일 별도의 세부 계약서를 작성하는 것으로 하고요."

"흠, 그게 좋겠군요."

일이 잘된 것으로 생각한 무영은 벌떡 일어나 포권을 했다.


무영 일행이 떠나자 곡완주는 문칠을 비롯한 걸개방 수하들을 모두 물렸다.

'이놈!'

그녀는 바삐 뒤편의 허름한 창고로 갔다.

삐이걱!

창고 문을 열자 철지상이 멍구의 입을 틀어막고 숨도 쉬지 못하게 하고 있는 것이 보였다.

빡!

곡완주는 다짜고짜 발길질을 날렸다.

"끄윽!"

말을 못하는 철지상은 괴상한 비명을 지르며 한쪽 구석으로 나뒹굴었다.

"아철, 네놈에게 멍구가 소리를 내지 못하게 잘 돌보랬지 언제 숨도 쉬지 못하게 입을 틀어막으라고 했느냐? 네놈 따위의 쓰레기가 감히 내 아들이나 다름없는 멍구에게 고통을 안기다니, 네놈에게 그 수백 수천 배의 고통을 주겠다."

퍽! 빡!

"캑!"

곡완주는 사정없이 철지상을 짓밟았다.

설움이 북받쳤다.

그 설움을 감당하느라 몸은 이미 파김치가 될 정도였다.

철지상을 보는 순간 가슴속 설움은 제어할 수 없는 분노로 치달았다.

곡완주는 분했다.

그리운 님이 오시는 길에 마중도 나가지 못했던 자신의 신세에 분했고, 그 님을 눈앞에 모시고도 말 한마디 못 건넸던 비참한 신세가 또 분했다.

퍽! 퍽! 퍽!

"커억!"

"캑!"

아무리 문발을 하고 얼굴을 가렸지만 자신을 몰라보는 그분의 무심

함에 슬퍼했고, 떠나는 길을 송별도 나가지 못하는 처지를 또 슬퍼했다. 문을 나서기까지 단 한 번도 뒤를 돌아보지 않는 그분의 무정함에 더 더욱 슬펐다.

콱! 뻑!

"컥!"

주인을 잘못 만나 숨도 제대로 쉬지 못하고 죽을 뻔한 멍구를 보며 가슴 깊이 묻어두었던 모든 아픔과 분노가 일시에 폭포수처럼 터져 나왔다.

"커억!"

철지상은 그녀의 모든 아픔을 몸으로 받았다.

도무지 잘못한 것이 무어라는 말인가? 강아지 새끼를 소리나지 않게 돌보라는 말에 따른 것이 전부였다. 그런데 그 멍구란 놈이 돌연 암내라도 맡았는지 미친 듯이 낑낑거리니 어쩔 수 없이 주둥이를 손으로 막은 것이 전부였다.

"컥!"

돌연 숨이 막히며 감은 눈으로도 까마득한 저 무엇을 보는 순간 더 이상 생각이 이어지지 않았다.

퍽! 퍽!

곡완주는 계속 발길질을 해댔다.

눈물은 걷잡을 수 없이 흘러 흰 복면을 흥건히 적셨다.

그녀는 철지상의 몸이 어떤 타격에도 더 이상 반응하지 않을 무렵에야 무차별로 날리던 손발을 멈추었다. 얼마나 맞았는지 철지상은 이미 대라 신선이 오더라도 살릴 수 없을 정도로 구겨져 있었다.

'원수!'

그녀의 표정에서는 조금의 후회도 찾을 수 없었다. 곡완주는 겁에 질려 바들바들 떨며 낑 소리도 내지 못하고 구석에 밀려나 있는 멍구를 품에 안고 창고를 벗어났다.

'미안하구나. 네게 못 보일 것을 보였구나.'

복면 안으로 손을 넣어 눈물을 훔쳤다.

'앞으로 중원제일의 상방이 되세요. 힘껏 도와드릴게요.'

무영이 항주에서 화우 상방을 설립했다는 말을 처음 들었을 때 얼마나 기뻐했는지 몰랐다. 기쁨에 젖어 며칠 밤을 뜬눈으로 보내기까지 했었다.

'화우 상방!'

숱한 좋은 이름들을 두고 하필이면 여자들이나 생각할 법한 화우 상방이라니…….


"완주가 제일 이쁘게 보였을 때가 언제인지 알아? 바로 애화만천(哀花滿天)을 전개했을 때야. 마치 하늘에서 꽃비를 뿌리며 하강하는 선녀 같더군. 완주를 생각할 때면 가장 먼저 떠오르는 모습이야."


언젠가 무영이 자신에게 한 말이었다.

화우 상방(花雨商幫).

자신만의 생각일 뿐인지도 모르지만 왠지 자신을 잊지 못하는 그분의 마음이 녹아 있는 이름이라고 믿고 싶었다.

동업을 하자는 무영에게 이것저것 까탈스럽게 따진 것은, 행여 있을 지도 모를 상인들이나 거래처와의 분쟁거리에 미리 대비하라는 나름대로의 배려일 뿐이었다. 그동안 인근 상인들의 물건을 날라주며 나름대로 얻은 지식을 말해 준 것이 전부였다.

'그분은 상계에서 반드시 크게 이름을 날리실 거야.'

끙! 끙!

그녀의 기분이 좋아진 것을 알았는지 품속의 멍구가 자신에게 관심을 가져 달라며 버둥거렸다.

그날 저녁 문칠은 서너 명의 수하를 데리고 시체 하나를 치워야 했다. 시체의 임자는 아철로 불리며 방도들의 무공 연습 상대가 되어주었던 자였다.

'악인이든 선인이든, 부자든 가난뱅이든, 맞아 죽든 너무 처먹어 배가 터져 죽든 간에 마지막 가는 길은 모두 혼자라고 하니 너무 외롭다 생각은 말게.'

문칠은 뒷산 구석진 곳에 구덩이를 판 후 시체를 던져 놓고 흙을 퍼붓는 부하들을 뒤로하고 마음속으로 그렇게 중얼거리며 산을 내려왔다.


남경에서 발행되는 민간 신문인 경보(京報)에 화우 상방의 새로운 영업 방침에 대한 광고가 실렸다. 신문에 그런 것이 실린 것은 처음 있는 일이었다.


공고

화우 상방은 아래 지역에서 물품의 문전 배달을 실시함.

대상 지역:상방 공소가 설치된 모든 지역.

이용 방법:고객이 상방의 공소에 물품 운송을 의뢰하면 목적지까지 모든 사고에 대해 전적으로 상방이 책임지고 운송해 드림.

자세한 사항은 각 지역 공소에 문의 바람.

화우 상방 총행두 장무영 백.

무영은 수십만 부의 신문을 별도로 찍게 해 상방 영업 지역 일대의 상인들에게 무차별적으로 뿌렸다.

상인들도 강도들이 감히 노리지 못한다는 무적호송대의 명성을 익히 잘 알고 있었다. 화우 상방의 영업 형태는 기존의 표국이 하는 일과 크게 다르지 않았지만 문제는 그 가격이 파격적이라는 데에 있어 소상인들에게 크게 환영을 받았다.

작은 물품을 운송하는 일은 표국으로서도 여간 번거로운 일이 아니었기에 운송을 거절하는 경우도 많았다. 화우 상방은 그런 그들의 발이 되어주었다.

"대체 표국이야, 상방이야?"

"이름이 대순가 돈만 벌면 되지. 내가 보기에 이런 시절에는 물건을 사다 파는 일보다 훨씬 벌이가 좋을 것 같은데……."

"하긴 무적호송단이 지나면 수적들이나 녹림에서 감히 기웃거리지도 않는다니 그렇게 손님이 바글거리지."

"맞아, 공연히 몇 푼 아끼겠다고 직접 들고 나섰다가는 그게 바로 곧장 가는 극락행(極樂行)인 판이니 어느 누군들 반기지 않겠는가?"

사람들이 몇 명만 모이면 그 화제는 거의가 화우 상방에 관한 것이었다. 마교나 무림맹과 구파일방의 갈등 정도의 이야기는 더 이상 사람들의 이목을 끌지 못했다.

무영은 정신없이 바쁜 시간을 보내야 했다.

화우 상방은 운송을 위주로 했기에 혹시라도 분실이나 파손이 있을 경우를 대비, 물건에 대한 감정을 철저히 해 물표에 표기할 필요가 있었다.

무영은 그런 일이 전장업과 유사한 점을 고려해 금릉전장에서 일하다 전장의 몰락과 함께 실업자가 되어버린 사람들을 집중 고용해 중임을 맡겼고, 업무 체계도 그들의 의견을 존중했다.

사람들의 예상대로 영업이 시작된 첫날부터 상방에는 손님들이 들끓었다. 공소 안은 이른 아침부터 수레에 짐을 싣거나 보통이를 싸서 메고 온 사람들 하며, 손님을 맞고 수속을 담당하는 외결(外缺)들은 정신을 차릴 수 없을 정도였다.

그런 현상은 모든 공소가 마찬가지였다.

운송 영역의 확대로 화우 상방은 지역적으로 바다와 강소와 절강 일대에서 가장 큰 운송 조직으로 성장했다.

그의 사업 확장을 가장 환영하는 곳은 바로 휘주 상방이었다. 소금 배 사건으로 인해 관계가 껄끄러워진 청방에서 휘상들에게 운송선을 잘 내주지 않아 상당한 곤란을 겪고 있었다.

자체적으로 경호무사들을 채용해 꾸려오기는 했지만 수적들과 자주 충돌을 하면서 상당한 손해를 보고 있던 그들이었기에 무호까지 운송 영역을 늘린 무영의 운송단은 가뭄의 단비와도 같았다.

결국 운송을 시작한 지 한 달도 되지 않아 운송선의 수를 두 배로 늘여야 했고, 운송 영역도 동정호와 파양호에 나오는 길목이라 할 수 있는 구강(九江)까지로 늘였다.

그들은 그들만의 틀이 깨지길 원치 않았다.
그것이 무형이든 유형이든.

그것을 벗어나는 것도 두려워했지만 외부에서 그 틀을 깨고 들어오는 것 또한 두려워했다.

그런 그들이 있었고 그들만의 은밀한 모임이 있었다.

"우리가 지난 몇 개월 동안에 입은 손실액만 해도 계산하기가 어려울 정도요. 고객들의 운송 의뢰건은 화우 상방이 영업을 개시하기 이전에 비해 삼 분지 일도 채 되지 않소. 그들은 이름만 상방이지 사실은 표국과 다름없는 일을 하면서 우리 일거리를 독식하고 있어 우리는 그저 근거리 운송에만 연연하는 형편이오."

산동 마방의 총마가두(總馬哥頭) 섭굉(攝宏)이었다.

하북, 특히 북경 일대에서 수천 명의 마바리꾼을 고용해 강남으로 운송되는 모든 물품을 거의 독점적으로 운송해 온 산동 마방이었다. 하지만 화우 상방의 출현 이래로 매출이 급격히 떨어지며 영업 손실은 하루가 다르게 눈덩이처럼 불어났다. 소속 마바리꾼이 마방을 그만두고 화우 상방의 일꾼으로 가버리는 사례도 적지 않았다.

"화우 상방의 운송으로 득을 보는 것은 휘주 상방과 절강 일대의 군소상방들뿐이오. 우리 같은 내륙의 상방은 그들의 운송 가능 지역과는 멀리 떨어져 있기에 운송료의 득을 볼 수 없어 상대적으로 판매 원가가 올라가는 상황이오. 그래서 휘주 상방과의 접경 지대에서는 하루가 다르게 상권이 위축되고 있소."

열을 올리는 사람은 동정 상방의 행두 유청(劉靑)이었다.

그는 총행두 유홍의 친동생으로 상방을 대표해 이번 회담에 참석한 자였다.

비록 중원 사대상방에 꼽히지는 않았지만 동정 상방은 동정호 일대에서는 확실한 자리를 굳히고 있었다. 하지만 휘상들은 화우 상방의 운송을 통한 낮은 운송료를 바탕으로 물품의 원가를 낮추어 판매하고 있었다. 이미 휘상들과 경쟁이 치열한 동정호 동북 지역의 상권은 날로 줄어드는 형편이었다.

그가 이 자리에 참석한 것은 소속 상인들로부터 상방 차원의 대책을 수립하라는 강력한 요청을 받고 있었던 까닭이다.

"허허허, 그 정도라면 그래도 참을 만하군요. 우리 중원표국은 아예 뿌리째 흔들리고 있다오. 운송 의뢰가 한 건도 들어오지 않는 날이 부지기수인 것은 물론이고 어쩌다 운송을 나가면 아무리 많은 표사를 붙여도 도적들이 우리 물건만 노리니 숱한 표사들이 죽어 나갔지요. 벌써 표사의 절반이 화우 상방으로 자리를 옮긴 것은 물론이고 남은 이백여 명의 표사들도 언제 보따리를 쌀지 모르는 형편이라오. 다들 보수가 좋고 안전한 화우 상방의 보표로 간다고 하는데 말릴 수가 있어야지요."

중원표국 부국주(副局主) 도행오가 침통한 표정으로 말했다.

감히 화우 상방을 건드리지 못하는 화적이나 수적패들은 더 손쉬운 상대인 중원표국의 표물을 공격했다. 중원표국이 결코 만만한 곳이 아니었지만 중소상인들의 짐이 모두 화우 상방에게 맡겨지자 먹고 살 길이 막연해진 그들은 그동안 손대지 않았던 중원표국을 노렸다.

"허, 그게 사실이오?"

그의 말에 참석자들은 경악을 금치 못했다.

표사만 천여 명이 넘는다는, 이름 그대로 중원 최대의 표국인 중원표국이 이제 이백여 명밖에 남지 않은 중소표국으로 전락했다니… 화우 상방이 생긴 지 얼마나 되었다고, 불과 몇 달 사이에 문 닫을 지경까지 되었다는 말이 아닌가.

모두들 할 말을 잃었는지 화우 상방에 대한 성토로 열기가 감돌던 자리였건만 침묵마저 감돌았다.

"우리도 더 이상 화우 상방이 확장되는 것을 바라지 않소이다. 이제 어떤 방법을 강구해야 할 때가 되었다는 말이지요. 사실은 이곳에 오기 전에 청방, 산서 상방과도 뜻을 같이하기로 의견을 모았소이다."

광동 상방의 대행두 황건이었다.

"하지만 장무영을 제거한다 하더라도 그의 뒤에는 남궁세가가 있지 않습니까? 우리가 그동안 뻔히 눈을 뜨고도 손을 쓰지 못한 것도 바로 그런 점 때문입니다."

도행오가 답답한 표정으로 말했다.

아무리 중원표국이 대단하다 할지라도 남궁세가의 사위에게 적대 행위를 한다는 것은 범의 코털을 간질이는 행위로, 간이 배 밖에 나오지 않은 다음에야 생각하기조차 힘든 일이었다.

"후후후, 일이란 것은 순서가 있지요. 들쥐들이 파놓은 구멍이 종종 큰 둑을 무너뜨리기도 하지요."

황건이 가볍게 웃으며 말했다.

모두의 눈과 귀가 그를 향했다. 그동안 벙어리 냉가슴 앓듯 보냈던 몇 달이었다.

"금릉전장이 망한 것은 본장이 망해 버렸기 때문도 아니고 수천만 냥의 은자를 도적맞은 때문도 아닙니다. 천하에 흩어져 있는 지점들이 보유하고 있던 재산을 모두 합친다면 오히려 그보다 몇 배는 많았을 겁니다. 문제는 신용을 잃었다는 것이지요. 어떻게 보면 금릉전장을 무너뜨린 것은 마교가 아니라 그들의 고객들이라 할 수 있지요. 그들이 떼로 몰려가 지점을 털어가고 불을 지르고 하지 않았습니까? 아마 그대로 참고 기다렸다면 비록 본장이 불에 탔다고 한들 어느 정도 버틸 여력은 있었을 겁니다."

"그럼?"

그의 말에 뭔가 짐작한 유청이 눈을 가늘게 뜨고 황건을 주시했다.

"아아, 그쯤 하지요. 여기 계신 분들이 뜻을 같이하는 것이 우선이라는 생각이 드는군요."

그만큼 얘기를 했는데 알아듣지 못할 사람은 없었다.

"본인은 무조건 지원을 하겠소이다."

"우리도 같습니다."

섭굉과 도행오는 그의 말이 끝나기 무섭게 찬성을 표했다.

이제껏 말이 없던 천하 마방의 총호법 탁건충도 고개를 끄덕였다. 망해가는 마당에 망설일 것이 무어란 말인가. 모두의 눈이 입을 열지 않고 있는 유청을 향했다.

'음.'

쉽지 않은 결정이었다.

그간 동정 상방이 강호의 여러 재난에서 피해갈 수 있었던 것도 이런 지저분한 일에 말려들지 않았기 때문이었다. 하지만 대세가 이럴진대 눈만 가리고 있을 수는 없었다.

"험, 솔직히 본인은 그런 방법으로 해결해야 한다는 것이 내키지 않는구려."

그 말에 세 사람의 안색이 변했다. 특히 탁건충의 얼굴에서는 살기마저 감돌았다. 유청은 모른 척 말을 이었다.

"하지만 어쩌겠소? 우리 동정 상방이 그 일에 적극적으로 나서지는 않겠지만 우리 상방을 살려야 한다는 차원에서 금전적 부담은 할 용의가 있소이다. 명심할 것은 자칫 남궁세가와 등을 질 수도 있는 만큼 이번 일을 추진하는 데 있어 최대한 신중을 기해야 할 것이오.”

황견을 비롯한 세 사람은 그제야 굳혔던 얼굴을 폈다.

“당연한 말씀이오. 우리가 언제 화우 상방을 상대로 칼부림을 벌인다고 했소? 다만 우리 살길을 찾아보자는 것이지요. 그들이 천방지축 날뛰는 행위에 불만을 가진 자가 한둘이 아닐 테니 그 기회를 놓치지 말자는 것이 전부올시다.”

모두들 황견의 말에 고개를 끄덕였다.

‘이 정도면…….’

황견은 내심 만족했다.


“밭을 망치는 잡초는 더 크기 전에 뽑아버려야 한다.”


위진해의 명이었다.

미래의 강력한 경쟁자를 제거하기 위해 이미 나름대로의 조치를 취하는 중이었지만 어느 정도 다른 경쟁자들의 동의를 구해놓아야 뒷말이 없는 법이었다.

‘됐어.’

이만하면 어렵게 주선한 이 자리는 확실히 성과가 있었다.

만나야 할 사람도 많고 할 일도 많으니 바쁜 일정에 맞추려면 빠듯하게 움직여야 했다.


“이제는 천하의 장무영이라 해도 어쩔 수가 없을 겁니다.”

정춘교가 단언하듯 말했다.

“광동 상방에 산서 상방과 동정 상방, 거기에다 중원표국에 산동 마방이라면……. 조만간 피바람이 불겠군.”

“모르기는 해도 개방도 묵인할 것입니다.”

목룡군은 천천히 고개를 끄덕였다.

능력있고 패기가 넘치는, 버리기에는 너무나 안타까운 젊은이. 한때
는 저런 젊은이가 청방으로 와 자신의 후계가 되었으면 하고 은근히
욕심을 내기까지 했었다.

돌아서는 목룡군의 이마 주름이 더욱 깊게 패였다.

자신의 앞날을 어찌 그리도 모르는가?

세상에 독불장군은 없다네. 자넨 그걸 몰랐어.

이젠 늦었네.

돌아서는 목룡군의 이마 주름이 더욱 깊게 패였다.


유석대는 강남을 떠나 개봉으로 향했다.

특별한 일이 있는 것은 아니라 사건이 일어날 장소에서 멀리 떨어지
려는 것이다. 일이 벌어진 후에도 항주나 남경 부근에서 얼쩡거리다가
는 좋은 일이 없을 것이었다. 후일 혹시라도 있을지 모를 세인들의 비
난과 곤륜파와의 마찰도 염두에 두어야 했다.

“이렇듯 모른 척해서야… 너무 심한 것이 아닐까요?”

동행한 일월만취개(日月滿醉丐) 곽남옥(郭藍鈺)이 조심스런 어조로
말했다.

유석대가 그를 돌아보았다. 하지만 아무런 대답도 해주지 않았다.
무안해진 곽남옥이 물러났다.

‘그래서 자네는 방주가 아닌 게야.’

제3장   파국의 날

무림맹 정천당.

역무군 앞에 한 중년인이 공손한 자세로 서 있다.

"예상대로 광동 상방이 주축이었다고 합니다. 그런데 황견의 수하 하나가 귀로에서 장강수귀(長江水鬼) 삼 형제를 만났습니다. 배 위에서 만났기에 저희 제자들이 미처 내용을 엿듣지는 못했다고 합니다."

역무군 앞에서 말을 하는 자는 하오문주 문일기였다.

"흠, 그거 흥미있는 말이군. 그럼 황견이 손을 써 화우 상방의 수송선을 공격하겠다는 말인가?"

"중원에서 수공(手功) 하면 장강삼귀를 제일로 치니 그럴지도 모르겠습니다."

"하지만 장강삼귀가 선뜻 응하지는 못할 터인데."

"천하의 광동 상방이니 삼 형제에게 막대한 보상을 약속한다면 한탕

하고 튈 생각이 들지 않겠습니까?”

“허허허, 그야 당연하겠지. 수하들에게 장강수귀 삼 형제를 잘 감시하라고 이르게. 설마 세 놈이 무얼 하겠는가? 일을 꾸민다면 틀림없이 조력자들을 모을 게야.”

“이미 삼 형제 곁에 재간이 뛰어난 놈만을 골라 이중 삼중으로 감시를 붙여두었습니다. 그리고… 개방 정도라면 충분히 분위기를 감지했을 터인데 일절 동정을 보이지 않고 있습니다. 아무래도 이상합니다.”

“허허허.”

역무군은 만족했다.

‘이상하다니? 그렇게 말하는 자네가 답답하이. 내가 청방과 개방의 방주라도 당연히 나서지 않을 것이네. 아니, 은근히 뒤를 밀어주겠지.’

일이 벌어지게 분위기만 조성하고 자신들은 방관자로 남다니, 역시 청방의 저력은 대단했다. 그는 청방이나 개방이 그토록 오랜 세월에도 스러지지 않고 면면히 버텨온 이유를 비로소 실감했다.

문일기가 물러가자 역무군의 입에 미소가 번졌다.

크게 기대하지 않았던 놈들이 제 몫을 톡톡히 해내고 있었다. 그러지 않아도 신경이 쓰이던 놈이었는데 덕분에 손을 덜었다. 그는 이내 관심을 다른 곳으로 돌렸다.

‘후후후, 묘이강, 이번에는 손발을 모두 잘라주마.’

놈의 실패는 자신에게 커다란 교훈이었다.

이제야 천하가 눈에 들어왔다.

야망은 급속도로 커져만 갔다.

자신이 있었다.

구강부(九江府).

동정호를 지나 무창을 돌아오는 장강 줄기가 지나고, 파양호의 물이 나가는 출구라 할 수 있는 구강부, 이곳은 장강의 상류와 하류, 그리고 파양호를 잇는 중요한 관문이었다.

구강부를 통해 나가는 물품은 사천에서 나오는 철과 경덕진의 도자기, 무이산의 차, 사천의 철과 소금 등 대표적인 품목만 꼽으라고 해도 수를 셀 수 없을 정도로 많았다. 장강 상류 지대로는 절강과 강소의 비단과 목면, 각종 서책 등이 갔기에 하루에도 수백 척의 배가 오가는 길목이 바로 구강부였다.


여산(廬山).

북으로는 장강을 마주하는 구강과 남동으로는 바다같이 넓은 파양호가 한눈에 들어오는 곳이었다. 비류직하삼천장(飛流直下三千丈)이라는 구절로 깎아지른 듯한 폭포를 노래한 이백의 시구처럼, 여산의 여러 봉우리 중 하나인 한양봉도 주변 곳곳이 단애절벽으로 되어 있었다.

지나는 구름이 가끔 산허리에 걸쳐지기라도 하면 주변의 산록과 어우러진 그 경관이 사뭇 아름다워 숱한 시인묵객들의 사랑을 받는 곳이기도 했다.

하지만 오늘 이곳 여산에는 은은한 살기마저 감돌았다.

파풍신검(破風神劍) 행오(行吾).

역무군의 수제자인 그가 강호에 출도한 것은 십 년이 훌쩍 넘은 오래전의 일이었다. 워낙 나서기를 꺼려했던 그인지라 강호에서의 행적은 별로 없었고, 그가 이곳 파양호의 한구석에 둥지를 튼 것을 아는 사람들도 별로 없었다.

그의 뒤에는 십여 명의 무인들이 행오와 함께 구강부를 내려다보고 있었다. 그의 뒤를 지키는 무인들도 말이 없었다.

"절대 흔적을 남겨서는 안 된다."

"이틀 안에는 장원으로 돌아오지 말라고 지시해 두었습니다."

뒤에 서 있던 수하 중 하나가 대답했다.

행오가 고개를 끄덕였다.

그들은 구강 공소에서 눈을 떼지 않았다.


화우 상방(花雨商幇) 구강 공소(九江公所).

두 달 전 무영이 화우 상방을 창설한 이래 항주의 본방을 제외하고 소주 공소, 영파 공소, 남경 공소와 무호 공소에 이어 다섯 번째 설립한 공소였다.

"제길, 오늘따라 웬 놈의 수적들이 이리도 자주 지나다니는 거야? 뭐 좋은 먹잇감이라도 보아두었다는 거야?"

이곳 공소를 책임지는 행두 상문인은 오늘따라 기분이 좋지 않았다.

공소가 이곳에 자리를 잡은 지 아직 한 달이 채 되지도 않았지만, 하루에도 몇 번씩 시위하듯 야유를 보내며 주변을 오가는 장강수로채의 배들이 여간 신경에 거슬리는 것이 아니었다. 그런데 오늘 따라 그 빈도가 너무 잦았다.

다른 상방에서 감히 이곳에 공소를 내지 못했던 이유는 상방 서로 간의 눈치 보기에 의한 결과일 뿐만 아니라, 무엇보다도 장강 수적들의 영업이 가장 활발하게 이루어지는 장소이기도 했기 때문이다.

"정말 마음에 들지 않아."

상문인이 얼굴을 찌푸리며 그렇게 말했다.

후발 주자인 화우 상방이 이곳에 공소를 낸 것을 보고 상인들 간에는 과연 화우 상방이라는 말과 총행두의 나이가 어려 아직 세상을 모른다는 평가가 엇갈렸다. 그만큼 구강은 위험한 곳이지만 무영의 쌍봉기를 단 수송선단에 직접적인 공격을 가하는 수적들은 아직 없었다.

"놈들이 우리를 공격하려는 것이 아닐까요?"

정교한 면구를 쓴 부행두 배동호였다.

그의 노력으로 장강 이남의 모든 상방의 영업 활동을 조사할 수 있었고, 구강에 공소를 세운 것에는 그가 무영에게 제출한 자료가 기본 바탕이 되었다. 배동호가 내륙으로 향한 전초 기지라 할 수 있는 구강 공소의 부행두에 임명된 것도 계속 안으로 뻗어 확장하려는 생각이 있기 때문이었다.

"흠, 아무래도 냄새가 좋지 않아……. 일단 휘하 경호무사들에게 주의를 시키게."

잠시 후면 다섯 척의 운송선이 출발할 참이었다. 공소와 운송선단을 경비하는 백여 명의 무인들이 있기는 했지만 수적들이 마음만 먹는다면 막아내기에 충분한 숫자는 아니었다.

"으음!"

늘어가는 수적들의 배를 보는 상문인에게 묘한 불안감이 덮쳐 왔다. 염방과의 싸움에서 큰 피해를 보았기에 기세가 꺾인 수로채 수적들은 무영의 수송선단 근처에 얼씬도 하지 않았었다. 남경 공소가 설립되었을 때도 그랬고 무호 공소가 설치되었을 때도 그랬다. 하지만 오늘 이곳 구강의 분위기는 자못 살벌했다.

한참 동안 밖을 내다보던 상문인이 배동호를 돌아보았다.

"아무래도 안 되겠어. 자네, 급히 남궁세가의 분타에 좀 다녀오게. 혹시 모르니 지원 준비를 해달라고 하게."

"알겠습니다."

배동호는 그의 말이 채 끝나기도 전에 대답을 해가며 공소의 문 쪽을 향해 뛰었다. 그만큼 상황이 급박하다고 본 까닭이었다.

뒷문으로 나간 그가 강 건너편 남궁세가의 분타로 가려면 배를 타고 건너야 했지만, 그는 오히려 포구 뒷골목을 지나 번잡한 저잣거리 속으로 스며들었다.

상문인은 수적들의 움직임에서 눈을 떼지 못했다.

출항 준비를 마쳤건만 선단은 포구를 벗어나지 못하고 있었다.

굳은 표정의 상문인은 창을 꺼내 들었다. 무적창이라 불렸던 그였지만 중원에 와서는 단 한 번도 창을 꺼내 들 기회가 없었다. 창에 씌웠던 교피(鮫皮:상어 가죽)를 벗겨내니 번뜩이는 창날이 그 모습을 드러냈다.

이미 배에서 내린 일부 수로채 수적들은 공소를 포위했고, 나머지는 포구도 봉쇄하고 있었다.

수백에 이르는 수적들에 겁을 집어먹은 호위무사들이 수송선을 포기하고 공소 안으로 밀려들어 오고 있었지만 나무랄 상황도 아니었다.

공소 주위로 몰려든 그들은 상문인의 지시를 기다렸다. 장창을 꼬나든 상문인이 공소 앞으로 나서자 그들도 뒤를 따랐다.

이미 공소 전면에는 수로채 무리 수백이 병장기를 뽑아 들고 흉흉한 기세로 공격을 준비하고 있었다.

"우리 상방이 수로채 형제들의 일을 방해한 일이 없거늘 무슨 일로 이렇듯 무리를 지어 모여드는 것이오?"

상문인이 창대로 바닥을 꽝 하고 치며 소리 질렀다.

“모두 죽여라!”

수뇌인 듯한 자가 그의 말에 대답도 않고 소리 지르자 수적들은 일제히 고함을 치며 공소로 달려들었다.

“와아!”

수적들은 일제히 박도와 장창 등을 앞세워 공소를 막아선 상문인과 무사들을 쳐갔다.

“이놈들!”

“으악!”

“커억!”

상문인의 창이 번뜩이며 허공을 가를 때마다 몇 명의 수적들이 피를 뿌렸다. 하지만 달려드는 수적들은 아무리 베어도 끝이 없었다. 이미 승리를 확신한 때문인지 그들은 물러설 기미를 보이지 않았다.

그리 오랜 시간이 지난 것도 아니었다.

한동안 용맹의 떨치던 상문인도 불나방처럼 달려드는 상대에 밀리기 시작했다. 게다가 수적들 중에는 의외로 무공이 상당한 자가 적지 않았다.

“후우!”

거친 숨소리와 함께 마침내 상문인의 창이 무더지기 시작했다.

수적 하나가 장도로 옆구리를 공격하자 상문인의 창이 번뜩이며 수적의 팔목을 노렸다. 이번에는 전면의 수적 두 명이 그의 창날을 피해 박도를 휘두르며 달려들었다.

“헛!”

미처 창을 수습하지 못한 상문인의 몸이 잠시 중심을 잃으며 기우뚱하는 순간, 그동안 미친 듯한 그의 기세에 주춤거리며 물러서서 기회를 엿보던 낭아추 하나가 그의 다리를 감아왔다.

"억!"

상문인은 낭아추에 다리가 감겨 비틀거렸다.

파팟!

순간 박도가 그의 등을 훑었고 잇달아 쑤시고 들어온 검날이 그의 목줄기를 꿰뚫었다.

"끄윽!"

상문인은 눈을 부릅떴다.

쿵!

쓰러진 상문인이 마지막으로 본 것은 불길에 타오르는 상방 소속의 수송선들이었다.

그의 죽음과 동시에 그때까지 남아서 버티던 공소의 경비무사들은 모두 달아나 버렸다. 수적들은 우르르 달려들어 공소에 불을 질렀다.

"가자!"

수뇌인 듯한 자가 소리치자 그들은 재빨리 배에 올라 포구에서 사라졌다.


소지구(小池口).

장강을 사이에 두고 구강부를 마주 보는 소지구는 조그만 촌락을 갓 벗어났다고 해도 과언이 아닐 정도로 크지 않은 곳이다. 하지만 남궁세가에서 이곳을 주목해 분타를 세운 이유는 무창이나 동정호의 악주에서 나오는 모든 선박의 움직임을 감시할 수 있는 곳이기 때문이었다.

배동호는 사공이 하나뿐인 소선을 빌려 타고 장강을 건너는 중이었다. 그는 옷은 물론 면구까지 바꾸어 써 전혀 딴사람이 되어 있었다.

면구를 쓰고 생활한 이래 좋은 점을 꼽으라면 필요한 경우 쉽사리 변신이 가능하다는 것이었다. 그가 변장을 하고 소지구의 세가 분타로 건너오는 것은 혹시라도 있을지 모를 감시자들을 피하기 위함이었다. 만약 그런 자들이 있다면 그 길로 황천행이라는 것은 불을 보듯 뻔했다.

저 멀리 남궁세가의 제자들이 경비를 서고 있는 망루가 눈에 들어왔다. 평소에도 자주 봐왔던 망루였다.

"엇!"

배동호의 눈이 커졌다.

아직 거리가 있어 자세히 보이는 것은 아니었지만 언뜻 보기에 망루의 무사가 난간에 걸쳐 있는 것으로 보였기 때문이다.

"사공, 저기 저 망루에 있는 사람이 이상하게 보이지 않소?"

그의 말에 젊은 사공이 반쯤 해를 가리고 망루를 쳐다보았다.

"이상한데요. 목이 달려 있는 것으로 보아 빨래도 아니고… 그런데 기대고 있는 것이 아니라 마치 누가 사람을 널어놓은 것 같으니……."

그도 고개를 기웃거리며 말했다.

작은 거룻배인지라 장강 물살에 떠밀려 가며 사공이 노로 겨우 방향만 건너편으로 잡아가야 하는 형편이다. 덕분에 배의 속도가 그리 빠르지 않아 망루를 자세히 보려면 아직 시간이 필요했다.

펑!

갑자기 요란한 폭음 소리가 나며 망루 멀리 뒤쪽에서 화탄이 솟구쳐 올랐다. 이홍삼황(二紅三黃).

"엇, 저건……!"

워낙 수십 년 중원천하를 앞마당처럼 다녔기에 배동호도 각 분파의 신호에 대해 어느 정도의 상식은 있었다. 자신의 기억이 맞는다면 붉은색과 황색이 어우러진 신호탄은 분명 위급을 알리는 남궁세가의 것이 틀림없었다.

'그럼!'

순간 뇌리를 섬전처럼 때리고 지나가는 생각에 퍼뜩 자신이 떠나왔던 구강부 쪽을 돌아보았다.

"아니!"

공소는 물론이고 대기 중이던 수송선들이 불에 타 가라앉고 있는 것이 보였다.

화우 상방 무호 공소.

밤사이 포구에 정박 중이던 다섯 척의 수송선들이 모두 가라앉았다. 행두 육전창은 침상 위에서 가슴에 칼을 꽂고 죽은 시체로 발견되었고, 공소에 소속되었던 수십 명의 상인들 또한 끔찍한 최후를 피하지 못했다.

공소를 지키던 수십 명의 호위무사들은 사건 직후 모두 자취를 감추었다. 그들은 대개가 한두 달 전에 돈을 주고 고용한 매검수들이었다. 관아에서 조사해 본 결과 가라앉은 배 밑창에 누가 고의로 구멍을 뚫은 흔적이 발견되었다.

화우 상방 남경 공소.

이른 새벽에 난 큰 불은 날이 새도록 공소 건물을 태웠다. 병장기 부딪치는 소리와 비명이 터졌지만, 관병이 도착한 것은 모든 상황이 끝나고 불길이 이웃집으로 넘어가려는 때였다. 불을 끈 후에 발견한 것은 시커멓게 불에 그슬린 수십 구의 시체였다.

포구에 정박해 있던 배들은 흔적도 없었는데, 인근을 지나던 배의 선부들이 그 배들이 물속으로 가라앉는 것을 보았다는 말이 나돌았다.


천진위(天津衛).

무적 호송대가 강남에서 싣고 온 물자를 항구에 부리고 북경 일대에서 운송을 의뢰받은 짐들을 모아 배에 싣는 곳이다. 취급하는 품목도 다양하고 그 양도 상당했기에, 배들 중에서 가장 큰 보선급(寶船級) 함선 세 척을 상당 부분 개조해 운송선으로 썼다.

항로가 짧지 않아 배가 자주 들를 수 있는 곳도 아니었고 아직 조직을 만들 만한 충분한 인력을 구하지 못했다. 그래서 배가 도착해 이삼 일 항구에 정박하면서 물건을 부리면, 미리 연락을 받은 상인들이 대기하고 있다가 물품을 수령하고 실을 물건을 배에까지 날라 오는 방법으로 운송을 해야 했다.

"이제 내일이면 출항이군."

저녁이 되자 수송선의 총대장 격인 중대도는 어느 정도 여유를 찾았기에 바다를 구경할 여유도 생겼다.

벌써 이틀간 정박 중이었기에 실어 온 물건은 모두 인도를 마쳤고, 강남으로 가져갈 물건들을 계속 실어 세 척의 거함도 빈자리가 얼마 남지 않았다.

오늘 밤에 출항해도 그만이지만 몇몇 상인들이 꼭 싣고 갈 물건이 있다며 사정을 했던 터라, 어차피 만선이 된 것도 아니고 자주 올 수 있는 것도 아닌지라 하루를 더 묵어가기로 했다. 힘들게 물건을 나른 선부들에게도 약간의 휴식이 필요하다는 판단도 있었다.

중대도는 두 명의 호위무사와 함께 배를 점검하는 중이었다.

선단에는 일부 경비 병력만 남겼고 대부분의 선부들에게 부두에서 술을 마시거나 계집을 안을 여유도 줄 수 있었기에 기분은 그리 나쁘지 않았다.

"앞으로 천진위에 공소를 세우게 되면 북직례 일대를 총괄하는 대행두를 맡길 생각인데 설마 거절하시지는 않겠지요."

이곳으로 오기 전에 무영이 한 말이었다.

상방의 대행두라니!

예전엔 감히 꿈도 꾸지 못했던 일이었다.

선단을 지휘하는 일에서 손을 놔야 하니 아쉽지만 어차피 평생을 배 위에서 늙어갈 수는 없는 노릇이었다. 남해에서 해적질이나 하던 자신에게 이런 행운이 찾아오리라고는 생각도 못했기에, 배를 이끌고 천진위로 올라오는 내내 설레는 마음을 다잡느라 애를 써야 했다.

대행두라면 총행두 바로 밑의 서열로 내로라하는 큰 상방에도 한두 명 정도나 있는 직책이었다.

그도 한 잔 술이 당기기는 했지만 화물을 돌보아야 한다는 책임감에 배를 둘러보는 중이었다.

"응?"

으레 있어야 할 선미(船尾)의 경비들이 보이지 않았다.

'아니, 이놈들이 경비는 서지 않고……'

놈들이 자리를 비우고 어디 가서 술이나 퍼먹고 있을 것이라고 짐작한 중대도가 걸음을 빨리했다. 술 마실 기회가 자주 없기에 뭍에만 닿으면 기회를 엿보는 선부들인지라 그런 일은 드물지 않았다.

"헉!"

피가 흥건한 바닥 위에 경비병 둘이 등에 단검이 꽂힌 채 쓰러져 있었다. 아직도 피가 흘러나오는 것으로 보아 방금 전에 당했다는 것을 알았다.

중대도는 재빨리 호각을 입으로 가져가려는 호위무사를 손짓으로 만류했다. 주변을 살펴보니 갈고리 두 개가 난간에 걸쳐져 있는 것이 보였다. 최소한 두 명 이상의 흉수들이 헤엄을 쳐서 배에 접근해 갈고리를 걸고 올라온 것이 분명했다.

"즉시 경비무사들을 더 불러오거라. 소리는 내지 말고."

단검을 던져 비명도 지르지 못하게 죽일 수 있을 정도라면 상대도 보통은 아니었다.

호위무사 하나를 보내 선실에 대기 중인 호위들을 부르게 한 후에 허리춤의 박도를 뽑아 든 중대도는 남은 호위 하나와 함께 물이 묻은 자국을 따라 안으로 들어갔다.

흔적은 선창으로 이어지고 있었다.

탁. 탁. 탁.

미세했지만 신경을 곤두세우고 있던 중대도의 귀는 그 소리를 잡아냈다. 선창으로 통하는 통로로 고개를 들이밀어 아래를 내려다보니 한 사내가 칼끝으로 배의 바닥에 구멍을 내고 있는 중이었고, 다른 하나는 곁에서 횃불을 들어 불을 밝히고 있었다.

"네 이놈들, 꼼짝 마라!"

생각 같아서는 호위들이 올 때까지 기다리고 싶었지만 배에 구멍이 뚫리도록 기다릴 수도 없었기에 중대도가 고함을 쳤다.

"헛!"

깜짝 놀란 사내 중 하나가 품속에 손을 넣는가 싶더니 중대도를 향해 비수를 날렸다. 어둠 속이라 방향을 짐작하지 못한 그는 재빨리 고개를 숙이며 몸을 숨겼다.

팍! 팍!

바람을 가르는 씽 하는 소리가 귓전을 스치더니 두 개의 비수가 천장에 박히는 소리가 들렸다.

"햇불과 활을 가져오라고 해라."

중대도가 호위에게 전음을 날렸다.

그래도 섬에서 백호장까지 하던 실력이라 내려가 한판 붙어볼 수도 있지만, 선단을 책임지고 있는 터에 무리를 할 필요는 없었다.

잠시 침묵이 감돌았다.

상대도 갇혔다는 것을 알기에 탈출을 시도하겠지만 아직 이쪽 상황을 몰라 망설이는 것이 분명했다. 어쨌든 놈들은 독 안에 든 쥐다.

잠시 후 십수 명의 경비무사들이 햇불을 들고 달려왔다. 놈들을 살피기 위해 중대도가 선창 안으로 햇불을 비추려 하자 다시 비수가 날아왔다. 미리 선창의 출입구 방향에서는 물러서도록 했기에 다친 사람은 없었다.

"네놈들은 웬 놈들이냐?"

중대도가 소리쳐 물었다.

"물러서라. 물러서지 않으면 배에 구멍을 뚫어 같이 죽겠다."

배 아래에서 기세등등한 목소리가 들려왔다.

중대도는 부하로부터 활을 건네받았다.

'내가 신호를 하면 재빨리 선창에 불을 비추어라.'

놈들도 감히 불을 밝히지 못하겠는지 횃불을 끈 상태였다.

그렇게 명령한 그는 시위를 먹이고 선창 아래를 겨냥했다. 줄개 시절부터 십수 년을 쏘아왔던 화살이었다. 준비를 마친 그가 고개를 끄덕이는 순간 부하가 재빨리 선창 입구에 횃불을 들이댔다.

피잉!

선창 아래로 언뜻 보이는 인영을 향해 화살이 날았다.

"크악!"

비명 소리를 들으며 두 번째 살을 먹인 중대도가 다시 신호를 보냈다. 여유를 주면 무슨 일을 벌일지 몰랐기에 마음이 급했다. 화살에 맞은 동료를 보고 놀라는 인영 하나가 눈에 들어온 순간 그가 시위를 놓았다. 삼 장도 채 되지 않는 거리였다.

"컥!"

어둠 속이었지만 그는 불빛이 비추는 순간을 놓치지 않았다. 비명 소리로 보아 제대로 맞은 것이 분명했다. 부하의 횃불을 빼앗아 든 중대도가 박도를 쥐고 선창 아래로 뛰어내렸고, 그 뒤를 수하들이 사다리 통로를 따라 우르르 내려왔다.

"헉! 헉!"

그중 하나는 아직 숨이 끊어지지 않았는지 고통스런 표정으로 헐떡였다.

"누가 시켰느냐?"

죽어가는 사내를 흔들었지만 입가로 피를 흘리던 상대는 끝내 고개를 떨구었다.

"휴우……."

선창을 살피니 아직 구멍이 뚫린 것은 아니었기에 그는 가슴을 쓸어

내렸다.

"아차! 다른 배!"

미처 숨을 돌리기도 전에 자신이 관리할 배가 두 척이 더 있다는 것에 생각이 미친 그는 재빨리 밖으로 뛰쳐나왔다.

세 척의 배는 연이어 접안해 있었기에 겨우 충돌이나 면할 정도의 간격이었고, 편의를 위해 배 사이에 임시 부교도 놓여 있었다. 갑판 경비를 서던 자들은 황급히 달려오는 중대도 일행을 보고 놀라는 표정이었다. 하지만 이내 선미의 경비무사들이 살해당한 채로 발견되자 경악했다. 서둘러 선창으로 달려가는 중에 두 명의 괴한과 맞닥뜨린 그는 이미 놈들이 일을 마치고 나오는 길임을 직감했다.

"꼼작 마라!"

갑작스런 경비무사들의 출현에 그들은 당황했다. 의외로 놈들의 무공은 보잘것없어 경비무사들이 우르르 달려들어 이내 두 사내를 생포했다.

"선창에 물이 올라옵니다!"

선창을 살피고 온 부하가 다급하게 말했다.

"서둘러 선부들을 소집하고 짐을 내려라. 인근의 부두 일꾼들도 모두 불러라. 가능한 한 최대한 동원하고 짐을 나르는 삯은 평소의 두 배를 쳐준다고 해라."

뿌우! 뿌우! 뿌우!

선부들을 소집하는 비상 뿔 나발이 울려 퍼졌고, 경비무사들은 짐을 묶었던 끈을 칼로 잘라내고 큰 부교를 내리는 등 바쁘게 움직였다.

"일부는 뭍으로 끈을 설치해 갈고리에 걸어서 내려라!"

일꾼들만 날랐다가 배가 먼저 침몰되면 큰일이다.

그는 일단 짐을 뭍으로 내리는 일에만 집중했다. 천진위는 큰 부두는 아니었지만 위소(衛所) 일과 관련되어 징집된 장정들이 꽤 있었기에 이내 수백 명의 일꾼들이 몰려들었다.

남은 한 척에도 구멍이 뚫렸다는 것이 밝혀져 짐을 내리느라 부두는 아수라장을 방불케 했다. 뚫린 구멍으로 물이 들어오며 배가 기우뚱거리자 균형을 잡기 위해 선부들은 이리저리 뛰며 정신없이 매달렸다. 구멍이 크지 않아 물이 들어오는 속도가 느린 것이 그나마 다행이었다.

"크윽!"

서서히 침몰해 마침내 흔적도 없이 물속으로 사라진 두 척의 배를 보며 중대도는 눈물을 삼켰다. 하지만 배에 실었던 모든 화물을 내릴 수 있어 배상을 피한 것만도 큰 다행이었다.

"출항!"

술에 곯아떨어졌는지 일부 선부들이 아직 돌아오지 않았다. 하지만 그들을 기다릴 만한 여유도 없기에 물건을 돌려줄 몇 명의 수하들만 남기고 서둘러 부두를 떠났다.


무영이 처음 소식을 접한 것은 그날 날이 저물 무렵이었다.

"그럼 남경 공소가 습격당했다는 말인가?"

조일의 말에 무영이 화들짝 놀라 반문했다.

"수송선 다섯 척도 모두 물에 잠겼다고 합니다."

조일은 마치 자신의 잘못이기라도 한 듯 송구스러운 표정을 지으며 말했다.

"뭣이?"

"모두 죽었다고 하는데 마침 자리를 비웠다가 화를 면한 호위무사가 알려왔습니다.”

석가장으로 보고해 온 자는 남경 공소 소속의 호위무사로 지난밤에 술을 마시러 나갔다가 운 좋게 목숨을 건진 자였다.

“즉각 함대의 출동을 준비해라!”

무영은 더 이상 들을 것도 없다는 듯 자리를 박차고 일어났다.

석가장의 사람들은 포구에 배를 준비하라는 신호를 쏘아 올리고 말을 준비를 하는 등 부산히 움직였다.

무영 일행이 장원을 나서기 위해 장원 문 근처로 움직일 무렵이었다. 대문 쪽에서 여러 사람들이 몰려와 소동을 피우는 듯한 시끌벅적한 소리가 들렸다.

“장무영 총행두는 어디 있소?”

“나와서 어떻게 변상할 것인가를 얘기하라고 하시오!”

남경 공소가 불에 타고 수송선들이 격침되었다는 소식을 전해 들은 수십 명의 상인들이 몰려와 피우는 소동이었다.

“저기 온다!”

“저자가 장무영이다!”

상인 중 몇몇이 장원을 나서려는 무영 일행을 발견하고는 소리치자 소동을 피우던 수십 명이 우르르 그를 향해 달려들었다.

“물렀거라!”

“어서 비켜서라!”

“어디라고 소동을 피우는 게냐?”

수십 명의 경비무사들이 도검을 빼 들고 상인들의 앞을 막아서자 흉흉한 기세에 놀란 상인들이 주춤했다.

‘이런 제기랄!’

어느새 상인들이 소문을 듣고 몰려온 것이 틀림없었다.

"내가 장무영이오. 무슨 일이오?"

무영은 짐짓 모르는 체 나섰다.

"화우 상방의 남경 공소가 도적들에게 당해 불에 탔고 짐을 실은 운송선 다섯 척이 물에 잠겼다는 소식을 들었소이다. 우리 짐도 이번 배에 실렸는데 총행두의 대책은 무엇이오?"

"배상을 하시오!"

"지금 당장 해야 하오!"

"이렇듯 말을 몰아 나서는 것이 도망을 치려는 것 아니오?"

상인들은 저마다 한마디씩 하며 무영의 앞을 막아섰다.

"물러서라!"

"물러서라지 않느냐?"

호위무사들이 도검을 뽑아 들고 밀어냈지만 이미 눈이 뒤집힌 그들인지라 보이는 것이 없었기에 막무가내였다. 아직도 금릉전장에 돈을 떼였던 가슴 아픈 기억이 생생한 그들이었다.

"좋소, 모두 변상하겠소. 하지만 얼마를 달라는 말이오? 그것을 입증할 만한 증빙 서류가 있소?"

마음이 급해진 무영이 궁여지책으로 그렇게 밀고 나갔다. 물증이 없으니 일단 물러서면 남경을 다녀온 후에 해결한다는 생각이었다. 하지만 일은 그의 생각대로 가지 않았다.

"흥, 일단 이 자리를 모면하려는 얄팍한 수작인 모양인데, 좋소. 물표가 올 때까지 변상을 요구하지 않겠소. 하지만 그때까지는 총행두도 이곳을 떠나서는 안 될 것이오."

한 상인이 앞으로 나서며 그렇게 받더니 뒤를 보고 다른 상인들을 향해 선동하듯 소리쳤다.

"여러분, 내 말이 옳지 않소?"

"그렇소!"

"당연한 말이오!"

"나는 여기서 밤을 새우겠소!"

"우리 모두 이곳에서 한 발짝도 물러나지 맙시다!"

그러는 중에도 장원 안으로 들어오는 상인들의 수는 점차 불어났다. 그들 중에는 호위무사나 몽둥이를 든 하인배까지 앞세우고 들이닥치는 자들도 한둘이 아니었다.

처음에는 기세등등하게 상인들을 밀어붙였던 장원의 호위무사들도 순식간에 수백으로 불어난 상인들의 수와 그 기세에 놀라 어찌할 바를 몰라 했다.

일단 일이 터졌다는 소문이 돌기 시작하니 모여드는 것은 상인들뿐 아니었다. 저잣거리에서 하릴없이 말썽만 일으키거나 사기를 쳐가며 먹고사는 무뢰배들도 그 소문을 듣고는 석가장으로 몰려들었다. 그런 자들일수록 마치 무영에게 무슨 손해라도 입은 듯 고래고래 고함을 쳐가며 사람들을 자극하는 일에 앞장섰다.

그들이 노리는 것은 모여든 사람들을 선동해 그들이 폭도로 변하는 순간 장원을 털려는 속셈이었는데 그런 일은 흔한 일이었다.

석가장은 몇 시진이 되지도 않아 성난 군중들에게 둘러싸였다.

"벌써 수천은 족히 되어 보입니다. 상인들은 물론 항주의 건달패에 구경꾼까지 합세해 여차하면 폭도로 변할 기세입니다."

조일이 상기된 얼굴로 말했다.

무영 일행은 남경으로 가려던 계획을 포기하고 장원의 내실까지 밀려들어 와 있었다.

"음, 이거 밀고 나갈 수도 없고……."

힘으로 뚫는다면 못할 것도 없지만 사람이 상할 것이니 그럴 수도 없다. 모여든 사람들 중에는 어중이떠중이 건달들도 있다는 것을 알지만, 놈들을 쫓겠다고 가뜩이나 예민해진 상인들을 자극할 수는 없었다.

이미 외부로부터 완전히 차단을 당한 탓에 일절 소식이 들어오지 않았다. 그동안 관병들이 출동해 진압을 시도했다가 오히려 성난 군중들에 쫓겨 달아나 버렸다. 꼬박 하루를 그대로 보낸 그들은 군중들의 수가 계속 늘어나는 것은 물론이고 더욱더 흥분해 가고 있다는 것을 알았다.

"상인들이 하는 말을 들으니 무호 공소도 당했다고 합니다."

돌아가는 상황을 파악해 보겠다며 군중 근처로 나갔다 온 조일이 새파랗게 질린 얼굴로 달려와 말했다.

"뭣이!"

무영의 얼굴이 창백해졌다.

남경에 이어 무호까지 당했다면 구강 공소는 알아볼 필요도 없다.

"어떤 놈인지는 알아보았느냐?"

살심이 불같이 일었다.

"근거는 없는 모양이지만 수로채의 짓일 것이라는 말이 파다합니다. 그동안 우리 때문에 벌이가 없어 먹고살기가 힘들어진 수적들이 일을 벌였다는 추측입니다."

"음……!"

수로채의 뒤에 마교가 있다.

"묘이강, 이놈!"

곡완주의 복수를 하려고 벼르기는 했지만 아직 때가 아니라는 생각에 신중을 기해왔는데…….

이미 낙일도로부터 얻은 마교에 대한 상세한 정보를 밝히지 않은 것은 언젠가 반드시 자신의 손으로 곡완주의 복수를 하고 싶었기 때문이었다.

"아직 확실한 것은 아닙니다. 무림이라는 곳이 워낙 귀계가 난무하는 곳이니 신중을 기해야 할 것입니다."

조일이 말했다.

"아니야, 상인들은 세상 돌아가는 정보에 밝은 사람들이지. 당금 무림에 누가 있어 우리를 공격할 수 있겠느냐? 일단 정파무림에서는 그런 짓을 할 리 없을 것이고, 산서 상방이나 광동 상방도 아직 기력을 회복하지 못했으니 모험을 할 리는 없지. 그렇다면 남은 세력은 마교와 무림맹이라 할 수 있지 않겠느냐?"

조일을 비롯한 조씨 형제들은 그의 말을 잠자코 듣기만 했다. 그들도 내심으로는 그렇게 추측을 하고 있었지만 흥분하는 무영을 안정시키기 위해 신중을 기하라고 한 것이 전부였다.

"자고로 싸움을 거는 놈이나 당하는 놈 모두 이런저런 이유가 있겠지만 결론은 서로의 이익 때문이지. 무림 정의니 뭐니 하며 허울 좋은 명분을 내세우고 있기는 하지만 누가 그런 일을 위해 자신이나 수하들을 사지로 내몰겠느냐? 우리 화우 상방이 장강을 중심으로 세를 불리는 마당에 가장 타격을 받는 무리는 마교의 은교교가 장악하고 있는 장강수로채라 할 수 있지 않느냐? 게다가 묘족 병력과 해룡방도 내가 몽땅 수장시켰으니 놈들이 어찌 구원(舊怨)을 잊었겠느냐?"

무영은 나름대로 그렇게 결론을 내렸다.

"어쩌시려는지요?"

"일단 이곳을 뚫고 나가야 한다. 이삼 일 내로 구강 공소도 당했다
는 소식이 전해질 것이고 그러면 더 이상 걷잡을 수 없다. 지금도 누가
심지만 당기면 폭발할 기세가 아니냐? 그때가 되면 우리가 살아남기
위해 무고한 상인들을 죽일 수밖에 없으니 지금이라도 빨리 달아나는
것이 서로를 위하는 길이다."

"경비무사들은 어떻게 합니까?"

정이 많은 조오가 근심스런 표정으로 물었다.

장원에는 이백여 명에 이르는 경비무사들이 있다.

"그들도 나름대로 살길을 찾아야겠지. 우리가 한 방향을 잡으면 그
반대 편으로 달아나라고 전해라. 내가 사람들의 목표니 우리가 움직이
는 반대 편은 아무래도 포위망이 허술해지겠지. 살아남은 자들 중 나
를 따를 자들은 우리 배가 있는 포구로 오라 하고. 그게 내가 해줄 수
있는 전부야. 오늘 밤 호위무사들에게 충분한 재물을 나눠주도록 해.
그래야 죽더라도 억울하지나 않지."

조씨 오 형제는 말을 잃었다.

갑자기 불어나는 상방의 규모에 내심 불안감이 없었던 것은 아니었
지만 어느날 갑자기 이런 식으로 비참하게 쫓기리라고는 생각도 못했
다.

조오는 갑자기 몇 달 전 금릉전장 어떤 지점의 장궤가 자신의 집에
서 목을 맨 시체로 발견되었다는 이야기가 생각나 눈물을 흘렸다. 남
은 아내와 자식들마저 어디로 팔려갔다던가…….

조오의 마음에는 칙칙한 어둠이 내리고 있었다.

'아니!'

추명은 장원 주위에 모여든 수천의 인파에 입이 딱 벌어졌다.

어느 정도 생각은 했던 일이었지만 이토록 많은 사람들이 몰려들어 있을 것이라고는 상상도 못했다.

모여든 사람들의 면면을 살펴보니 건달이나 구경꾼들이 대부분이었는데 항주에서 거들먹거리던 안면있는 건달이며 타행의 타수 무리도 적지 않았다.

사람들의 움직임이나 하는 말로 보아 무영 일행은 아직 장원 안에서 나오지 않은 것이 틀림없다. 동가장 사람들도 나와 있는 것이 보였지만 엄청난 군중들의 기세에 접근도 하지 못하고 겉돌고 있었다.

추명은 그들에게 다가가 전음을 보냈다.

"장원 주변에 몰래 말을 넉넉히 준비해 두시오. 사람을 보내 포구에 배가 준비되었는지도 확인하고 배에서 쌍봉기를 내리라고 하시오."

그들이라고 눈치가 없을까? 추명은 잠시 후에 모든 준비를 마쳤다는 전음을 받을 수 있었다.

저녁이 되자 곳곳에 횃불을 밝힌 수천의 사람들로 인해 장원 안팎은 대낮처럼 밝았다.

"장무영이 달아난다!"

갑자기 누군가의 고함 소리가 나더니 장원 북쪽에 있던 횃불들이 어지럽게 움직였다.

"저기다!"

"놈들이 모두 몰려 달아난다!"

고함 소리는 건물 위를 건너뛰는 인영들을 따라가며 들려왔고 요란한 횃불들의 움직임이 그 뒤를 따랐다.

'저쪽이군.'

그가 예상하고 있던 두 곳의 탈출로 중 한 곳이다.

길 하나만 건너면 집들이 이어져 있어 그 사이로 모습을 감추면 추적을 하기가 쉽지 않은 곳이기에 염두에 둔 곳이었다. 그쪽에도 동가장에서 사람이 나와 있기는 했다. 하지만 자신이 있던 곳과는 반대 편이라 안타까워하고 있었는데, 이번에는 그가 있는 방향으로 한 떼의 무사들이 담을 넘어 쏟아져 나왔다.

“저쪽에도 놈들이 달아난다!”

“쫓아라!”

“장무영이다!”

군중들은 어느 쪽이 진짜인지도 몰랐기에 달아나는 무리를 보고 그렇게 소리치며 뒤를 쫓았다.

“이리로!”

추명이 앞으로 나서며 소리쳤다. 호위들은 멀리서 그의 얼굴을 알아보고는 모두 반색을 하고 그를 향해 달렸다.

“잡아랏!”

“저놈들이 달아난다!”

뒤를 이어 제법 한 수를 익힌 사내들이 도검을 들고 담을 넘어 달려오며 소리쳤다. 이어 담장을 둘러싸고 있던 몇몇 사내들이 병장기를 휘두르며 앞을 막아섰다.

“크악!”

“서두르시오!”

추명은 그들을 재촉했다. 모두 최선을 다하고 있다는 것을 알지만 해줄 수 있는 말은 그게 전부다.

경비무사들은 저마다 도검을 휘둘러 군중들로부터 몸을 빼내는 데

집중했다. 오십여 장 정도 앞으로 달려가면 추명이 말들을 준비한 장소가 있었다.

"으악!"

"크윽!"

모여든 사람들 중에는 무공이 제법 있는 자들이 적지 않았기에 길을 뚫는 것에만 열중하던 장원 경비무사들은 여기저기에서 칼에 맞아 쓰러졌다. 다행히 칼부림이 나자 겁에 질린 많은 사람들이 물러섰기에 앞이 터졌다.

그들은 재빨리 추명의 뒤를 따라 달렸다. 말을 지키고 있던 동가장 사람들은 추명 일행이 달려오는 것을 보고는 재빨리 모습을 감추었다.

그의 뒤를 따라온 백여 명의 무인들이 저마다 말에 올랐다. 말이 충분하지 않았기에 두 명씩 짝을 지어 탄 그들은 미리 일러둔 대로 포구를 향해 내달렸다.

추명이 앞장서서 길을 안내했다.

이미 탈출을 염두에 두고 머리 속으로 몇 번씩이나 그려보았던 도주로이기에 가는 길이 거침없었다.


무영 일행은 배에 올랐다.

무영이 그의 안전을 염려한 조씨 형제들의 독촉에도 불구하고 아직 출항을 지시하지 않고 있는 것은 혹시라도 쫓아올지 모를 장원의 경비무사들을 기다리려는 것이다.

"온다!"

멀리서 수십 명이 말을 달려오는 것이 보였다.

"출항 준비!"

그것을 본 무영이 지시를 내렸다.

어둠 속이라 그들의 정체는 알 수 없었지만 같은 편이든 아니든 이제는 떠나야 했다. 조일은 만일을 대비해 줄사다리를 걷어두고 궁수들로 하여금 공격할 수 있게 해두었다.

"추명이다!"

무영이 가장 앞에서 달려오는 그를 발견하고 소리쳤다.

"사다리를 내려라!"

그 말을 듣기 무섭게 조일이 수하들에게 지시했다.

십여 개의 줄사다리가 재빨리 내려졌고 추명을 비롯해 포구에 도착한 무인들이 허겁지겁 배에 올랐다. 다행인지 아직 그들의 뒤를 따르는 자들은 보이지 않았다.

"아마 놈들이 이곳까지 쫓아오지는 않을 겁니다."

장원에 몰려들어 소동을 피우는 놈들의 구 할은 항주 타행 소속의 타수들이거나 나 홀로 건달들이다. 그들의 관심은 장원의 재물이지 복수가 아니라는 것을 알기에 하는 말이다.

배에 올라온 자들은 백여 명이었다. 절반은 빠져나오지 못했다는 말이라 무영은 선뜻 출항 명령을 내리지 못했다.

"저기 몇 명이 또 온다!"

멀리서 십여 명의 사내들이 배를 향해 달려오고 있었다. 그들 역시 경비무사들이었다.

잠시 기다리니 몇 명씩 무리를 이루어 배를 탄 경비무사들은 거의 오십에 가까웠다.

"이제 그만 출항을 하지요."

한참을 기다려도 더 이상 사람들이 오지 않자 조일이 말했다.

“가자.”

무영의 말에는 힘이 없었다.

경비무사 몇 명을 더 기다리는 것에 애착을 보였던 것은 이런 마당에도 자신을 믿고 달려오는 그들을 버릴 수 없었기 때문이다. 그는 내심으로 그 고마움에 눈물을 흘리고 있었다.

도박장 순회를 떠났다는 남북쌍괴도 소문을 들을 터이니 알아서 처신을 할 것이다.

막 배가 출항하려는 순간이었다.

휘익!

갑자기 추명이 배에서 몸을 날려 포구로 뛰어내렸다.

“엇!”

사람들은 그의 돌연한 행동에 놀랐다.

“추명, 왜 그리시오?”

“저는 이곳에 남아 어떤 놈들의 소행인지 알아보도록 하겠습니다. 제 한 몸은 건사할 수 있으니 염려하지 마십시오. 추후에 결과가 나온다면 보고드리겠습니다.”

추명은 그 말과 함께 포구의 어둠 속으로 사라져 갔다.

“조심하시오!”

무영은 멀어져 가는 추명의 등을 향해 소리쳤다.

배는 빠른 속도로 포구를 미끄러져 나갔다.

 자취를 쫓는 사람들


"배를 돌려!"

포구를 떠난 이래 입을 닫고 있던 무영이 갑자기 일어나며 소리쳤다.

"예?"

전방을 주시하던 조일이 영문을 몰라 그를 돌아보았다.

"너희들은 어산도로 가서 마님을 보호해라. 나는 중원에 남겠다."

"안 됩니다!"

조씨 형제들이 그의 곁으로 모여들었다.

"명령이다."

"따를 수 없습니다."

"명령이라고 했다!"

"……."

하지만 조씨 형제들은 움직일 생각도 하지 않았다.

그들이 도무지 따를 생각을 않자 안 되겠다 싶었던 무영은 직접 선장에게로 갔다.

"배를 돌려라. 나 혼자 내린다."

"그럴 수는 없습니다."

조씨 형제들은 필사적이었다.

그들이 보기에 무영은 너무 큰 충격에 이성을 잃은 것이 분명했다. 하지만 결국 무영은 선장에게 직접 지시해 배를 영파항에 대게 했다.

"지금 어산도라 해도 안전하리라는 보장은 없다. 너희들은 가서 마님과 다른 식구들을 지켜라."

무영을 따라 내리려던 조씨 오 형제들은 그 말에 흠칫했다.

"저라도 따르게 해주십시오."

조일이다.

"만약 일이 터진다면 너희 다섯이 모두 함께 있다 해도 충분하다고 할 수 없다. 식구를 더 잃고 싶지는 않다."

전당강에 휩쓸려 죽은 곡완주를 두고 하는 말이다.

그 말에 오 형제는 모두 입을 닫았다. 아직도 그 일은 무영에 대해 가슴 한구석에 큰 빚으로 남아 있는 까닭이다.

"마님들을 부탁한다!"

무영은 그 말을 남기고 돌아서 부두의 인파 속으로 사라졌다.

"주공, 보중하십시오."

그들이 해줄 수 있는 것은 그 말이 전부였다.


무영은 영파에서 배를 타고 이틀 만에 진강으로 올라왔다. 혹시라도 자신을 알아보는 사람이 있을까 죽립까지 눌러썼다. 진강에 도착해 포구 주변의 주루에서 간단한 술과 식사를 시키고서야 구강 공소마저 당한 것을 확인했다.

사람들의 관심은 온통 화우 상방의 몰락에 관한 말뿐이었다.

주루 이곳저곳에 모인 술 손님들은 너나 할 것 없이 떠들어대고 있었는데 의외로 대부분 구강 공소에 관한 얘기였다.

"구강에서는 대단했다지! 상문인이라는 행두가 수로채 수적 수십을 베었다지."

그 말에 무영의 입으로 가던 술잔이 얼어붙은 듯 멎었다.

"외호가 무적창(無敵槍)이었다는군."

"나도 들었네. 그 사람의 창날이 한 번 번뜩이면 수적들의 목이 최소한 열 개는 떨어졌다더군."

"수로채 놈들이 비겁하게 암습을 하지 않았다면 수백은 죽어 자빠졌을 거라고 하더군."

그랬다.

구강에는 상문인이 있었다.

융통성이라고는 조금도 없는 사람이니 용감하게 공소를 지키다가 죽었다는 소문은 조금도 가감없는 사실일 것이다.

"그런 대단한 무공을 가진 사람이 왜 여태 알려지지 않았는지 모르겠어."

곁에 있던 자가 말을 받았다.

"그건 화우 상방을 모르는 소리지. 화우 상방에는 절정고수들이 한둘이 아니라네. 남북쌍괴도 화우 상방 소속이 아닌가? 오죽하면 지난번 마교에서 백골마조 철지상이 천여 명을 끌고 석가장에 쳐들어갔다가 죄다 몰살당하지 않았던가? 두고 보게. 이제 수로채는 죽은 목숨이야. 내 생각이지만 지금쯤 수로채 채주들은 불안에 떨며 잠을 못 이루고 있을 걸세.”

“맞아. 팽수의 목도 일검에 떨구었다는 장무영이 아닌가?”

“이제 또다시 피바람이 불 걸세.”

강호에 떠도는 소문에 과장은 있었지만 대체적인 흐름은 겉핥기나마 알고 있었다. 무영은 그들이 수로채를 범인으로 확신하고 말을 하는 것에 주목했다.

‘이놈들, 기다려라!’

이를 악물었다. 막상 무엇부터 해야 할지 선뜻 떠오르지 않았는데 이제야 방향을 잡은 기분이었다.


“대체 어떻게 된 일이냐?”

남경 야산 기슭 관제묘에 십여 명의 사내가 모였다.

황건과 그의 수행원들, 그리고 장강수귀 삼 형제였다.

“저희들도 알 수 없습니다.”

“저희들이 한 일은 남경과 무호의 포구에 정박 중이던 배에 구멍을 낸 것이 전부입니다. 모두 열 척이고 배 선창에 구멍만 냈지 불은 지르지 않았습니다.”

“그럼 불을 지르고 경비무사들을 죽인 것이 너희들의 짓이 아니라는 말이냐? 게다가 구강 공소까지 변을 당했다고 하던데?”

“저희들이 무슨 힘이 있어 그 많은 경비무사들을 대적하겠습니까? 그런 일이라면 은자를 산더미처럼 주신다 하더라도 능력이 미치지 못하니 맡지도 않았을 것입니다. 게다가 구강 공소를 치는 것은 계약에도 없던 일인데 무슨 힘이 남아서 그런 쓸데없는 일을 저질렀겠습니까?"

"음!"

황견은 침을 삼켰다.

자신도 이들이 그런 일을 저질렀다고 믿지는 않았지만 확인을 하는 절차일 뿐이었다. 이미 세간에서는 그 일을 두고 장강수로채에서 벌인 일이 틀림없다는 것이 중론이었다. 남궁세가에서 수로채에 대해 이를 갈고 있다는 말도 떠돌았고, 감히 수로채가 독자적으로 벌이지는 않았을 것이니 뒤에 마교의 사주에 의한 것이라는 말도 있었다.

"저희들은 약속대로 했으니 잔금이나 계산해 주십시오."

삼 형제 중 맏이인 주귀가 어색한 말투로 입을 열었다.

그도 일이 이상하게 굴러간다는 것은 알고 있었지만 남은 잔금이 적지 않았고 자신들이 잘못한 것은 없었다.

황견이 잠시 침묵을 지켰다.

동행한 자신의 호위무사들이라면 이들 삼 형제를 황천으로 보내는 것은 일도 아니다. 비밀을 엄수하기 위해서는 그래야 하겠지만 이놈들만큼 수공이 빼어난 자들을 찾기는 쉽지 않았다.

황견이 품속에서 금덩이가 든 주머니를 꺼내 건넸다.

"옛다. 비밀을 무덤까지 가져가지 않는다면 네놈들 따위의 목을 치는 일은 내 주머니에서 물건을 꺼내는 것보다 쉬운 일이라는 것을 잘 알고 있겠지?"

황견은 그렇게 경고를 하는 것으로 마무리하고는 돌아섰다.


'아무래도 무슨 일이 벌어지고 말지…….'

진강수로채주 서문탁은 화우 상방 사건이 터진 이래 내심 불안한 마음을 감추지 못했다. 지금도 몸은 침상에 누웠으되 마음은 그 생각뿐이었다.

지금 세간에서는 마교의 사주를 받은 수로채에서 화우 상방을 기습해 막대한 손해를 입혀 결국 문을 닫게 했다는 소문이 파다했다.

'대체 어떤 놈이 그런 소문을……'

그런 놈을 만나기만 하면 입부터 먼저 찢어놓고 따지고 싶은 심정이었다. 다른 채에 전서구까지 보내 확인을 해보았지만 그날 수로채에서 병력을 출동시킨 일은 맹세코 없었다는 것만 확인했다. 화우 상방 자체도 만만찮았거니와 뒷배경으로 거론되는 남궁세가까지 감당해야 하니 그런 일을 벌일 이유도 없었다.

마교 놈들을 대단한 배경으로 알고 협조했다가 일전에 어산도에서 수백을 잃었고, 허접들이라도 추려 겨우 머릿수라도 보충을 해놓으니 그 다음에는 양주 염방에서 제사를 지내주어야 했다.

동해와 양주에 가까웠던 진강채는 다른 채에 비해 피해가 더욱 막심했다.

한시라도 남궁세가의 홍의대가 들이닥칠까, 혹은 장무영이 대선단을 이끌고 쳐들어오지나 않을까 하는 걱정에 날마다 잠도 제대로 이루지 못하고 좌불안석이었다.

바스락.

'헉!'

어디선가 들리는 인기척에 깜짝 놀란 서문탁이 벌떡 몸을 일으키고는 머리맡에 둔 검부터 챙겼다. 하지만 한참을 기다려도 다른 소리가 없자 자신이 잘못 들었다는 생각을 했다.

‘휴, 이거 차라리 일이 터지는 것이 낫지. 하지도 않은 일 때문에 잠도 제대로 못 자다니.’

그런 생각을 하며 다시 머리맡에 검을 두고 침상에 눕는 순간 쾅 소리와 함께 창문이 뜯겨져 나가며 한 인영이 들어섰다.

“네놈이 서문탁이냐?”

“헉!”

침입자에 놀라 일어나며 무의식적으로 검을 잡아 드는 순간 번쩍 하며 상대의 검이 허공을 훑었다.

“훗!”

서문탁은 침상 위를 구르듯 하며 겨우 피했다.

좁은 침상에서 피하다가 모서리의 침상 기둥에 막히자 거꾸로 상대를 향해 위협을 주듯 검을 휘둘렀지만, 그런 엉성한 초식이 오히려 화를 불렀다.

“아악!”

서문탁은 망연자실했다.

검을 잡은 자신의 손이 팔뚝과 분리되어 침상 위를 퍼덕거리고 있었다. 도저히 믿기지 않는 현실이라 눈을 부릅뜨고 보았지만 분명 자신의 왼손이 틀림없었다.

짙은 공포감이 전신을 휩쓸었다.

“네놈이 서문탁이냐고 물었다.”

“그, 그렇소. 누, 누구시오?”

두려움에 미처 지혈을 할 정신도 없어 피가 콸콸 솟는 팔뚝을 움켜쥔 그가 떨리는 목소리로 대답했다.

“누가 시켰느냐?”

"무, 무엇을 말이오?"

"누가 시켰느냐?"

"나, 나는 정녕 모르는 일이오."

서문탁은 목소리로 보아 젊은 놈이니 필시 상대가 팽가장주를 죽였다는 화우 상방 총행두 장무영임을 짐작했다.

"정말이오. 수로채는 절대 그 사건에 개입하지 않았소."

그의 예상은 틀리지 않아 밤손님은 바로 무영이었다.

하지만 그의 대답이 오히려 무영의 의심을 샀다.

"어떤 사건 말이냐? 내가 묻지도 않았는데도 하지 않았다니, 그러고도 네놈이 개입되지 않았다는 말이냐?"

"그, 그건……."

"변명은 필요없다. 네놈들이 사건을 일으켜 본인의 피해가 막심하니 일단 그것에 대해 변상을 해라."

'돈으로 물어내라는 것이었나?'

무영의 말에 서문탁은 희망을 가졌다.

어느 정도 냉정을 되찾은 그는 피가 흐르는 팔을 얼른 지혈하고 한 손으로 침상 구석을 밀어 제꼈다.

덜컹!

침상의 한 부분이 함몰되며 조그만 공간이 나타났다. 서문탁은 그 안으로 손을 집어 넣었다.

"끙!"

가볍게 힘을 쓰는 소리가 나더니 커다란 상자가 들려 나왔다.

"열어라!"

무영이 싸늘한 어조로 말했다.

상자 안에는 각종 금붙이와 전표, 야명주 등 족히 수십만 냥은 나갈
정도의 보물이 들어 있었다. 값비싼 것만 챙겼기에 가치가 떨어지는
은괴 같은 것은 아예 보이지도 않았다.

밖에서 채주의 거처에서 일어난 소동을 들었는지 수하들이 몰려오
는 소리가 났다.

"상자를 가지고 나가라."

서문탁이 한 손으로 힘겹게 상자를 어깨에 들어 올리자 무영은 그를
앞장세우고 밖으로 향했다.

벌써 횃불을 든 수채의 무리들이 채주의 거처를 중심으로 몰려들고
있었다.

"웬 놈이냐?"

"어서 채주님을 풀어주어라!"

그들 중에서 제법 서열이 있는 듯한 놈들 둘이 칼을 꼬나쥐고 앞으
로 나서며 소리쳤다.

"가자!"

무영은 멈칫거리는 서문탁을 재촉했다.

"이놈이!"

두 명의 수적이 무영을 향해 달려들었다.

쐐액!

"크악!"

"커억!"

검날이 번뜩이는 순간 두 명의 수적은 그대로 고꾸라졌다. 남은 수
적들은 소두목 둘이 속절없이 가자 감히 나설 생각도 못하고 입을 닫
고 주춤거렸다.

“배가 있는 곳으로 가자.”

서문탁은 그제야 놈이 배를 타고 떠나려 한다는 것을 알았다.

‘그래, 한평생 모은 재산이지만 나중에 바닥에서부터 다시 모으면 되지.’

재산이 아까운 그의 마음은 말로 표현할 수 없을 정도였지만 목숨보다 더하지는 않았다.

배가 정박된 곳으로 간 무영은 소선 하나를 고른 뒤에 서문탁에게 졸개 몇 명을 시켜 배를 몰도록 했다.

“사공으로 쓸 놈만 태우고 나머지는 따라오지 말라고 해.”

무영이 속삭이듯 말했다.

서문탁의 지시를 받은 십여 명의 졸개들이 배에 올랐다.

“절대 내 뒤를 따라오지 마라.”

속마음은 그렇지 않던 서문탁이었지만 졸개들을 향해 그렇게 소리칠 수밖에 없었다.

“마안채로 간다.”

무영은 그렇게 말하고는 배 위에 드러누웠다.

원래는 목을 따버릴 생각이었지만 사람을 죽이는 일이라 선뜻 내키지 않았기에 일이 복잡해졌다.

반드시 죽여야 하는 절체절명의 상황도 아니라 아직 갈피를 잡지 못하고 있었다. 한데 십여 명의 수적들은 선뜻 노 저을 생각은 하지 않고 눈치만 살피고 있었다.

“뭐야?”

“저… 물길을 거슬러 올라가야 하니 배로 가시면 이삼 일은 족히 가셔야 합니다.”

졸개 하나가 쭈뼛거리며 말했다.

"그럼 항주로 몰아!"

잠시 생각에 잠기던 무영은 그렇게 말했다.

기왕에 이렇게 된 이상 일단 서문탁과 보화가 든 상자를 동가장에 맡기려는 생각이었다. 장강 줄기를 거슬러 가야 하는 줄 알고 하늘이 노랬다가 방향이 바뀌자 힘이 난 졸개들이 힘차게 배를 저었다. 심신이 무척 피곤했던 무영은 팔베개를 하고 갑판 위에 드러누웠다. 아침이 다 되어갈 무렵 멀리 항주가 보이자 무영이 서문탁에게 물었다.

"누구 지시를 받고 한 일이냐?"

"정말 나는 모르는 일이오."

그래도 한 채를 다스리는 채주였다. 자신이 하지 않은 일은 아니라고 말할 줏대는 있었다.

"세상 사람들 모두가 너희들 짓이라고 하는데 정작 당사자만 아니라고 부인하는군."

"아닌 건 아니오."

처음 느꼈던 공포심이 어느 정도 가라앉아 마음의 안정을 되찾은 서문탁은 부글거리는 속을 겨우 진정시키며 말했다. 그의 눈이 열심히 노를 젓는 수하의 검을 스쳤다.

"네가 아니어도 말해 줄 사람이 아직 열일곱이나 남아 있지. 그리고 자백을 받아낼 방법이 없는 것도 아니야."

무영의 그 말은 말하지 않아도 결국 알아낼 수 있다는 뜻이었지만 서문탁은 자신을 죽이겠단 뜻으로 해석했다.

'음, 그렇다면……'

무영은 여전히 팔베개를 하고 있었다.

서문탁이 재빨리 몸을 날려 노를 젓고 있던 수하의 검집에서 검을 낚아챘다.

"엇!"

무영이 놀라며 몸을 굴려 일어나려고 하는 사이 서문탁의 검이 무영의 목을 노렸다.

"죽어랏!"

창!

얼른 검을 빼 든 무영은 가까스로 서문탁의 공세를 막았다. 이어 무영의 발이 서문탁의 옆구리를 걷어찼다.

퍽!

내력을 운기했기에 겨우 지혈해 놓은 서문탁의 손목에서 샘처럼 선혈이 튀었지만 그는 조금도 개의치 않고 무영의 심장을 노리고 검을 찔러왔다.

'이키!'

겨우 몸을 굴러 피했지만 사생결단을 내려는 서문탁은 틈을 주지 않고 검을 휘둘렀다. 크지 않은 배인지라 몸을 빼기도 쉽지 않았고 물살이 일렁거리는 통에 서서 공격을 하는 서문탁도 그리 유리한 형편은 아니었다.

풍덩, 풍덩!

돌연 좁은 배 안에서 벌어지는 칼부림에 놀란 수하들은 채주를 돕기보다 얼른 물속으로 뛰어들어 목숨을 보전하는 쪽을 택했다.

출렁!

수하들의 갑작스런 움직임에 배가 크게 흔들렸다. 순간 공격을 해오던 서문탁의 몸이 중심을 잃고 휘청거리자 그 틈을 놓치지 않은 무영의 검이 빗살처럼 그의 몸을 갈랐다.

"커억!"

어깨에서 허리까지 베어지며 갑판 위로 나뒹굴었다.

쿵!

"빌어먹을 놈!"

죽일 생각은 없었다. 그저 동가장에 맡겨두고 일의 진상을 밝혀볼 생각이었는데 사생결단을 내려고 덤비니 어쩔 수 없었다.

"제기랄!"

여기저기에서 첨벙거리며 뭍으로 헤엄을 쳐 달아나는 수적들이 보였다. 사공들이 모두 튀었으니 꼼짝없이 혼자 배를 몰아야 했다.

노를 젓는 일도 보통 일은 아니었다.

한참을 끙끙거리며 애를 썼지만 배가 제대로 갈 생각을 하지 않자 겨우겨우 배를 몰아 뭍에 댔다.

상자만 어깨에 걸쳐 멘 그는 동가장을 향했다.

정문을 지키는 사람에게 상자를 감일웅에게 보관해 달라고 부탁하고는 이번에는 마안채를 향했다.


무영이 마안채에 도착한 것은 그로부터 이틀이 지난 후였다.

진강수채가 당했다는 소문은 무영이 마안채로 향하는 발걸음보다 더 빠르게 퍼져 있었다.

누구보다 소식을 빨리 접한 것은 진강수채의 변고에 대해 전서구로 연락을 받은 마안채주 마풍이었다. 그는 장무영이 장강수로채를 공격하기로 마음을 먹었다면 다음 차례는 진강수채와 다른 여러 수채들의 길목에 있는 자신이 될 것임을 직감했다.

　마풍은 수하들을 대여섯씩 조를 짜게 해 철저하게 순찰을 돌렸고 특히 습격을 당한 시점이 한밤중이라는 점을 주시해 밤에는 더 철저히 근무할 것을 명했다. 외부에 나가 있는 자들까지도 모두 불러들였고 야간 매복을 세 배나 강화했다.

　그런 그의 노력은 효과가 있었다.

　“침입자다!”

　“잡아라, 저쪽이다!”

　무영을 발견한 것은 나무 위에 잠복한 매복조였다.

　차례로 소초들을 제압하고 올라왔던 무영이었지만 미처 높은 나무 위까지는 신경을 쓰지 못했는데, 매복조는 산채로 접근하는 무영의 뒷모습을 발견한 것이었다.

　‘이런 제길, 나무 위에 있을 줄이야…….’

　초저녁부터 적들의 매복지를 천리경까지 동원해 살폈는데 미처 나무 위는 예상치 못했던 곳이었다. 게다가 강바람이 세차게 불어 나뭇잎들이 흔들리는 소리가 귀를 어지럽혔기에 미리 알지 못했다. 하는 수 없다고 생각한 무영은 그대로 경공을 전개해 마안채의 중심 건물로 보이는 곳을 향했다.

　“침입자다!”

　“막아라!”

　마치 준비나 하고 있었다는 듯 곳곳에서 횃불이 밝혀지며 마안채 전체는 순식간에 밤에서 깨어났다.

　“왔구나!”

　마안채주 마풍은 계집을 끼고 잠에 취해 있다가 그 소리에 벌떡 일어나 자신의 검을 챙겨 들고 내실 주변을 지키는 호위들과 함께 밖으

로 나섰다. 호위들은 마안채에서도 제법 한 수가 있는 놈으로 특별히
선발된 자들이었다.

무영은 잠깐 사이에 백여 명이 넘는 수적들에게 둘러싸였다.

"죽고 싶은 놈은 앞으로 나서라!"

수적들은 그가 채주를 죽이러 온 장무영임을 짐작했지만 팽수를 이
겼다는 소문은 듣고 있었기에 함부로 나서지는 못했다.

마풍은 이 상황을 조용히 끝내고 싶었다.

상대가 강호의 헛소문을 듣고 자신을 찾은 것이 분명한데 억울한 누
명 때문에 피를 봐야 하는 상황은 피해야 했다. 놈을 죽인다면 그 다음
은 남궁세가를 맞아야 했는데 그건 정말 자신없는 일이고, 놈의 칼에
자신이 죽는 상황은 더 더욱 사절이다.

"장무영 총행두 되시오?"

"그렇다."

"마안채주 마풍이라 하오. 총행두께서 이곳을 찾으신 것을 보니 강
호에 떠도는 근거없는 소문에 오해를 하신 듯하오이다."

"세인들의 말을 빌자면 구강 공소는 수적들의 공격에 당했고, 행두
상문인이 수적들과 용감히 맞서 싸우다가 죽었다고 하며 마지막 순간
까지 생생하게 묘사를 하고 있는데 거짓이라는 말이냐?"

"그럼 어느 채에서 공격을 했는지도 아시겠구려?"

"이놈, 세상이 다 아는 일을 가지고 억지 쓰지 마라!"

새파란 젊은 놈에게 이놈 저놈 하는 막말까지 들었지만 합리적인 성
격의 마풍은 전혀 개의치 않았다. 오늘 그의 화두(話頭)는 싸움을 피하
자는 것이지 위아래를 따지자는 것이 아니었다. 이미 상대가 받은 피
해를 고려할 때 이 정도의 반응은 각오했었기 때문이다.

　마풍도 나름대로 구강 공소의 일을 조사했고 모종의 결론을 얻은 바가 있었다.

　"본인이 알아본 바에 의하면 그 일에 장강수로채가 개입되었다는 증거는 수로채 사람들의 복장을 한 괴한들이 배를 타고 와서 공소 사람들을 죽이고 배를 불태웠다는 것이 전부였소. 하지만 곰곰이 생각해 보면 그 일은 여러 가지 허점이 있소이다."

　무영은 자신도 모르게 그의 말에 귀를 기울였다.

　여러 공소들이 습격을 받은 사건에 대해 제대로 조사할 여유도, 자세한 상황을 알려주는 사람도 없었고, 원래는 진강채주를 심문하려는 것이었는데 뜻대로 되지 않아 미심쩍은 부분을 확인하려는 생각이 있었기 때문이다.

　마풍이 말을 이었다.

　"우선 본 채주가 여러 수채들에 전서구를 보내 알아본 바에 의하면 그날을 전후로 대규모로 병력을 출동한 수채는 어디에도 없었소. 그리고 우리들은 약탈이 목적이지 방화가 아니오. 불을 질러도 중요한 것은 챙긴 후라는 말이오. 구강 공소에 대한 목격자들의 말을 종합하면 다섯 척의 배에 나누어 탄 놈들이 공소를 습격하고는 어디론가 사라졌다고 했소. 하지만 그 배들의 행방을 아는 사람들은 아무도 없소. 그런 자들이 장강을 오갔다면 하루에도 수백 척이 오가는 곳이니 목격자가 있을 법한데 전혀 없다는 말이오. 뭔가 의도적으로 숨기려고 하지 않은 다음에야 그런 일이 일어나기는 힘들다는 것이오."

　"그게 너희들이 범인이 아니라는 증거가 될 수 있느냐?"

　"범인이 진짜 우리라면 어차피 공개적으로 일을 벌인 이상 그런 조심을 할 필요가 있겠소?"

"……"

"너희들은 그만 물러가도록 해라."

돌연 마풍이 수하들을 둘러보며 소리쳤다.

"내실로 가시겠소? 만약 나를 믿어준다면 해줄 말이 있소."

수하들이 물러가자 마풍이 전음을 보냈다.

'……!'

무영이 가볍게 고개를 끄덕이자 마풍이 앞장섰다. 그를 데려간 곳은 손님을 맞는 객사로 보이는 곳이었다.

주변에 아무도 없는 것을 확인한 마풍이 입을 열었다.

"문향교가 금릉전장을 폭파하기 전에 수천만 냥에 이르는 전장의 재산을 이곳 마안채로 빼돌렸던 사실을 아시오?"

"……!"

다른 말은 무영의 귀에 들리지도 않았고 오직 수천만 냥이라는 천문학적인 금액만 천둥처럼 그의 머리를 때렸다.

잠깐의 어색한 침묵이 흐른 후에 마풍이 말을 이었다.

"그런데 문향교에서 염방을 치기 위해 병력을 출동시킨 사이 그걸 어떤 자들이 탈취해 갔소."

"어떤 놈이……!"

자신도 모르게 언성이 높아졌다.

"누구겠소?"

"……"

아직 감이 오지 않았다.

"당시 염방을 치기 위해 다른 수채는 물론이고 마안채에서도 칠십이나 동원되었소. 일진은 문향교의 직속이고 우리는 이진이었소. 제삼진을 맡기로 한 무림맹의 지원 병력도 이 근처까지는 도착했었소. 그런데 양주에는 나타나지 않았소.”

“그럼 역무군이 범인!”

“나는 그렇게 말하지 않았소. 다만 그런 사정이 있었다는 것뿐이오. 내가 그 일에 대해서 알 수 있었던 것은 무림맹 지원 병력의 도착지가 마안채였기 때문이오. 사실 나는 상부에서 이 일에 대해 절대 함구하라는 지시를 받았소. 만약 입을 열면 그 대가로 내 목숨을 내놓아야 한다고도 했소. 하지만 당신이 나를 철천지원수로 알고 찾아온 마당에 그게 무슨 소용이 있겠소?”

“내가 그 정도로 두렵소?”

무영의 말투가 바뀌었다.

“꼭 그렇다는 것은 아니오. 다만 이런 말을 하는 이유는 수하들을 동원해 당신을 이 자리에서 죽일 수 있을지 몰라도 이대로 누명을 쓴다면 남궁세가와도 원수가 될 것은 뻔한 이치이기 때문이오. 나로서도 여러 가지 고려를 한 끝에 이런 말씀을 드리는 것이오.”

“음!”

마풍의 눈빛으로 보아 거짓을 말하는 것으로 보이지는 않았다.

잠시 시간이 흐른 후에 무영이 말했다.

“좋소. 하지만 당신의 말이 거짓으로 판명날 경우에 그 대가는 결코 작지 않을 것이오.”

무영이 확인을 하듯 말했다.

“내가 지금 거짓을 말하는 것으로 보이오? 다른 말은 하고 싶지 않소. 단지 내가 그런 일을 털어놓았다는 사실을 입 밖에 내지 말아주길 바랄 뿐이오.”

마풍은 단언하듯 말했다. 그가 전말을 밝힐 결심을 할 수 있었던 것
은 사실 양주에서의 싸움 이후 마교의 세력이 크게 위축되었기 때문이
기도 했다.

그 길로 무영은 마안채를 벗어났다.


남경을 지나는 장강 줄기에 세 척의 배가 강심에 닻을 내렸다.

그중 한 척은 선실이 유난히 컸는데 배의 앞뒤로 몇 명의 무인들이
지키고 서 있었다. 무인들은 한결같이 겉옷의 왼편 가슴 위에 붉은색
의 열십(＋) 자가 그려져 있었다.

그들은 바로 걸개방 무인들로 가슴의 열십 자는 스승님의 원한을 갚
겠다는 곡완주의 염원을 담은 것이었는데, 걸개방 내에서 그 의미를 제
대로 아는 사람은 아무도 없었다. 열십 자 기호를 두고 혹시 대부인이
야소교(耶蘇敎)를 신봉하시는 분이 아닐까 하는 말이 나온 것이 고작이
었다.

선실 안.

백의에 흰 복면을 한 곡완주가 있고 그녀의 한 걸음 뒤에는 십여 세
가량의 시중드는 계집아이가 무릎을 꿇고 있었다. 전에 걸개선에 납치
되었던 아이로 지금은 시중드는 일을 맡았는데 곡완주는 그 아이에게
연아라는 이름을 지어주었다.

그녀는 비서당주로 임명한 서관으로부터 보고를 받고 있었다. 남달
리 눈치가 빠른 서관인지라 그런 일에 제격이었다.

"마안채에 장무영이 나타났다는 말이 있는데 아직 확인되지는 않고
있습니다. 채주 마풍과 밀담을 나눈 후에 조용히 물러갔다고 하더군
요."

“이번 일은 아무래도 석연치 않은 구석이 너무 많다. 특히 놈들이 전력을 노출시켰던 구강 공소의 주변에는 단서가 남아 있을 가능성이 크니 사람들을 더 풀더라도 소소한 것 하나하나까지 놓치지 말고 철저히 탐문해 조사하도록 해라.”

“지금 수하들을 더 불러올리면 화염회와 마찰이 일어날 수도 있습니다.”

서관은 말을 하면서도 대부인의 눈치를 조심스레 살폈다.

대부인의 실력을 알기에 다른 타행들과의 마찰 같으면 말을 꺼낼 필요도 없었고 꺼내고 싶지도 않았지만, 화염회는 중원제일의 타행이었다. 비록 걸개방이 절강과 강소 일대의 타행들을 접수해 급속히 세력을 확장했지만 방도들 모두 화염회 이름만 나오면 은근히 기가 죽는 것은 어쩔 수 없었다. 대부인이 걸개방을 세우기 이전까지 감히 화염회에 대적하려는 타행은 없었다.

“흥, 이번 조사에 방해가 되는 것들은 모두 죽여 버린다. 화염회가 아니라 염라대왕이 직접 와도 마찬가지다.”

곡완주가 잔뜩 감정이 실린 어조로 코웃음까지 쳐가며 말했다.

‘이키!’

서관은 찔끔했다.

이럴 때 잘못 나불거리다가는 끝이 좋지 않을 가능성이 높았다. 화우 상방 사건에 무척이나 예민한 반응을 보이는 대부인을 자극하고 싶은 마음은 절대 없었다. 걸개방 내부에서도 화우 상방과 대부인이 어떤 관련이 있을지도 모른다는 말이 은밀히 오갈 정도였다. 이번 행로의 동행자로 결정되었을 무렵부터 가장 걱정한 것이 바로 최근 대부인이 보이는 변화무쌍한 기상도(氣象圖)였다.

“명을 받들겠습니다.”

서관은 재빨리 물러갔다.

곡완주가 세 척의 배에 백여 명의 수하들을 가득 태워 부양현을 출발한 것은 수로채의 습격으로 화우 상방이 무너지고 총행두 장무영은 상인들의 난동을 피해 달아났다는 말을 들은 바로 다음날이었다.

그녀는 수하들을 재촉해 즉시 항주로 이동해 왔고 그 다음날 진강채주 서문탁이 항주 근처의 수로에서 시체로 떠올랐다는 말을 들었다. 화우 상방 총행두 장무영이 복수를 시작했다는 말이 시중에 파다했다.

수로채에 혐의를 두고 복수를 한다면 다음 행선지는 당연히 마안채가 될 것이라 생각하고 급히 이곳으로 왔건만 한 발 늦었다. 게다가 남경이 바로 보이는 강줄기에 닻을 내리니 부하들의 표정도 어딘지 모르게 불편해 보였다.

그들은 진회하의 화염회를 껄끄러워하고 있었다.

다른 곳은 기존의 타행들을 접수해 걸개방의 분타로 삼았지만 이곳 남경의 화염회만은 아직 제압하지 못했다. 곧 손을 보려고 마음먹고 있었는데 화우 상방에서 일이 터졌기에 잠시 묻어둔 상태였다.

수하들까지 이끌고 왔기에 화염회와의 마찰을 우려해 남경성 안으로는 들어가지 않고 장강을 타고 올라온 것이었다. 지금은 놈들을 건드려 시간을 낭비할 정도로 한가한 마음이 아니었다.

걸개방 각 분타에서 조사한 바로는 화우 상방의 참사와 진강채나 마안채 같은 장강수로채가 연관되었다고 보기에는 무리가 많았다. 강호의 소문이란 믿을 것이 못된다는 생각에 수하들을 독려해 직접 조사를 하고 있는 중이었다.

화우 상방의 참변을 듣고 놀랐지만 일단 무영이 탈출했다는 소식에 마음은 놓고 있었다. 하지만 자칫 복수를 하겠다고 일을 벌이다가 크게 낭패를 볼지도 모른다는 생각에 조바심이 나는 것도 사실이었다.

진강채주를 죽인 범인이 무영이라면 장강을 거슬러 올라가며 곳곳의 수로채를 찾아 살육을 벌일지도 몰랐다. 아무리 수적들이라도 구석에 몰리면 고양이를 무는 쥐가 되어 암계(暗計)로 상대를 해온다면 오히려 당할 수가 있다.

곡완주가 걱정하는 점은 바로 그것이었다. 어떤 이유에서건 그분이 위험에 빠지는 것을 보고만 있을 수는 없었다.

"구강으로 간다!"

곡완주는 선실 밖을 향해 들으란 듯이 크게 말했다.

멀리 강 건너에서 화염회 무리들로 보이는 자들이 배의 움직임에 따라 이동을 시작했다. 그들도 걸개방의 소문은 들어 알기에 함부로 덤비지는 않고 있는 것이 분명했다.

"흥!"

곡완주는 선실 창문을 통해 그 광경을 지켜보며 코웃음을 쳤다.

제5장　역무군과 묘이강

"뿌드득! 역무군, 이놈이 끝내 내 목을 조이는구나."

묘이강은 이를 갈았다.

자신의 유일한 세력이라 할 수 있는 수로채가 화우 상방을 공격했다는 말은 이제 기정사실로 되어 세인들의 입에 오르내리고 있었다. 혹시나 하는 마음에 은교교에게 지시해 모든 수로채에 일일이 확인까지 했지만 수로채 병력이 출동한 적은 없었다.

하지만 발뺌을 하기에는 아귀가 너무 맞아떨어졌다.

그동안 화우 상방의 호송선단으로 가장 큰 피해를 보고 있는 곳 중 하나가 바로 장강수로채였고, 다른 마방이나 표국, 녹림 등 여러 당사자 중에서도 무영과 남궁세가를 상대로 일을 벌일 만한 힘을 가진 곳으로 보이는 곳 역시 수로채뿐이었다.

비교적 중립을 지켜왔던 남궁세가와 장무영으로 하여금 수로채를 상대하게 해 어부지리를 노리는 것이 틀림없었다. 수로채를 팔 만한 세력이라면 의심할 필요도 없다. 숱하게 보아왔던 놈의 잔꾀 중 하나였다.

"놈은 기다릴 시간조차도 주지 않는구나."

힘을 키운 후에 다시 나서려고 했지만 놈이 서서히 자신의 목을 조여오는 판국이라 더 이상 견딜 수도 없다.

묘이강은 모든 제자들을 소집했다.

"무림맹을 친다."

"……."

"역무군, 그놈과의 일전은 마지막으로 남겨두었지만 놈이 계속 도발을 해오니 어쩔 수 없다."

"시기가 좋지 않습니다. 지금 수로채 두 곳이 이미 당했고 장무영으로 추측되는 흉수는 장강 줄기를 따라 올라오고 있습니다. 게다가 세가의 움직임도 예사롭지 않다는 보고입니다. 지금 나서면 삼면의 적을 상대해야 합니다."

웬만해서는 사부의 말에 나서지 않는 악화였지만 이번은 달랐다. 어쩌면 마지막 일전이 될 수도 있었다.

"나도 알고 있다. 하지만 기다린다고 달라지는 것은 없다. 놈은 계속 수로채를 치며 올라올 것이고 결국 우리는 팔다리를 차례로 잃게 될 것이다. 너희들이 나가서 수로채마다 일일이 지켜줄 수는 없는 것 아니냐? 팽수를 죽인 놈이니 최소한 두 명은 있어야 확실하게 제압할 수 있을 터인데 그럴 여유가 있겠느냐? 그리고 남궁세가는 또 누가 감당한다는 말이냐? 이미 홍의대 수십과 청의대 이백이 조를 이루어 은밀히 세가를 떠났다는 정보는 있지만 아직 행선지조차도 모르지 않느냐. 어쩌면 이곳 천주봉인지도 모르지."

"그렇지만 이런 시기에······."

"머리만 잘라내자는 것이다. 역무군이 죽고 나면 나머지 것들은 어렵지 않다. 설마 이런 시기에 반격해 오리라고는 놈도 생각지 못할 것이니 오히려 기회일 수 있다. 우리가 전력을 모아 친다면 그리 어려운 일도 아닐 것이다."

"······."

"귀견수들을 모두 불러 모아라. 은교교에게 연락해 수로채 병력을 모아 무림맹을 칠 준비를 하라고 해라."

"수로채까지 동원했다가는 사전에 정보가 샐 우려가 있습니다."

"무림맹을 치는 것은 그 이전이다. 어차피 수로채 놈들이 무림맹을 치는 데 크게 보탬이 되리라고는 생각지 않는다. 그저 북소리만 내달라는 것으로 성동격서라 할 수 있지."

악화를 비롯한 제자들은 나름대로 생각에 열중했다.

자신들의 무공으로 신속하게 무림맹의 심장부에 도달하는 일은 어렵지 않겠지만 그 이후가 문제였다. 하지만 사부가 결정을 한 이상 선택의 여지는 없다.

"알겠습니다."


무창.

뒤로는 홍산(洪山)에 기대어 장강과 동호를 굽어보는 무림맹 총단은 언제 보아도 당당한 위용을 자랑했다.

마치 네 개의 뿔처럼 솟아 동서남북 사방에 설치된 망루에는 밤낮을 가리지 않고 번을 서는 호맹당 소속의 무사들이 자리를 지켰다.

이미 자정도 지나 밤이 깊었기에 무림맹 경내는 풀벌레 소리와 순찰을 도는 호맹당 소속 무사들의 발걸음만 가끔 들릴 뿐 사방은 적막에 잠겨 있었다.

칠흑 같은 어둠을 타고 흑의를 입은 침입자들이 숲이 우거진 골짜기를 지나 가볍게 무림맹의 담장에 붙었다. 한참을 기다리던 그들은 순찰조가 지나자 가볍게 담을 넘어 안으로 들어갔다.

정천당.

역무군이 집무에 열중하는지 지금 이 시각에 무림맹 안에서 불을 밝히고 있는 몇 개의 건물 중 한 곳이었다.

하지만 경비는 허술해 과연 이곳이 무림맹주의 집무실이 맞는가 하는 의구심이 들 정도로 정천당 입구에는 네 명의 무인들만이 번을 서고 있었다.

휙!

묘이강이 제자들에게 눈짓을 하자 악화가 재빨리 지풍을 날려 그들을 제압했다. 그들은 사방을 둘러보고는 고루신마 백소무만을 남긴 채 모두 정천당 안으로 들어갔다.

'엇!'

안으로 들어선 묘이강 일행은 놀라지 않을 수 없었다.

정천당 안은 사방으로 돌아가며 켜 있는 수십 개의 촛불만이 인기척에 불꽃을 흔들고 있을 뿐 사람의 그림자라고는 일체 보이지 않았다.

'놈이 침실로 간 것 같구나.'

묘이강이 얼굴을 찌푸리고 막 돌아서려는 순간이었다.

삐이걱!

돌연 안쪽의 벽이 빙글 돌더니 한 손에 검을 든 역무군이 나타났다. 그는 묘이강 일행을 보고도 조금도 놀라지 않고 얼굴에 옅은 미소까지 띠고 있었다.

"왔는가?"

역무군이 무심한 어조로 인사를 하듯 말했다.

'헛!'

그 말에 묘이강의 어깨가 흠칫하며 흔들렸다. 마치 자신을 기다리고 있었다는 말투였기 때문이다.

하지만 그는 이내 냉정을 되찾았다.

'허세로군.'

자신과 이곳에 온 제자들만이 알고 있을 뿐 심지어는 수로채에 있는 은교교마저도 모르는 일이다.

"자네가 나를 너무 심하게 조이더군. 참을 수가 없었네. 그런데 묘한 습관이 있는 모양이군. 벽 속에 들어가 있다니."

묘이강이 오른손을 들어 흰 수염을 쓰다듬으며 역무군에게 지지 않겠다는 듯 태연한 신색으로 말했다.

"허허허, 그랬나? 유감이로군. 몰랐는가? 원래 맹주의 집무실에는 위급을 대비해 이런 밀실이 있었다네. 바로 지금 같은 경우를 대비함이지. 미리 자네에게 말해 주었다면 재미가 없을 뻔했지. 숨어 있었던 것은 사실 내가 보이지 않을 경우 자네 얼굴이 어떻게 변할까 궁금하기도 했거든."

역무군이 빙글거리듯 여유있는 표정으로 말했다.

"진작 자네를 정리했어야 했다는 후회가 들더군. 하지만 아직 늦지는 않았겠지."

말이 채 끝나기도 전에 묘이강의 검이 그의 머리를 쪼개왔다. 마치 놀리는 듯한 역무군의 말투에 은은한 노기를 띤 묘이강은 평정을 잃지 않으려는 듯 검에는 여유가 있었다.

"허허허, 아직 멀었군. 한 번 놓친 때는 다시 오지 않는다네. 그리고 자네는 단 한 번도 나를 누를 기회를 가진 적이 없었어. 언제 그런 기회가 있었다는 것인지 알 수가 없군."

여전히 옅은 미소를 띤 역무군이 담담한 표정으로 가볍게 몸을 빙글 돌리며 묘이강의 검을 피했다. 일견 가볍게 보이는 동작이었지만 조금의 방심도 보이지 않는 깔끔하고 절제된 몸놀림이었다.

"내 제자들이 자네를 처음 찾았을 때가 좋은 기회였지."

묘이강이 역무군의 허리를 쓸어가며 말했다. 무림맹에 모인 각 파의 수장들과 함께 마교의 일을 논하고 있었을 때를 말하는 것이다.

창!

역무군이 비스듬히 검을 틀어 그의 검을 막자 검이 부딪치며 불꽃이 튀었다.

"허허허, 사실 그때는 나도 당황하기는 했지. 하지만 그런 기회가 또 있더라도 자네 부하들은 나를 공격하지 못해. 왜인지 아는가?"

쐐액!

이번에는 역무군이 묘이강의 목을 노렸다.

마치 빛살처럼 날카로운 한 수였다.

"……."

너무나 빠른 수였기에 묘이강은 몸을 피하기에 바빠 미처 입을 열 기회조차도 없었다.

"자신들의 목숨을 너무 아끼기 때문이지. 당시 나를 포위하고 있던 악화와 당열지, 파가, 그리고 백소무 네 명이면 충분히 나를 죽일 수 있었지. 하지만 발검을 하는 순간이면 그들 중 최소한 둘은 그 자리에서 죽고 남은 사람들도 결코 무사하지는 못했을 것이라는 점은 자네도 인정할 게야. 자네 제자들도 그걸 알고 있었으니 감히 덤비지 못했고. 더 결정적인 것은 나를 죽이라는 명령을 받지 않았다는 것이지.”

파라라랏!

역무군의 검이 허공에서 꽃송이를 그리며 빙글빙글 돌아 묘이강의 전면에 수십 송이의 검화(劍花)를 그렸다.

“음!”

묘이강이 신음성을 냈다.

역무군의 매서운 공격 때문이 아니라 자신의 실책을 아쉬워하는 탄식의 표현이었다.

쏴!

돌연 꽃송이 속에서 날카로운 살기가 뻗어나 묘이강의 심장을 향해 쏘아갔다.

창!

묘이강이 두 걸음 뒤로 물러나며 역무군의 검을 쳐냈다.

하지만 역무군의 말이 그의 심기를 크게 흔들었는지 고수와의 싸움에서 기본적으로 요구되는 평정심을 잃어가고 있었다.

묘이강의 얼굴은 점차 굳어갔는데, 무엇보다도 그를 놀라게 한 것은 역무군이 제자들의 이름을 모두 알고 있다는 사실이었다. 어쩌면 놈은 자신의 속옷 색깔까지도 알지 모른다는 생각마저 들어 묘이강은 은근한 두려움마저 들었다.

쐐애액!

역무군의 검이 바닥에서 허공으로 치켜 올라가며 묘이강을 쪼개갔다.

‘훗!’

묘이강도 미처 예상하지 못했을 정도로 상식을 초월한 검초였다. 공격 중이건만 역무군이 말을 이었다.

"당시 자네는 나를 너무 쉽게 생각했어. 오히려 껍데기만 남은 구파 일방에 더 신경을 쓰는 눈치더군. 그뿐이 아니지. 주제에 맞지 않는 욕심을 부리는 바람에 막대한 자금이 필요하게 되어 쓸데없는 일을 벌이고 수습하느라 정신이 없었지."

묘이강의 얼굴이 붉게 물들었다.

그의 검이 신경질적인 반응을 보이듯 무서운 검풍을 일으키며 상대를 쓸어갔지만 역무군은 슬쩍 몸을 틀어가는 가벼운 동작으로 검세를 피했다.

"자네는 '하나의 되ㅡ道]'를 모르더군."

몇 걸음 물러선 역무군이 잠시 여유를 찾아 덧붙이듯 말했다.

"그게 무슨 소리냐?"

말뜻을 이해하지 못한 묘이강이 물었다.

서로 말을 나누며 벌어지는 이 일전은 일견 가벼운 비무로 보일 정도였지만 한 수 한 수가 피를 말리는 생사의 갈림길이다. 두 사람의 이마에서 땀이 송골거렸다.

이번에는 역무군이 묘이강의 상체를 비스듬히 베어가다가 돌연 몸을 뒤집어 다리를 노렸다. 가볍게 뛰어 피하려는 상대의 허리를 향해 어느새 또다시 몸을 뒤집은 역무군이 검을 쓸어갔다.

연번(連翻)이다.

한 수에 목숨을 걸기에 고수들의 싸움에서 좀체 보기 드문, 일반 무인들 또한 공수를 염두에 두어야 하는 어려움으로 인해 펼치기가 쉽지 않은 공격이었다.

이런 좁은 공간 안에서 연번을 펼칠 것이라고는 생각지 못했다. 놀란 묘이강이 허리를 활처럼 굽혀 겨우 몸을 피했다.

"허허허, 그렇게 어려운 말은 아닐세. 하나만 제대로 얻으면 나머지는 절로 굴러들어 온다는 뜻이지. 내가 맹주 자리를 차지하고 있으니 자네가 내게 수백만 냥의 은자를 퍼준 것이 좋은 예가 되겠지. 덕분에 고맙게 잘 썼다네. 마침 은자가 좀 필요했었거든."

기선을 잡은 역무군은 쉽게 공격을 멈추지 않았다. 그는 묘이강이 미처 중심을 잡기도 전에 상대의 가슴을 노려 검을 쑤시고 들어왔다.

무서운 놈!

창!

어느새 자세를 잡은 묘이강이 그의 검을 밖으로 쳐내자 반격을 예상한 역무군이 재빨리 몸을 뒤로 뺐다.

반격을 노렸던 묘이강은 자세를 바로 했다.

놈에게 받은 만큼 돌려주고 싶었지만 어쩐지 자신이 없었다. 가만히 보니 놈은 거침없는 말로써 은근히 자신을 격동시키며 공격을 펴고 있었다.

"네놈이 노리는 것은 무림일통이냐?"

자신이 화제에 올라서는 계속 수세에 몰린다는 생각에 이번에는 묘이강이 역무군의 잘잘못을 가리겠다는 듯이 물었다.

'음…….'

역무군도 한숨을 돌렸다. 묘이강과 같은 고수를 상대하며 계속 공격 일변도로 나가기에는 부담이 따랐다.

"허허허, 그게 바로 자네와 나의 차이지. 무림맹주에 오른 것이 바로 무림일통을 한 것이 아니고 무엇인가? 나는 그 이상의 욕심도 없네. 지금도 내 능력에 벅차다는 생각을 하고 있지. 황제가 되면 무엇이 달라지는가? 지금 이 자리도 마음만 먹으면 황금으로 된 욕조에 절세가인을 들이는 일이 불가능하지는 않다네."

역무군은 발의 위치를 바꾸어 은근히 상대를 유인했다. 걸려들 놈은 아니지만 이렇게라도 해두지 않으면 오히려 자신의 치명적인 허점을 찾아낼 수도 있는 놈임을 잘 알기 때문이었다.

"소심한 놈!"

예상대로 묘이강은 허점을 보고도 쉽게 달려들지 않았다.

"그 덕분에 자네가 도둑고양이처럼 내 집 담을 넘을 때 나는 편안히 밀실의 의자에 앉아 기다렸다네. 자고로 나 같은 소인배는 마음은 편하게 지내지만 소위 대인이라 불리는 자들은 밤낮없이 떨며 살지. 조정에도 그런 불쌍한 대인들이 많기는 하지. 자네도 운이 따라주어 황제가 되었다면 그렇게 지내야 했을 걸세. 어찌 보면 실패가 오히려 다행이라 할 수 있지."

스르르륵!

이번에는 역무군이 미끄러지듯 두 발을 움직이며 묘이강의 빈틈을 찾아 돌았다.

"후후후, 네놈은 황제 자리에는 아예 관심도 없다는 듯이 말하는구나. 가증스러운 놈."

스스스슥.

묘이강도 필살의 한 수를 노리며 상대의 반대 방향으로 미끄러져 돌았다.

"무슨 말을……. 나도 시켜준다면 할 걸세. 무림맹주와는 달리 자식들에게까지 세습이 된다니 그 좋은 자리를 어찌 마다하겠는가. 다만 자네처럼 황제가 되려고 나서지는 않겠다는 것이지. 자네가 사서를 조금이라도 읽었다면 황제가 되려고 그렇게 발버둥질 치지는 않았을 걸세. 그런 자들이 황제가 된 경우는 거의 없지. 그저 '이리저리 뛰다 보니 주위에 나보다 나은 놈이 없더라' 해서 그때부터 천명을 받고 황제가 되는 것이 순서였지. '천병(天兵)'이네 '천명(天命)'이네 하면서 황제의 보위에 오른 자가 몇이나 되던가? 하늘은 항상 준비가 다 끝난 자에게 천명을 주셨다네."

자신의 실책을 꼬집으며 마치 윗사람이 아랫사람에게 교훈을 내리는 듯한 역무군의 말은 애써 분노를 자제하며 기회를 엿보던 묘이강의 평정심을 뒤흔들었다. 그 일은 작금의 실패 중 그가 가장 아파하는 부분이었다.

"흐흐흐, 역무군, 어디 네놈의 실력도 그 잘난 주둥아리만큼이나 좋은지 확실하게 알아보고 싶구나."

묘이강의 얼굴에 지렁이처럼 꿈틀대는 핏줄이 분노의 정도를 짐작하게 했다. 그의 두 눈에서 살기가 번들거렸다.

"허허허, 이거 실망인 걸. 자네의 인내심이 내 기대보다 훨씬 못 미치는군."

싸악!

묘이강의 검이 마치 물을 가르는 듯한 소리를 내며 역무군의 상체를 노렸다.

"쯧쯧, 아직도 해남파의 좌수검을 버리지 못했나? 흑도 제일의 고수라 해서 특별하게 생각했었더니 여태껏 우물 안에 있었군."

역무군은 발이 엇갈리게 해 몸을 뒤로 젖혔다.

"타앗!"

묘이강은 마치 분노를 씻어내려는 듯한 요란한 일성과 함께 다시 역무군의 머리를 쪼개갔다.

"대단하군!"

가슴까지 치켜든 역무군의 검이 가볍게 흔들렸다.

창! 창! 창!

하나의 초식으로 보이는 공격 속에 묘이강은 세 개의 변화를 넣었지만 역무군 역시 그걸 간파했다.

싸악!

역무군이 자신의 일검을 막아낼 것을 예측이라도 한 듯 묘이강의 검이 이번에는 역무군의 목을 베어왔다. 역무군의 고개가 재빨리 숙여지는 순간 묘이강의 검이 뱀 꼬리처럼 말리더니 허리를 노렸다.

"정말 대단해!"

조금도 방심할 수 없는 공세였지만 역무군은 재빨리 몸을 틀어 검을 피하며 마치 어린아이를 상대하듯 여유를 부렸다. 그의 동작은 전광석화와 같아 마치 촛불 아래 그림자가 어리며 움직이는 듯한 착각마저 들게 했다.

첫 번째는 기선을 잡기 위함이었지만 이번은 허리를 갈라놓으려는 회심의 일격이었다. 잇따른 공격이 실패하자 묘이강의 검은 더욱 흉포해졌다.

"이놈!"

살기를 잔뜩 머금은 묘이강의 검이 매서운 검막을 형성하며 역무군의 전신을 덮어왔다. 수십 명을 너끈히 수용할 만한 정천당이었지만 두 사람이 싸우기에는 한없이 좁게만 보였다.

파앗!

팟!

사나운 검풍에 정천당 안을 밝히던 촛불은 순식간에 꺼졌고 벽에 걸려 있던 역대 맹주들의 초상화며 그들이 글귀를 남긴 족자들이 갈가리 찢어져 허공에 날렸다.

어둠에 싸였다고 하지만 안에 있는 사람들에게는 아무런 장애가 되지 못했다.

쾅!

검과 검이 맞부딪치는 순간 엄청난 폭음과 함께 두 사람이 갈라서며 몇 걸음씩 뒤로 물러섰다.

"허허허, 대단하군, 묘이강."

이마에 흘러내리는 땀을 소매로 닦아내며 역무군이 말했다.

"호호호, 네놈과 싸우느라 힘을 빼고 싶지는 않구나."

묘이강은 몇 수의 교환으로 자신이 약간 밀린다는 것을 실감했다. 오늘 이곳에 침입한 목적은 놈을 죽이려는 것이지 비무를 하기 위함은 아니었다. 그동안 궁금했던 놈의 실력은 이제 알아볼 만큼 알아보았다. 역시 대단한 놈이다.

묘이강이 슬쩍 악화에게 눈길을 건넸다.

합공을 하라는 신호였다.

그의 눈짓에 악화가 사제들을 돌아보았다.

창! 창! 창!

목중요와 학대지, 호당 세 사람은 각자의 병기를 뽑아 들었다.

"쳐라!"

악화는 고함을 치는 것과 동시에 검을 뽑아 휘둘렀다.

"으악!"

"커억!"

놀랍게도 악화의 검은 학대지의 목을 벴고 호당의 검은 목중요의 가슴을 관통했다.

"헉!"

그 광경을 본 묘이강이 경악성을 내며 눈을 부릅떴다.

쐐액!

기회를 노린 역무군의 검이 그의 가슴을 갈랐다.

"크윽!"

역무군과 같은 고수 앞에서 찰나의 방심은 곧 죽음이다.

습관처럼 몸을 튼 묘이강은 겨우 가슴을 뒤로 빼 치명상은 피했지만 그가 입은 상처는 적지 않았다. 오른쪽 어깨에서 가슴에 이르는 큰 검상이었다.

"이놈!"

상처를 입은 묘이강이 돌연 악화를 노렸다.

"훗!"

설마 이런 상황에 자신을 공격하리라고는 미처 생각지 못했던 악화가 놀라며 몸을 트는 순간 묘이강이 문을 빠져나갔다.

정천당 앞에는 백소무가 있었다.

"악화와 호당 놈이 나를 배신했다."

묘이강이 그를 향해 뒤를 따르라는 손짓을 하며 달려나가려는 순간이었다. 돌연 백소무가 장심을 말아 쥐더니 묘이강의 등을 향해 고루장을 날렸다.

펑!

"컥!"

앞장섰던 묘이강의 몸이 고루장의 장력에 반탄력을 받으며 저만치 날았다. 비록 암습을 당했지만 흑도 제일의 고수답게 떨어지는 순간에도 그는 재빨리 땅을 박차 경공을 전개했다. 묘이강은 순식간에 어둠 속으로 사라졌다.

"찢어 죽일!"

백소무가 경공을 전개해 뒤를 따랐고 정천당을 나온 역무군과 악화 등이 함께 쫓았다.

'우웃!'

묘이강은 어느새 담장을 넘어 언덕 모퉁이를 돌고 있었다. 하지만 역무군에 이어 백소무에게까지 당한 충격으로 내력의 손실이 적지 않았던 그는 백소무에게 금방 뒤를 따라잡혔다. 일 장 거리까지 추격한 백소무가 다시 그의 등에 장력을 때렸다.

펑!

"우욱!"

강한 충격에 묘이강의 몸이 허공으로 붕 뜨더니 길 옆 낭떠러지 아래로 추락했다. 오솔길의 십여 장 아래는 끝이 보이지 않는 호수 동호였다.

풍덩!

그의 몸이 낭떠러지 아래 동호의 심연 속으로 빨려들었다.

"이런!"

뒤늦게 달려온 역무군이 아쉬워하며 난감한 표정을 지었다.

악화는 물론 호당의 얼굴도 찌푸려졌다.

"시체를 확인해야 하는데."

백소무 역시 안타까운 듯이 말했다.

제자였던 그의 입에서 그런 말이 나오리라고는 도저히 믿기 어려울 정도였지만 이 자리의 누구도 그 말을 거북하게 여기는 사람은 없었다.

"즉시 수하들을 풀어 절벽 아래를 샅샅이 수색해라."

역무군은 수십 명의 수하를 이끌고 뒤따라온 뇌광을 향해 말했다.

"알겠습니다."

백여 명도 넘는 호맹당 무사들이 횃불을 들고 배를 나누어 타거나 낭떠러지 옆으로 돌아가 근처를 비추며 수색을 시작했다.

"가슴에 검상을 입은 데다 고루장에 두 차례나 격중되었으니 살아남을 확률은 전혀 없습니다."

마치 자신이 잘못을 한 것 같은 생각이 든 백소무가 변명하듯 말했다. 그 말에 역무군이 악화를 돌아보았다. 백소무의 말을 확인하려는 것이다.

"고루장에 정통으로 격중되면 해독약도 듣지 않는다고 들었습니다."

악화가 변명해 주듯 말했다.

"음."

역무군은 낮은 침음성을 내더니 몸을 돌렸다.

"뇌광, 놈을 수색하는 일은 네가 맡아라. 시체를 확인하기까지는 병력을 철수시켜선 안 된다."

말을 마친 그는 악화 일행을 향해 눈짓을 했다. 무림맹으로 돌아가자는 말이었다.


"살고 싶으냐?"

역무군은 숨을 헐떡이는 목중요를 향해 물었다. 운이 좋았는지 호당의 검은 녀석의 심장 반치 옆을 지나가며 쑤셨기에 아직 살아 있었다. 하지만 그의 가슴에서는 검붉은 피가 줄줄 새듯 흐르고 있었다.

문 기둥에 비스듬히 몸을 기대며 헐떡거리던 목중요는 연신 눈을 깜빡였다.

팟팟!

역무군이 번개같이 지풍을 날려 가슴에서 흘러나오는 피를 지혈해 주었다.

"황제가 되어보지 않겠느냐?"

"……?"

"당금 황제는 너무 무능해 너무나 많은 백성들에게 고통을 주고 있지. 너라면 다를 것 같군."

"……?"

"살려주지. 대신 그만한 보답을 해주어야 한다는 것은 알고 있겠지? 어렵지는 않으나 자네가 아니면 할 수 없는 일이야. 쉽지 않은 일이라 갈등이 많았는데 자네 얼굴을 보니 문득 좋은 생각이 떠오르는군."

역무군의 표정에 묘한 미소가 감돌았다. 하지만 목중요로서는 좀체 그의 내심을 짐작하기 어려웠다.

"정양을 할 수 있는 충분한 시간을 줄 터이니 일단 몸조리를 잘 해두어라."

역무군은 그렇게 말하고는 자리를 떴다.

그의 수하 둘이 달려들어 목중요를 어깨에 둘러메고 정천당을 벗어났다.


악화 일행은 둥근 탁자에서 서로 찻잔을 마주하고 앉아 있었다.

역무군이 부하 셋에게 금궤를 하나씩 들려 나타나자 세 명은 자리에서 일어섰다.

쿵! 쿵! 쿵!

부하들은 금궤를 바닥에 내려놓고 돌아갔다. 소리만 듣기에도 묵직한 금덩이가 금궤 안을 꽉 채우고 있는 듯한 느낌을 주었다.

"각각 백만 냥씩이다."

역무군은 별도로 준비된 전표 뭉치를 셋으로 나누어 각각 찻잔 옆에 놓았다.

"동정 상방의 배서가 된 어음 구십구만 구천 냥씩과 금궤의 금원보가 일천 냥이다. 종이쪽으로만 주면 아무래도 기분이 나지 않을 것 같아 함께 준비했지."

악화는 표정에 변화가 없었지만 호당과 백소무는 금궤를 보는 순간부터 입이 찢어지고 있었다.

"이미 말한 대로 내가 살아 있는 한 너희들은 다신 중원무림에 모습을 드러내서는 안 된다. 적당한 곳에 가서 장원을 짓고 자신의 부를 누릴 만한 약간의 세력을 갖는 것은 간섭하지 않겠지만 그 이상은 허락하지 않겠다는 말이다."

역무군의 마지막 말에는 짙은 살기가 담겨 있었다.

"우리를 죽일 수도 있었을 터인데……."

악화가 질문을 하듯 말을 던졌다.

그 말에 호당과 백소무의 안색이 변했다.

"물론이다. 내게도 약간의 희생이 따르겠지만 그리 어려운 일은 아니지."

역무군이 몸을 움직여 옆에 마련된 의자에 앉자 악화도 자리를 잡고

앉았다. 하지만 호당과 백소무는 악화의 말에 긴장한 탓인지 제자리를
지키고 있었다.

"내가 너희들을 살려주는 것은 두 가지 이유에서이다. 첫째는 너희
들의 그릇이 결코 나를 상대할 만큼 크지 않다는 것을 알기 때문이고,
둘째는 내 자신을 위함이다. 우리들의 거래를 알고 있는 사람은 내 부
하들 중에도 몇몇이 있다. 내가 너희들과의 약속을 깨고 죽인다면 일
은 깨끗할지 모르지만 내 부하들은 나를 경계하게 되겠지."

역무군은 찻잔을 들어 입을 적신 후에 말을 이었다.

"너희들의 사부가 배신을 당한 이유도 수하들에게 믿음을 심어주지
못했기 때문이다. 내가 너희들을 거두지 않는 것 또한 믿음을 가질 수
없기 때문이지. 한 번 주인을 배신한 개는 언제고 배신하지."

그 말에 악화를 비롯한 세 사람의 얼굴이 붉어졌다.

"가라!"

역무군이 찻잔을 으스러지게 쥐었다.

픽!

찻잔이 조각나며 뜨거운 찻물이 튀어 탁자를 적셨다.

"다시는 내 눈앞에 얼굴을 보이지 마라!"

그의 말에는 서릿발 같은 살기가 풀풀 넘쳤다.

파시식!

역무군이 손아귀의 찻잔 부스러기를 비비자 그의 손아귀에 있던 찻
잔 조각이 가루가 되어 우수수 탁자 위에 떨어졌다.


족히 백여 리는 넘게 달린 것 같았다.

호당과 백소무도 지금쯤이면 알아서 각자의 길을 찾아 멀리 떠났을

것이다. 이곳에까지 추격을 당했다면 그건 자신의 한계였다.

숲 속 적당한 곳에 자리를 잡은 악화는 보퉁이를 끌러 금궤를 꺼냈다.

"음!"

천 냥에 달하는 금원보가 들었다는 금궤.

잠시 금궤를 노려보던 그는 금궤를 집어서 숲 속 멀리 던졌다. 놈이 수작을 부린다면 바로 금궤였다.

황금 천 냥이 아까웠지만 목숨보다 더하지는 않았다.

악화는 터덜터덜 산을 걸어 내려왔다.

이제 영원히 무림을 떠난다고 하니 무언가 중요한 것을 빠뜨린 듯한 허전함이 다가왔다.

역무군의 말처럼 사부는 사람을 너무 몰랐다. 아무리 제자들이라지만 다 같은 사람이었다. 역무군에게 수백만 냥씩 퍼줄 때에도 자신들에게는 단 한 푼도 주지 않았다. 마음만 먹으면 얼마든지 재물에 손을 댈 수 있었겠지만 그렇게까지 해서 챙길 상황은 아니었다.

불혹을 지난 것이 언제라고 계속 사냥개가 될 수는 없었거니와 얽히고설키며 물고 물리는 중원무림은 자신에게 맞지 않았다. 멀리 떠나 한적한 곳에 터를 잡고 조용히 여생을 보낼 생각을 한 것은 이미 어산도를 탈출해 은교교와 중원으로 돌아올 무렵부터였다.

죽은 목중요나 학대지에게는 미안한 노릇이었지만 우직한 그놈들까지 살리겠다고 설득에 나섰다가는 일을 망칠 우려가 있었기에 어쩔 수 없었다.

'부디 저승길만은 편히 가거라.'

악화는 마음속으로 그렇게 읊조렸다.

호당과 백소무를 설득하는 일도 쉬운 일은 아니었다. 백만 냥이면 충분히 눈이 멀어 달려들 놈들이라고 보았기에 실행한 일이었다. 뜻이 맞으면 맞는 대로, 아니면 아닌 대로 그 또한 그만인 것……

세상은 언제나 그렇게 돌아갔다.

푸르릉!

그가 지나자 깜짝 놀란 산새 한 마리가 눈앞의 나무에서 날아올랐다. 아마 그가 가까이 지나온 길 옆 나무 위에 둥지를 틀었던 모양이었다.

그렇다. 이미 뿌리가 뽑혀 버린 나무에 붙어 집을 짓는 새는 없었기에 자신은 스승을 버렸다.

'미안하오, 사부.'

가르침을 받은 대가로 그동안 열심히 일해주었으니 스승에 대한 사죄는 그것으로 족했다. 어차피 애초부터 사제 간에 따뜻한 정이나 의리 따위가 있었던 것은 아니었으니 더 사죄할 것도 없었다.

문득 호당과 백소무가 생각났다. 눈치가 있는 놈들이라면 금궤를 버릴 것이고 그렇지 않다면 그들의 명운이 모든 것을 결정할 것이다.

'욕심 부리지 말고 잘살아라.'

악화는 한때 사형제의 정분을 나누었던 호당과 백소무를 위한 그런 소박한 기원을 해주었다.

시원한 산바람이 악화의 목덜미를 스쳐 갔다.

　마안채를 나온 무영은 동정호로 길을 떠났다.

　보다 확실한 것을 알려면 묘이강의 제자 은교교가 총채주 부조립을 휘어잡고 있다는 동정채에 들러 마풍의 말을 확인해야 하겠다는 생각이었다.

　도중에 상문인의 채취가 남아 있을 것 같은 구강도 들러 그의 명복을 빌어주었다. 임자를 잃은 구강 공소는 숯이 되어 검게 그슬린 나뭇조각만 남아 있었다.

　문득 최후의 순간에도 장창을 휘두르며 적을 맞았을 상문인이 떠올랐다.

　'우직하고 충성스러웠지.'

　사내 냄새가 물씬 풍겼던 상문인은 술자리에서 곧잘 기녀들의 은근한 눈짓을 받기도 했었다. 마지막 가는 순간까지 그다움을 잃지 않고 떠났을 것이다.

무영이 악주부(岳州府)에 도착한 것은 그로부터 반 달이 훌쩍 지났을 무렵이었다. 더 빨리 올 수도 있었지만 도중에 강호에 떠도는 소문에도 귀를 기울여야 했기 때문이었다. 모든 정보선이 차단된 지금이라 새삼 그런 소문이라도 궁금했다. 개방이나 하오문을 들러 알아볼 수도 있었지만 자신의 행방을 노출시키고 싶지 않았다.

성안의 한 주루에 자리를 잡은 그는 일단 은교교가 있다는 동정채의 위치를 알기 위해 점소이를 불러 대략적인 위치를 알아두었다.

이곳에서 물질을 하는 사람이라면 수로채의 자세한 위치는 몰라도 대충 어디 근방에 무슨 채가 있다는 정도는 알고 있었기에 멋모르고 수로채 코앞에서 얼쩡거리다가 당하는 사람은 없었다.


노주(瀘州).

주변이 빽빽한 갈대 숲으로 되어 있는 이 섬이 군산 칠십이 개의 섬들 중 가장 주목을 받는 이유는 바로 장강수로채의 총채주 부조립의 동정채가 둥지를 틀고 있는 곳이기 때문이다.

무영은 사공이 있는 배를 빌려 멀리 노주가 보이는 곳까지 다가갔지만, 천금을 준다 해도 가까이는 가지 못하겠다며 버티는 늙은 사공의 완강한 거부에 다시 배를 돌릴 수밖에 없었다.

주루로 다시 돌아온 그는 점소이에게 부탁해 노주까지 함께 갈 선주를 물색했다. 하지만 선주들은 수적들이 무섭기도 했고 동정채의 총채주 부조립의 성질이 무척이나 포악하다는 것을 알고 있었기에 선뜻 나서는 자가 없었다.

그런데 다행스럽게도 다음날 그 일을 자청한 자가 있었다.

그는 사십 대로 보이는 양수라 불리는 자였는데 한눈에 보기에도 내력이 범상치 않아 보였다. 무영은 은자 삼십 냥이라는 거금을 약속하고야 사람 십여 명이 겨우 탈 수 있는 작은 배를 탈 수 있었다.

'음, 이놈들, 아무래도 수상하군…….'

배를 젓는 사공은 모두 다섯이었는데 하나같이 현상 수배자같이 험상궂은 외모에 어딘가 거칠어 보이는 자들이었다.

삐걱! 삐걱!

물결이 예사롭지 않아 마치 작은 풍랑을 연상케 할 정도였지만 사공들은 익숙한 손놀림으로 노를 저어 나갔다.

노주가 가까이 오자 양수가 무영에게 다가왔다.

"이봐! 너는 웬 자이기에 감히 총채주님이 계시는 노주로 가려는 게냐?"

그는 오는 동안 손님으로 모시며 공대하던 태도를 버리고 안면을 싹 바꾸어 인상을 쓰며 말했다. 어느 틈에 배의 다른 사공들마저도 저마다 도검을 빼 들고 그의 주변으로 몰려들었다.

양수는 동정채의 하급 두령이었다.

우연히 악주에 들렀다가 어떤 놈이 노주로 가는 배와 사공을 찾는다는 말을 듣고는 수상쩍게 여겨 접근한 것이었다.

"은교교를 만나려고 하오."

그 말에 양수를 비롯한 수적들은 서로 얼굴을 마주 보았다.

우선 젊은 놈이 전혀 겁을 먹지 않은 것에 놀랐고, 자신들은 가까이 다가갈 수도 없는 수로채의 실세인 은교교라는 이름을 아무렇지도 않게 입에 올리는 것에 또 놀랐다.

'이거 실수하는 것 아니야?'

양수의 등이 서늘해졌다.

눈앞의 젊은 놈이 진짜 은교교의 손님이라면 자칫 그날로 죽은 목숨이 될 수도 있었다.

"실례지만 은교교 마님과 무슨 관계인지 여쭈어도 되겠소?"

양수가 조심스런 말투로 물었다.

"그 여자에게 뭘 좀 물어볼 것이 있소."

그 말로는 젊은이와 은교교와의 관계를 도저히 짐작할 수 없었다. 자꾸 묻는 것도 예의가 아닌 것 같다는 생각에 양수는 일단 그를 노주로 데려다 주어 상관에게 보고나 하고 손을 떼기로 했다.

수하들은 앞을 막은 듯한 울창한 갈대 사이로 익숙하게 배를 몰아 섬에 댔다. 적당한 곳에 도착한 그들은 갈대 숲 사이의 작은 소로를 따라 무영을 인도했다.

무영이 시비 하나를 대동한 은교교와 대면을 한 것은 그로부터 반시진이 채 지나기도 전이었다. 이름을 밝히지 않은 자가 자신을 찾는다는 말에 호기심이 생겨 나타난 것이다.

"엇!"

은교교는 한눈에 무영을 알아보았다.

청방의 목룡군을 쫓아 어산도까지 가서 겨우 탈출해 온 적이 있던 그녀였기에 배 위에서 천리경으로 보았던 무영의 얼굴을 잊지 않고 있었다.

"호호호, 네놈은 화우 상방을 세웠다는 장무영이 아니냐? 듣자 하니 상방이 망해 문을 닫고 달아났다던데 은자라도 빌리려고 이곳까지 찾아왔느냐?"

그제야 무영의 정체를 알아챈 수적들이 도검을 빼 들고 우르르 모여들어 무영을 에워쌌다. 무영도 동해에서 악화의 곁에 서 있던 그녀의 얼굴을 기억했다.

"하하하, 어산도에서 용케 달아난 이래로 처음 대면하는 자리인데, 목소리에서 생기가 도는 것을 보니 이제 그런대로 살 만한가 보구려."

무영도 지지 않고 응수했다.

"건방진 놈, 이곳이 어디라고 감히……!"

은교교는 얼굴이 붉게 물들 정도로 화가 났기에 말을 잇지 못했다.

"허, 당시에도 미모가 굉장하다고 보았는데 오늘 가까이서 보니 양귀비나 서시가 울고 갈 정도구려. 화를 내니 더욱 아름답게 보이는구려."

"흥!"

열이 뻗친 은교교가 코웃음을 쳤다. 하지만 그녀는 화를 내는 대신 내심으로 무영을 어떻게 대할 것인가에 대해 빠르게 머리를 굴렸다. 그녀에게 사내란 효용 가치에 따라 구별해 사용할 수 있는 하나의 도구일 뿐이었다. 사부도 그랬고 악화를 비롯한 사형들 또한 그 범주에서 예외가 아니었다.

'밤에는 제법 쓸 만한 놈이겠군.'

은교교의 눈에 음탕한 빛이 떠올랐다가 빠르게 사라졌다.

'화우 상방이 망했다지만 어딘가 숨겨놓은 재산도 상당할 게야.'

그녀의 입가에 살며시 미소가 떠올랐다.

어차피 사부도 동호에 빠져 죽고 사형들도 모두 달아난 마당에 자신도 살길을 찾아 머리를 쓰던 중이었다. 팽수를 죽인 놈이라니 무공도 쓸 만할 것이고, 놈이 주선만 해준다면 남궁세가의 오해도 풀 수 있을 것이니 이곳에 계속 머무를 수도 있었다. 사실 은교교는 남궁세가에서 조만간 대대적으로 수로채를 공격한다는 소문에 겁이 나 이곳을 떠날 생각까지 했었다.

'흠, 게다가 남북쌍괴와 호형호제한다고 하니……'

은교교의 입가의 미소가 점점 짙어졌다.

"호호호, 장 소협이 그렇게 놀리시니 몸 둘 바를 모르겠군요. 제가 결례를 범한 것 같군요."

그러더니 그녀는 주위의 수하들을 둘러보며 싸늘한 음성으로 말했다.

"귀한 손님을 제대로 모시지는 않고 어찌하여 무기를 빼 들고 설치느냐? 쓸모없는 것들! 너희들은 이만 물러가고 이분 소협은 빈관의 특실로 모셔라!"

수하들은 그녀의 변덕에 깜짝 놀라 황급히 물러났다.

"소녀가 경황이 없어 미처 손님 맞을 준비를 하지 못했으니 빈관에 가서 계시면 잠시 후에 찾아뵈올 것입니다."

은교교는 눈을 살짝 치켜뜨며 그렇게 말했다. 마치 양갓집 규수 같은 단아함과 사내를 모르는 여인의 콧대 높은 고고함마저 엿보이는 자태였다.

'허!'

그녀의 변신에 무영은 혀를 내둘렀다. 하지만 사내를 녹일 듯한 눈빛과 말투에 이미 그는 반쯤 혼이 나간 상태였다.

무영은 시녀의 안내를 받아 빈관으로 갔다.

빈관의 특실은 은은한 연분홍색으로 치장된 방이었는데 아무 문도 없이 사방이 휘장으로 가려져 빈관이라 하기보다 마치 규중지처(閨中之處)를 연상케 했다.

"군산은침(君山銀針)이에요."

시비가 내온 차에는 마치 솔잎 같은 것이 투명한 찻잔의 찻물 안을 오르락내리락하는 진기한 광경을 보이는지라 무영이 차 이름을 묻자 그렇게 대답했다.

"찻잔 안을 세 번 오르내려야만 진품이라고 할 수 있지요."

시비가 조용한 목소리로 한마디 더 거들더니 가볍게 고개를 숙였다.

잠시 후에 은은한 엷은 하늘색의 채대에 진주빛 테두리의 분홍 궁장을 걸친 은교교가 나타났다.

'음!'

하는 양을 보니 요염한 모습을 하고 나와 사람을 후릴 것이라는 예상을 완전히 뒤엎은 옷차림이었다.

"너무 오래 기다리게 해서 혹시 상공께 결례가 되지 않았는지 모르겠습니다."

가볍게 눈을 깔며 무척이나 미안한 듯 말하는 그녀의 목소리에는 사내를 녹여낼 듯한 끈끈함 그 무엇이 묻어났다.

"아, 아니오. 하하하. 더, 덕분에 귀한 차를 맛볼 기회를 가졌소. 군산은침의 은은한 향에 은 낭자의 향기까지 더하니 방 안이 온통 꽃밭으로 변한 것 같구려."

무영이 아첨하듯 말했다.

그 말은 진심이었다. 부인이라 불러야 마땅했지만 자신도 모르게 얼이 빠져 낭자로 부른 것이다. 그녀의 아름다움은 남궁화나 아라 공주와는 다른 묘한 매력을 풍기고 있었는데 상대로 하여금 절로 마음을 들뜨게 하는 힘이 있었다.

"험! 험!"

절로 꼴깍거리며 침이 넘어가려고 하는지라 무영은 얼른 헛기침을 해 체면을 지키려고 애를 썼다.

은교교는 그런 반응을 즐겼다. 무수한 사내를 거친 그녀였기에 공연히 헛기침만 해대는 무영의 속내는 짐작을 하고도 남았다.

'호호호, 너라고 별수있느냐? 그러지 않아도 뱃살이 가득한 채주들의 몸에는 싫증이 나던 참이었는데…….'

무영이 정신을 차리지 못하는 것은 그녀가 옥방선녀술(玉房仙女術)을 펼친 탓이기도 했지만, 그에 더해 빈관의 별실 곳곳에 피어 있는 각종 꽃들이 양기를 강하게 자극하는 향을 뿜어내고 있었기 때문이다.

옥방선녀술이 십마 중 일인인 색혼마녀의 독문사술임에는 틀림없지만 술법 자체가 음약이 아닌 시전자의 눈빛이나 표정, 입술 모양, 가벼운 손짓 등의 기본 자세에 화향(花香)을 더하는 기술로 당하는 상대는 좀체 알아채지 못했다.

옥방선녀술의 위력은 백 년 전쯤 색혼마녀가 강호를 횡횡하던 시절에 이미 그 위력을 보여주었다. 당시 명분정파의 제자들이나 고관대작의 귀한 자제들은 그녀의 가마를 메고 다니면서도 조금도 수치를 몰랐다고 했다.

은교교는 얼굴을 붉히며 가볍게 고개를 숙였다.

"상공의 말씀은 소녀로 하여금 고개를 들지 못하게 하는군요."

이미 낙일도로부터 그녀의 나이까지도 들은 적이 있는 그였다.

벌써 삼십 후반에 접어드는 은교교가 자신을 '소녀' 운운하며 마치 방년의 규수 정도로 표현했건만 무영은 당연한 말인 듯 전혀 거부감이 들지 않았다.

"진심이오, 정말 진심이오. 그럴 수만 있다면 소생이 나비가 되어 교교화(皎皎花) 위에 살포시 앉고 싶소이다."

무영이 들뜬 목소리로 말했다.

"호호호, 상공께서 그런 말씀을 하시니 소녀 몸 둘 바를 모르겠사옵니다.”

은교교의 목소리가 점차 촉촉해졌다.

어느새 시비가 술잔을 날라왔다.

그녀는 자리에서 일어나더니 사뿐사뿐 걸음을 옮겨 무영의 가까이로 다가왔다.

“손님을 맞는 예의로 제가 한 잔을 올리고 싶군요.”

은교교는 자연스럽게 한 손을 들어 무영의 어깨 위로 올렸다. 그녀의 뜨거운 몸의 열기가 전해지자 무영의 마음이 크게 진탕되었다. 술병을 든 은교교가 무영의 잔에 술을 따르자 그는 마치 호기를 자랑이라도 하듯 단숨에 술을 들이켰다.

‘호호호, 끝났군.’

술잔에는 음약의 일종인 미혼열락분(迷魂悅樂粉)이 들어 있었다.

몸을 강하게 흥분시킬 뿐 조금의 독성도 없기에 만독불침지체라 할지라도 미리 해약을 복용하지 않으면 중독을 피할 수 없었다.

“나도 한 잔 따르겠소.”

무영은 말과 함께 술잔을 채워 은교교에게 건네자 그녀도 두 손으로 잔을 감싸고 입으로 가져가 거침없이 비우고는 다시 잔을 채워 무영에게 건넸다.

그렇게 몇 순배가 오갔다.

어느새 시비는 물러가 없었고 한결 어두워진 방 안에는 단 한 개의 촛불만 하늘거렸다.

‘음!’

아랫도리가 불끈거렸다. 어느새 경계심은 어디 가고 은교교를 안고 싶다는 생각만 간절했다.

‘흐흥!’

은교교는 그런 그의 마음을 알아챘다. 그녀는 살며시 무영의 어깨를 감쌌다.

“상공, 많이 취하신 것 같으니 술이 깰 때까지 잠시 침상에 누워 계시지요.”

술을 마셔도 여간해서는 얼굴색이 변하지 않는 그였지만 겨우 몇 잔의 술에 취기가 돈 듯 무영의 얼굴은 붉게 물들어 있었다.

은교교가 휘장 한쪽으로 다가가 줄을 당기자 휘장이 좌우로 갈라지며 비단금침이 설치된 침상이 나타났다.

“상공, 저리로…….”

무영에게 다가간 그녀는 살며시 그를 부축해 침상으로 데려갔다. 비틀거리는 걸음으로 은교교가 이끄는 대로 따라간 무영은 그녀를 안으며 침상 위에 쓰러졌다.

온몸의 신경을 강하게 자극하는 은교교의 체향은 무영의 마지막 이성까지도 완전히 마비시켰다. 그는 허겁지겁 자신의 체중을 그녀 위에 실으며 우악스럽게 수밀도를 움켜가자 은교교는 기다렸다는 듯이 능숙한 솜씨로 무영을 인도해 갔다.

팟!

하늘거리던 마지막 촛불마저 은교교가 날린 지풍에 꺼져 버리자 뜨거운 열기와 신음성만이 어둠에 잠긴 방 안을 가득 메웠다.


컴컴한 방 안에서 술이 깬 무영은 옆에서 느껴지는 숨소리에 무의식적으로 손을 가져갔다가 물컹한 젖가슴이 손끝에 닿자 자신도 모르게 만지작거렸다.

“아!”

나직한 여인의 자극적인 콧소리가 그의 귀에 파고들었지만 아직 완전히 정신이 들지 않았던 그는 자신이 곡완주와 함께 잠자리에 있는 것으로 생각하고 있었다.

“헛!”

문득 그는 곡완주가 이미 이 세상 사람이 아니라는 것을 깨닫고는 정신이 퍼뜩 들었다.

“공자!”

놀라는 그의 소리를 들은 은교교가 비음이 섞인 소리로 무영을 부르고는 풍만한 젖가슴을 앞세우며 무영의 가슴속으로 파고들었다. 은교교의 체향이 다시 덮쳐오는 순간 방금 전의 생각은 어디 가고 사내로서의 본능만이 남아 그를 지배했다.

무영은 세월을 잊고 밤낮없이 은교교의 품에서 그렇게 보냈다.

극음지체(極陰之體).

은교교는 순음의 정화(精華) 그 자체였다.

극음지체의 여자는 십팔 세가 넘으면 날마다 사내와 밤을 함께해 몸속의 음기를 사내의 양기와 중화시켜야 하며 그렇지 않으면 몸이 차갑게 변해 종래에는 죽고 마는 특이한 체질이다.

극음지체를 가진 여인은 따로 배우지 않아도 타고난 방중술을 발휘해 사내를 포로로 만드는지라 색혼마녀의 진전까지 이은 은교교는 거칠 것이 없었다.

다른 음공(陰功)과 달리 색혼마녀의 비법이 특히 무서운 점은 관계가 있는 도중에 자연스레 자신의 음기를 사내에게 불어 넣어 정신이 돌아온 후에도 섭혼(攝魂)의 기가 상대의 체내에 남아 있어 이지를 제압할 수

있게 한다는 점이다. 시전자는 불어 넣는 음기의 양을 필요에 따라 자유
자재로 조절할 수도 있었다. 그렇기에 일단 관계를 맺으면 절대 그녀의
치마폭을 벗어날 수 없어 끝내는 침실의 노예가 되는 수밖에 없었다.

'이래서는 안 되는데…….'

무영은 하루에도 몇 번씩 마음을 추스르며 이성을 찾고자 노력했다.
하지만 막상 잠시의 시간만 지나도 그의 머리 속은 온통 은교교에 대
한 상상으로 가득해 다른 일은 생각도 못할 정도가 되는 것은 물론이
고 귀찮아하기까지 했다.

'됐어.'

은교교는 무영이 무릎 꿇은 것을 확신했다. 그녀는 수하들에게 철저
히 함구령을 내렸다.

"장무영이 이곳에 있다는 사실을 입에 담는 놈들은 자신의 목을 내
놓아야 한다."

서릿발 같은 그녀의 경고가 아니더라도 자신의 수채에 장무영이 있
다는 사실이 밝혀지는 순간 남궁세가의 공격 목표가 될 수 있다는 것
을 잘 아는 수하들은 그녀의 지시에 충실히 따랐다. 이제 수채 내에서
는 장무영의 이름을 거론하는 것조차도 금기였다.


무영이 동정채에서 은교교와 뜨거운 날을 보낸 지도 어느덧 한 달이
다 되어가고 있었다.

은교교도 나름대로 무영의 처리에 고심했다.

아무리 숨기려 해도 언젠가는 결국 무영이 이곳에 있다는 것은 밝혀
지고야 말 사실이었다. 그녀는 무영이 자신의 늪에 빠진 것을 확인하
자 무영의 몸에 주입하는 음기의 양을 조금씩 줄여갔다. 대신 그와 잦

은 대화를 가지며 친밀감을 조성하는 일에 주력했다.

그녀가 가장 먼저 무영에게 알린 것은 화우 상방 사건이 세간에 알려진 것처럼 수로채가 벌인 일이 아니라는 것이었다.

이전에 무영을 공격했던 일도 당시 자신은 원치 않았으나 스승과 사형의 강요에 못 이긴 것으로 살아남기 위해서는 어쩔 수 없었다는 말도 진한 눈물을 흘려가며 해주었다.

"허어, 나는 그것도 모르고……."

무영은 점차 그녀에게 빠져들었다.

그는 은교교의 눈에서 진실을 보았다.

그녀는 그저 보호가 필요한 작은 새일 뿐이었다.


"쿨럭!"

기침 소리와 함께 또 한 움큼의 피가 쏟아졌다.

그가 기침을 하자 자신도 모르게 내력이 밖으로 쏟아져 그 힘에 배가 출렁거렸다.

"뿌드득! 죽일 놈들!"

묘이강은 이를 갈았다.

사공들은 그의 눈치만 보며 열심히 노를 저을 뿐 감히 얼굴을 마주하려는 사람은 없었다. 그는 은교교를 찾아 동정채가 있는 노주로 향하고 있었다. 그래도 배신한 제자들 틈에 은교교가 없었던 것이 그로 하여금 일말의 희망을 갖게 만들었다.

'한 달 정도는 버틸 수 있을까?'

언제일지는 모르지만 머지않아 죽을 몸이었다.

만약 은교교가 배신하지 않았다면 그녀에게 모든 것을 남기고 죽을 생각이었다. 역무군에 대한 복수까지도.

고루장의 독기는 날이 갈수록 급속도로 그의 심장으로 파고들어 혈맥의 흐름을 불안정하게 했고, 역무군이 남긴 상처는 그로 하여금 모든 것을 포기하게 만들었다.

동호의 물속에 빠져서도 살아날 수 있었던 것은 어린 시절을 해남도의 바다에서 보낸 덕분이었다. 그가 물에 익숙한 수공(水功)의 달인이라는 것은 제자들도 모르는 사실이었다.

겨우 무창을 빠져나와 장강을 거슬러 악주에 도착한 것은 역무군과 백소무에게 당한 날로부터 사십여 일이 지났을 무렵이었다.

악주의 포구에서 며칠을 보낸 그는 어스름 저녁을 골라 어선 한 척에 올라타고는 사공들을 위협해 동정채로의 잠입을 시도하는 중이었다.

"너희들은 이만 돌아가도 좋다. 대신 오래 살고 싶으면 오늘 일을 입에 올리지 마라."

모두 죽여 입을 막았으면 더 좋겠지만 살겠다고 반항이라도 해오면 지금의 몸으로는 십여 명의 건장한 사공을 상대하는 일도 쉽지 않았다.

풍덩!

난간에 선 그는 노를 하나 물에 던져 놓고 뒤따라 뛰어들었다.

"어서 가세!"

사공들은 그가 물속으로 사라지자 죽어라 노를 저어 노주가 안 보이는 곳까지 단숨에 달아나 버렸다.

동정호의 파도는 바다를 연상케 할 정도였다.

노 하나에 몸을 맡기고 숨을 쉴 수 있는 코만 내놓고 서서히 노주의 갈대 숲으로 접근했다. 무공의 대부분을 잃은 지금에도 그에게는 그리 어려운 일이 아니었다.

‘은교교를 만나야 해.’

차가운 수온에 몸이 민감하게 반응해 갑자기 기침이 터져 나오려고 했지만 애써 참았다. 그가 갈대 숲을 뚫고 섬에 도착한 것은 배를 떠난 지 거의 한 시진이나 지난 후였다.

“으으…….”

차가운 물에 오랜 시간 있었기에 지친 몸이 더 이상 말을 듣지 않았다. 기진한 그는 갈대 숲 적당한 곳에 몸을 숨기고 그대로 혼절했다.


“몸은 어떠신지요?”

겨우 눈을 뜬 묘이강이 마주친 것은 걱정스런 얼굴로 자신을 내려다보는 은교교였다.

역무군으로부터 사전에 경고를 받았지만 사부의 상세가 이미 도를 넘어 신선이 오더라도 되살릴 수 없다는 점이 그녀를 안심시켰다. 옛 정리를 생각해 수하들의 입을 막은 후에 일단 빈관에 데려와 눕혀놓고 깨어나기만을 기다리던 중이었다.

“무, 물을…….”

정신이 든 묘이강은 타는 듯한 갈증에 물을 찾았다.

은교교가 미리 준비해 둔 물을 건네자 반쯤 몸을 일으킨 그는 정신 없이 들이켰다.

“휴우…….”

“네 사형들 중 몇이 날 배반했다.”

묘이강이 침통한 표정을 지으며 말문을 열었다.

“알고 있어요.”

“…….”

“사형들은 대세에 따라 행동했을 뿐이에요. 제가 스승님을 이곳에 모신 것은 그동안 가르쳐 주신 것에 대한 작은 보답이지요.”

은교교는 마치 준비하고 있었다는 듯이 스승에게 건네는 한마디 말에 자신의 심경을 모두 실었다. 잔뜩 겁을 집어먹은 나머지 수로채나 지키며 살겠다는 맹세를 하기까지 했었다.

묘이강의 말에 힘이 빠졌다.

“최선의 선택을 했겠구나?”

“그래요. 아직 역무군에게 알리지는 않았지만 곧 전서구라도 보내야겠지요. 제 입장을 이해해 주시리라 믿어요. 물론 사부님께서는 그가 연락이나 사람을 보낼 동안 살아 계시지도 못할 테지만요. 편히 쉬세요.”

은교교는 그 말을 마지막으로 급히 돌아섰다. 더 이상 구차한 말을 듣고 싶지 않았고 이만하면 자신의 할 도리는 다 했다는 생각이었다.

“음.”

묘이강은 한마디 대꾸도 못하고 피곤한 표정으로 그녀의 뒷모습을 보며 다시 눈을 감았다. 한줌 진기까지도 아껴가며 왔건만 역시 자신이 우려한 대로였다.

‘허허허.’

묘이강의 마음속에 찬바람이 지났다. 아마도 죽음에 임박해 마음이 나약해지지 않았다면 이곳을 찾지도 않았을 것이었다.

피곤했다.

그는 조용히 눈을 감고 잠을 청했다.

은교교는 묘이강을 어떻게 처리해야 할지가 난감했다.

빈관은 그나마 요즘 들어 사람들의 왕래가 가장 적은 곳이었다.

당분간은 숨기겠지만 스승에게 말한 대로 역무군에게 전서구를 보내 그의 소재를 알리는 것만이 자신의 살길이었다.


　무영이 묘이강을 본 것은 그가 빈관으로 보내진 지 이틀째 되는 날이었다. 실질적인 총채주 역할을 하는 은교교는 수채의 일로 자리를 비우는 일이 잦았는데 그동안 무영을 구워삶느라 꼼짝을 않았었다.
　모처럼 수채를 비울 생각을 하자 이제는 자신의 사람이 되었다고 믿는 무영에게 묘이강에 대해 대략적인 귀띔을 해주었다. 무영이 내 사람이 된 지금 더 이상 숨길 필요도 없었다.
　그녀가 떠나자 무영은 무료함과 호기심이 생겨 그를 찾았다.
　"장무영이라고 합니다. 당신의 대업을 방해한 사람이 바로 저입니다."
　허연 백발에 파리한 얼굴 하며 곧 죽을 것이 확실한 사람으로 보여 나름대로 예의를 차려가며 그렇게 말했다.
　묘이강은 무영을 물끄러미 바라보았다. 자신이 가장 기다렸던 묘족의 대군을 남해에 수장시켰다는 자였다.
　하늘의 뜻이었겠지.
　죽음을 앞둔 지금에서야 그것이 확실히 보였다.
　사만이 거의 다 된다던 묘족 대군이 싸움 한 번 제대로 해보지 못하고 남해의 고혼이 되리라고는 꿈에도 생각지 못했었다.
　"어떻게 이곳에 오게 되었는가?"
　무영은 그동안의 경과를 간단히 말해 주었다.
　"허허허, 자네도 역무군에게 당했군."
　"역무군으로 단정하는 이유가 있습니까?"
　상방 사건에 대해 누구 하나 아는 사람이 없었기에 심증은 있었지만 보다 확실한 말을 듣고 싶었다.

“당금 무림에 그를 제외하고 달리 누가 있겠나?”

“하지만 은 낭자도 단정적으로 말하지는 않더군요.”

“은 낭자? 교교를 말하는가?”

“그렇소이다.”

“허허허, 자네 어머니뻘은 되는 여자에게 은 낭자라니 우습군.”

무영이 얼굴을 붉혔다.

“당신에게 이용만 당했던 불쌍한 여자지요.”

뭔가 반격을 하고 싶었던 무영이 그렇게 말했다.

“내가 보니 자네가 이용을 당하고 있네. 자네는 그 아이의 음공에 당했군. 하긴 사내라면 누구라도 한 번 관계를 맺으면 헤어날 길은 없지, 설사 나라 해도 말일세.”

“그게 무슨 말이오?”

자신이 소중히 여기는 은교교를 비난하는 어조라 은근히 화가 난 무영이 되물었다.

“아마 말을 해줘도 지금은 자네 귀에 들어가지 않을 걸세.”

그는 무영의 눈을 보았다.

섭혼지기(攝魂之氣)가 침투해 있는 것이 보이기는 했지만 생각보다 혼탁해 보이지는 않았다. 은교교가 어느 정도 심신을 제압했다고 여기고 섭혼지기의 양을 조절한 기미가 역력했다. 이런 상태라면 내공이 정순한 사람은 꾸준한 노력으로 효과를 볼 수 있었다.

“후후후, 귀에 담을 만한 가치가 없는 말이겠지……”

무척 기분이 나빠진 무영은 그대로 발길을 돌려 나가 버렸다.

“아무렇게나 생각하게. 하지만 역무군이나 은교교에 대해 혹시라도 궁금하면 내일 다시 나를 찾아주게. 며칠 남지 않은 목숨이니 너무 늦

지는 말고, 쿨럭!'

무영의 모습이 사라지자 묘이강이 한 손으로 가슴을 움켜쥐더니 재빨리 수건을 가져다 입을 막았다.

"쿨럭!"

다시 한 움큼의 피고름이 쏟아졌다.

'어쩌면……'

원수를 갚는 일을 그에게 맡길 수도 있을 것 같았다.


무영은 그의 기대를 저버리지 않았다.

"십마가 저마다 독특한 무공을 가지고 있다는 것은 자네도 잘 알 걸세. 그중 색혼마녀의 진전을 이은 은교교는 보기 힘든 극음지체로 한번 그녀의 맛을 본 사내들은 도저히 헤어날 수가 없지. 왜인지 아는가? 바로 남녀 간의 교합을 통해 섭혼지기를 불어 넣기 때문이지."

"그게 나와 무슨 상관이 있소?"

"섭혼지기에 당한 사람은 눈가에 희미한 홍조를 띠지. 거울로 자네 눈을 잘 살펴보게."

"흥, 감언이설로 나와 은 낭자의 사이를 갈라놓으려 하지 마시오!"

무영은 벌컥 화를 내며 자신의 거처로 돌아왔다.

묘이강의 말은 사실이었다.

혹시 하고 거울을 보니 자신도 눈동자 주위가 미미하게나마 붉은 홍조를 띠고 있었다. 하지만 그것이 오히려 그를 더 화나게 했다. 은교교를 의심해야 하기 때문이었다.

다시 묘이강을 찾아가 확인하고 싶었지만 그의 말을 들으면 은교교와의 사이가 벌어질지도 모른다는 막연한 두려움에 그는 방을 지켰다.

저녁이 되자 그의 몸이 뜨겁게 반응했다.

섭혼지기는 극음의 기운을 가졌기에 음의 기운이 승하는 밤이면 그 위력이 배가되는 성질을 가지고 있었다.

은교교의 시비 녹아가 들어와 고개를 숙여 가볍게 인사를 하고는 김이 모락거리는 찻잔을 내려놓았다. 준비된 차는 무영이 호평을 한 이후로 저녁이면 늘 준비하는 군산은침이었다.

"침구를 펴겠습니다."

녹아는 침상으로 가서 금침을 폈다.

녹아는 열대여섯의 나이였는데 일 년 전 지현(知縣)으로 임명되어 임지로 가기 위해 길을 나선 가족들과 함께 동정호를 건너다가 수적들을 만났다. 당시 다른 가족은 수적들에 의해 모두 죽임을 당했고 혼자 이곳으로 끌려온 그녀는 은교교의 시비 노릇을 하게 되었다.

순간 녹아의 잘록한 허리가 무영의 눈에 들어왔다. 침구를 깔기 위해 허리를 숙이고 이리저리 몸을 움직이자 풍만한 엉덩이의 움직임이 그대로 드러났다.

'음!'

무영의 눈은 녹아에게서 떨어질 줄 몰랐다.

침구를 바로 하기 위해 손을 앞으로 뻗자 이번에는 팽팽한 두 가슴이 옷깃을 앞으로 밀어내며 윤곽을 드러냈다.

'후우.'

녹아도 육감적으로 무영의 반응을 느꼈는지 서둘러 침구를 정리하고 돌아섰다. 자신을 똑바로 마주하고 있는 무영의 눈을 본 순간 그녀의 얼굴은 부끄러움으로 붉게 물들었다.

깜짝 놀라며 황급히 고개를 숙이고 종종걸음으로 나서는 그녀의 손을 무영이 낚아챘다.

"이리 와!"

섭혼지기가 그의 모든 것을 지배했기에 이지를 잃은 무영의 눈은 이미 욕망으로 붉게 타오르고 있었다. 무영의 우악스런 손길에 이끌린 녹아는 자신이 침구를 깔아놓은 침상 위로 내팽개쳐졌다.

"악!"

쫘악!

숨을 헐떡거리며 거칠게 녹아를 밀어붙이던 무영이 녹아를 덮쳐 갔다.

"안 돼!"

녹아는 허우적거리며 반항했지만 우악스런 사내의 손길을 감당할 수는 없었다.

쫘악!

이내 상의가 찢어지며 탐스러운 수밀도가 그대로 모습을 드러냈다. 치마가 걷어 올라가고 속곳이 벗겨지는 것을 느낀 순간 녹아는 반항을 포기했다.

"아!"

탄식 소리와 함께 그녀의 몸이 힘을 잃었다.

이곳에 온 날부터 감히 반항 따위는 해본 적도 없었다. 그저 다행이라면 끌려온 즉시 은교교의 시비로 발탁되었기에 다른 수적들이 오히려 그녀의 눈치를 보게 되어 몸 하나만큼은 지킬 수 있다는 사실이었다. 하지만 언젠가는 이런 날이 오고야 말 것이라는 막연한 두려움까지 잊은 것은 아니었다.

사내의 거친 숨소리가 그녀의 귓전을 어지럽혔다.

한순간 녹아의 눈이 크게 떠졌다.

“악!”

녹아는 이미 자리에 없었다.

비단금침 위에는 파과(破瓜)의 상징인 붉은 핏자국만이 선명하게 남아 방금 전의 일을 기억하게 했다.

“내, 내가!”

뜨거웠던 몸이 완전히 식은 것은 아니었지만 자신이 저지른 일을 알고 후회할 정도의 이성은 있었다. 무영은 한 시진가량 그렇게 침상 위에 걸터앉아 있었다.

문득 인기척 소리가 들리자 그는 황급히 일어나며 옷매무새를 바로 했다. 혹시 은교교가 아닐까 하는 불안감마저 있었다.

그의 방에 들어온 사람은 의외로 녹아였다. 녹아는 아무 말도 않고 자신의 혈흔이 묻어 있는 침구를 걷어내고 새로운 침구로 갈았다.

그러는 동안 무영은 고개만 숙이고 있을 따름이었다. 녹아가 일을 마치고 돌아서려는 순간 무영이 고개를 들어 그녀를 보았다.

원망도 미움도 없는 무표정한 얼굴이었지만 무영은 그녀의 눈가에 잔잔하게 맺힌 이슬을 놓치지 않았다.

“제정신이 아니었어.”

“…….”

“내가 어떻게 해주어야 하지?”

“…….”

여전히 녹아는 말이 없었다.

무영의 숨결이 거칠어졌다.

그는 벌떡 일어서더니 녹아의 어깨를 쥐고 흔들었다.

“말을 하란 말이야!”

자신의 잘못이라는 것을 알면서도 오히려 입을 닫고 있는 그녀에게 더 화가 났다.

“흑!”

녹아의 고개가 옆으로 돌아가더니 두 줄기 눈물이 뺨을 타고 내렸다.

“마, 마님께는 비밀로 해주세요.”

겨우 입을 연 녹아가 마치 혼자 중얼거리듯 말했다.

“…….”

이번에는 무영이 말을 잃었다.

순간 여체의 향을 가까이서 맡은 그의 하초가 불끈거리며 격렬하게 반응했다.

‘이런 짐승 같은…….’

무영은 황급히 녹아를 밀쳐 내고는 큰 걸음으로 밖으로 나갔다.

잠시 어디로 갈 것인가를 망설이던 그의 발걸음이 묘이강의 거처로 향했다.

“쿨룩! 쿨룩!”

그가 있는 곳으로 다가가자 묘이강의 기침 소리가 밖에까지 들렸다. 무영이 들어서자 시중을 들던 시비가 황급히 자리를 떴다.

“와, 왔군.”

거칠게 숨을 몰아쉬던 묘이강이 호흡을 고르더니 말없이 들어와 한 구석에 비켜서 있는 무영을 보고 말했다. 죽음이 얼마 남지 않았는지 이미 말소리는 갈라지고 그 힘을 잃었다. 그의 흰 수염에는 각혈로 인한 혈흔이 그대로 남아 있었다.

“제게 원하는 것이 무엇입니까?”

"왜 그렇게 생각하는가?"

"은교교는 당신의 제자인데 그녀에 대해 내게 좋게 말하는 것을 듣지 못했지요."

"허허허, 길게 말할 필요가 없겠군."

"은교교가 목표라면 듣지도 않겠습니다."

섭혼지기는 여전히 그의 몸과 정신을 지배하고 있었다.

"걱정 말게. 그 아이는 아니니까. 교교가 그렇게 된 것은 내 책임이라 할 수도 있지. 다른 제자들도 마찬가지고."

죽음을 앞둔 묘이강의 말에는 진심이 엿보였다.

"그럼 역무군?"

"허허허, 역시 통하는군."

"쿨럭!"

황급히 수건을 입에 댄 묘이강이 피고름 섞인 선혈을 토해냈다. 그는 익숙한 동작으로 선혈을 닦아냈다.

잠시 어색한 침묵이 흐른 후에 그는 다시 입을 열었다.

"오늘을 넘길 수 있으려나 모르겠군."

"제가 상관할 바가 아닙니다."

"그렇겠지."

다시 침묵이 흘렀다.

"역무군을 죽여주게."

묘이강이 가래가 그렁거리는 목소리로 그렇게 말했다.

"……."

"심기가 깊은 놈이지. 나도 좋은 사람은 아니네만 그놈에 비하면 한참 아래라 할 수 있지."

“…….”

“자네도 화우 상방의 원한을 잊지는 않았을 것이 아닌가?”

“내 마누라를 잃은 것보다 깊지는 않지요. 그리고 그 여자는 당신의 제자 철지상 때문에 죽었고.”

“그랬군.”

“하지만 화우 상방의 일이 역무군의 짓으로 드러난다면 그냥 있지는 않을 것입니다.”

“허허허, 아마 증거를 찾기가 쉽지 않을 걸세. 쿨럭!”

“내 일이지요.”

상관하지 말라는 뜻이다.

묘이강이 잠시 뜸을 들이더니 다시 말했다.

“십마의 무공을 주지. 이만하면 거래가 되겠나?”

“…….”

“이러면 어떤가? 자네는 정파의 인물에 속한다 할 수 있으니 악인을 제거한다는 것을 명분으로 삼으면 되지 않겠는가?”

“후후후, 악인을 제거하면서 그 대가로 사마(邪魔)의 무공을 얻는다? 어째 어색하지 않습니까?”

“정(正)이든 사(邪)든 과정이 다를 뿐 그 귀착점은 같다네. 사용하는 사람에게 달린 일이라는 말이지. 정은 무엇이고 사는 무엇인가에 대해 생각해 본 적이 있는가?”

“너무 쉬운 질문이군요.”

“말을 들어보니 자네의 생각을 알겠군. 하지만 그게 답은 아니야. 이기면 정이고 지면 사일세.”

“…….”

"누구나 다 알고 있으면서도 그 사실을 감추고 묻어두려고 하지. 들추어서 득이 되지 않거든. 쿨럭! 음……."

묘이강은 무척 괴로운 듯이 가슴을 부여잡고 얼굴을 찡그렸지만 무영은 지켜보기만 했다.

"하늘의 천명을 받았다는 천자는 착한 일만 해서 그리되었나? 무림에서 정파의 인물들은 선한 일만 했는가? 허허허, 몇 명이나 몇십 명을 죽이면 악인이 되지만 몇 만이나 몇십 만을 죽이면 영웅이 되지. 권력이나 금력이 있으면 존경을 받고 없으면 천대를 받지. 그게 사람이 사람을 판단하는 기준이지. 더 말하고 싶지만 이 정도면 자네가 알아들었을 것으로 믿겠네. 쿨럭!"

그는 이제 눈빛마저 정기를 잃어가고 있었다. 말하는 것도 힘이 드는지 묘이강이 잠시 숨을 골랐다.

문득 그가 애처롭게 보였다. 거짓말을 하게 될지는 모르지만 죽어가는 순간만큼은 편한 마음으로 가게 하고 싶었다.

"거래를… 수락하겠습니다."

"잘 생각했네. 그게 자네에게 득이 될 걸세."

묘이강이 눈을 깔아 자신의 가슴 쪽으로 향했다.

"앞섶을 찢어내게. 얇은 유지가 나올 걸세."

무영은 그가 시키는 대로 그의 옷을 찢었다.

부우욱!

그러자 옷을 여민 사이로 얇은 유지(油紙)가 나타났다. 여러 겹 접혀 있는 유지에는 깨알 같은 글씨가 빼곡이 써 있었다.

"내가 따로 적어놓은 십마의 무공이지. 사실 나도 아직 다 깨우치지 못했지. 노력은 했지만 속절없이 세월 따라 늙어가니 서둘 수밖에 없었네. 그렇지 않고 모두 깨우쳤다면 역무군에게 그렇게 쉽게 당하지는 않았을 걸세. 쿨럭!"

묘이강이 다시 피를 토했다.

"저는 정파의 무공을 익혔는데 도움이 되겠소?"

"나도 모르겠네. 내공심법은 가능한 익히지 말게. 자네가 배운 내공을 이용해 가능한 것만 익히게. 아니면 다른 사람을 주던지. 그렇게 하려면 아마 나보다 더 힘든 연구가 필요하겠지."

"알겠습니다."

"이만 가보게, 앞으로 이곳을 찾지도 말고. 가는 길에 시비에게 내 옷이나 갈아입혀 주라고 하게."

무영은 유지를 품속에 갈무리하고는 그의 거처를 나오는데 등 뒤로 묘이강의 말소리가 들렸다.

"섭혼지기를 감당하려면 정순한 내공을 끌어올려 몸 밖으로 배출해야 하네. 한꺼번에 빼내는 것은 불가능하고 내공의 수위에 따라 다르지만 자네 정도면 삼사 일이면 될 걸세. 하지만 그 과정에서 더욱 강한 욕념이 일어나니 은교교 곁에 있으면 결국 배출한 만큼 다시 받아들이게 되고 말지. 할 수 있다면 지금이라도 그 아이에게서 멀리 떠나가서 그렇게 해보게."

"고맙습니다."

멈칫했던 무영이 다시 발걸음을 옮겼다.

절대 무공이 탐이 나서 그의 제의를 수락한 것은 아니었다.

죽어가는 노인네.

떠나는 사람에 대한 작은 적선이라 생각하고 응낙한 것이 전부였다. 묘이강의 조건에 대한 기대라면 은교교의 섭혼지기에서 벗어날 수 있는 방법을 얻을까 하는 것과 십마의 무공에 대한 호기심이 전부였다.

어느새 밤이 깊었기에 사방은 조용한 침묵에 싸였지만 오직 한 사람만은 넘쳐 나는 뜨거운 열기를 주체하지 못해 애를 쓰고 있었다.

"으……."

아무도 없는 침상에 좌정을 하고 앉은 무영은 이를 악물었다.

은교교가 심어놓은 섭혼지기가 다시 그의 전신을 뒤덮고 있었다. 힘겹게 열기를 누르고 있었지만 온몸이 근질거리며 여자를 갈망하는 육체의 유혹은 견딜 수 없을 정도였다.

음기가 성한 밤이면 섭혼지기는 끝없이 그를 괴롭혔다.

꽉 다문 입가에 핏물이 흘렀고 이마는 땀으로 번들거렸으며 굳게 말아 쥔 두 손에는 핏줄이 불끈거리며 요동 쳤다. 섭혼지기가 촉발한 욕념은 온통 그의 정신을 지배했는데 생각나는 것이라고는 오로지 은교교의 젖가슴과 숲에 가려진 비처가 전부였다.

그의 방문이 살며시 열렸다.

녹아였다.

그녀는 촛불을 끈 후에 탁자에 옷을 벗어놓고 벌거벗은 몸으로 말없이 침상 위로 올라왔다.

"헉!"

여인의 살결을 접한 무영의 몸이 부르르 떨렸다. 그는 옆에 온 여자가 녹아라는 것을 알았다. 하지만 다시 죄를 지을 수는 없다는 생각에 이를 악물었다.

녹아의 손이 무영의 등을 쓰다듬었다.

'헉!'

더 참지 못한 무영은 한 마리 난폭한 야수로 변해 녹아를 덮쳤다.

"아아!"

어둠 속으로 알 수 없는 여인의 탄성이 울렸다.

"왜 그랬지?"

방의 사방을 가린 휘장으로 깜깜한 침상 위였지만 무영이 보는 것에는 지장이 없었다.

"……."

"왜 그랬냐고?"

무영이 벌컥 화를 내며 재차 물었다.

그 말에 고개를 숙이고 있던 녹아가 겁에 질린 표정으로 머리를 쳐들었다.

"제가 오지 않았다면 상공은 결국 혈맥이 터져 죽고 말아요."

"……!"

"전에 총채주님의 시중을 드는 아이가 그렇게 말하는 것을 들은 적이 있어요."

총채주란 부조립을 말하는 것이다.

사실 그녀는 잘못 알고 있었다. 섭혼지기로 인해 혈맥이 터져 죽는 경우는 내공을 끌어올렸을 경우에 한했다. 만일 정욕을 참지 않고 발산한다면 은교교가 아니더라도 어느 정도 욕념을 완화할 수 있었다.

"그럼 아까도 알고 접근했다는 말이야?"

무영이 마음속의 큰 짐을 내려놓는 기분으로 물었다.

"아니에요. 설마 같은 증세를 보이실 줄은 몰랐어요. 일이 터진 후에야 그 생각이 났어요. 하지만 제가 없었더라면 상공은 결국 혈맥이 터져 죽고 말았을 거예요."

녹아는 마치 변명을 하듯 황급히 손을 저어가며 말했다.

보이지 않으니 녹아 자신은 몰랐겠지만 손짓에 따라 흔들리는 그녀의 육봉은 이 순간에도 무영의 눈을 어지럽히고 있었다. 무영이 고개를 돌리자 보이지 않는 중에도 뭔가 허전하다고 생각한 녹아는 이불을 끌어당겨 가슴을 가렸다.

"마님이 오시기 전까지는 제가 같이 있어 드리겠어요."

무영의 어깨가 흠칫 떨렸다.

"죽는 것보다는 나아요. 어차피 제 몸도 이젠 예전과 같지 않은 걸요."

무영이 이미 저지른 일을 말하는 것이다.

"저도 여기 끌려온 후로 수도 없이 죽으려고 했지만 쉽지 않았어요. 하지만 언젠가부터 이렇게라도 살면서 목숨을 부지할 수 있는 것도 다행이란 생각을 했어요."

무영이 고개를 돌려 녹아를 보았다.

"얼마 전 오리패촌이라는 마을에 살던 어떤 처녀가 빚에 팔려 가다가 이곳에 잡혀왔어요. 저랑 같은 나이인데 삶에 대한 애착이 무척이나 강하더군요. 목숨만 부지할 수 있다면 잘되고 못되는 것은 노력에 따라 바뀔 수도 있지 않느냐고 하더군요. 오자마자 이곳 수적들에게 몸이 더럽혀졌으니 그 아이는 저보다 운이 더 없었지요. 그런데 그 일이 있은 후에도 그 아이의 생각은 바뀌지 않더군요."

"나를 원망하지 않아?"

"언젠가는 이곳 수적들에 의해 더럽혀질 몸이라는 각오는 하고 살았지요. 저를 강제로 취하신 직후에는 분하고 원통한 마음이 있었는데, 지금은 수적들이 아니라 장 공자님이라는 것이 무척 다행이라는 생각을 해요. 장자맹 전임 대학사님의 자제 분으로 거용관에서 오랑캐를 물리쳐 이름을 떨치신 장군님이라는 것은 진작 알고 있었어요."

쿵!

마치 망치로 머리를 내려치는 듯한 강한 충격이 왔다.

수치심이 든 무영이 얼굴을 붉혔다.

'음…….'

"제 이름은 명녹주라고 해요. 공자님께 부담을 드릴 생각은 조금도 없으니 마음에 두지는 마세요. 다만 제 이름만은 알려 드리고 싶군요."

심성이 곱다는 것을 말해 주듯 그녀의 말투에는 은연중에 상대를 배려하는 마음이 엿보였다.

"저… 여기서 잘게요."

명녹주는 그렇게 말하며 침상 위로 몸을 눕혔다.

"은 낭자가 겁나지 않아?"

"마님도 공자님의 혈맥이 터져 돌아가시는 것을 바라지는 않으실 터이니 저를 크게 탓하지는 않으실 거예요. 마님도 사실 공자님에 대해서는 상당히 조심스럽게 대하시는 것 같더군요. 달리 공자님을 살릴 수 있으면 좋았겠지만 그, 그것밖에 해결 방법이 없었어요. 마님의 수법에 당해 거의 폐인이 되다시피 한 총채주님도 요즘에 하루에도 몇 번씩 첩실들과… 그것을 한다고 하더군요."

그녀의 당돌한 행동에 어떻게 처신을 해야 하나 고민해 보았지만 마땅한 해답 대신 그의 남성이 고개를 들었다.

'휴우.'

무영의 몸이 녹아를 덮었다.


그는 녹아와 이틀을 그렇게 보냈다.

이틀이 지나 돌아온 은교교는 전문가답게 한눈에 녹아와 무영의 관계를 알아보았지만, 어차피 섭혼지기를 흡수한 사내라면 어쩔 수 없다는 것을 잘 알고 있기에 크게 문제 삼지는 않았다. 그녀에게 남녀 관계란 대수로운 것이 아니었다.

무영은 섭혼지기가 성하는 밤이면 은교교의 다리 사이를 헤어나지 못했지만 이성이 강해지는 낮이면 묘이강이 남긴 색혼마녀의 무공에 빠져들었다. 혹시나 그녀의 비급에 섭혼지기의 금제에서 풀려날 방도가 없는가를 알아보려는 것이었다.

"맹세하세요."

"뭘 말이오?"

"누구든지 저에게 위해를 가하는 자가 있다면 죽여 버리겠다고."

"그야 당연한 일인데 맹세하고 말 것이 뭐가 있겠소?"

은교교는 무영의 그런 말을 위안 삼아 동정채에서 버텼다.

밖에는 너무 적이 많았다. 역무군도 걱정되었고 수채 주변을 탐문하며 다닌다는 남궁세가의 사람들도 무서웠다. 무영과 호형호제한다는 남북쌍괴는 물론이고 행여 화우 상방의 잔당들이 기습해 올까 걱정하기도 했다.

하지만 무영의 존재는 그런 그녀의 중압감을 한결 덜어주었다.

그녀는 수시로 외유를 다니며 수채의 채주들을 안아주었고 동정채로 돌아와서는 무영을 안았다. 모두 자신의 방패들이었다. 그녀가 다른 수채로 외유를 나간 날이면 녹아가 빈자리를 메워주었기에 오히려 안심하는 눈치였다.

무영은 나름대로 십마의 무공을 훑고 있었다.

그는 색혼마녀의 비급에서도 묘이강이 말한 이상의 해답을 찾지 못하자 이번에는 무정공자의 비급에 매달렸다. 비슷한 계통이니 뭔가 해답이 있을지도 모른다는 생각에서였다. 다른 무공비급에는 크게 흥미가 없었는데, 천변인마의 변장술은 필요할지 모른다는 생각에 틈나는 대로 배워두었다.

'흥미있군.'

무정공자의 비술은 여인을 마음을 빼앗는 비술과 음약이나 몽환약을 제조하는 방법, 그리고 무공에 관한 것으로 나누어져 있었는데 무영의 관심을 끄는 것은 그의 비술이었다.

무정공자의 비술은 손짓, 몸짓, 눈빛 등 사소한 동작으로 상대를 혹하게 하는 미안술(迷眼術), 미약의 도움을 받아 전개하는 미심술(迷心術), 내공을 쓰는 미혼술(迷魂術)의 셋으로 나누어져 있었다.

사소한 동작이 여자에게 어떻게 영향을 미치는가를 설명하는 글은 읽는 사람조차 절로 탄성을 자아내게 할 만큼 흥미로웠는데, 특히 내공을 사용해 전개하는 미혼술(迷魂術)은 상대의 이지마저도 뒤흔들 수 있는 비술이었다. 이런 비술에 당했으니 요월선자가 낙일도에게 빠진 것은 결코 그녀의 잘못만은 아니었다.

문득 무정공자의 미안술의 비술이 은교교에게도 통할지 모른다는 생각이 들었다. 워낙 이쪽 계통에 밝은 그녀니 미심술이나 미혼술은 오히려 위험했다.

그녀에게서 벗어나려는 생각은 낮이 되면 하루에도 몇 번씩 하지만, 막상 실행에 옮기려고 하면 마술처럼 은교교의 얼굴이 떠올라 마음을 꽁꽁 묶었기에 꼼짝을 할 수 없었다. 이제 방법이 보였다.

무영은 거울을 보고 부지런히 비술을 연마했다.

배우면서도 사소한 눈빛 하나에 수십 수백의 뜻을 담을 수 있다는 사실에 새삼 놀랐다. 특히 미안술에 심취했는데, 그것은 눈빛을 받는 사람에게만 그 뜻이 전달되기에 같이 있는 다른 사람은 전혀 눈치 챌수 없었고, 특별한 내공도 필요하지 않았다.

그는 옷깃 사이를 뜯어 공간을 만들어 비급을 갈무리했다.

며칠이 지나 어느 정도 미안술을 익힌 그의 첫 상대가 된 것은 녹아였다.

'흠.'

그는 찻잔을 들고 온 녹아를 보고는 가볍게 눈짓을 했다. 누가 보아도 특별한 의미를 담았다고는 볼 수 없는 가벼운 동작이었다.

뜻밖에도 녹아는 그의 가벼운 눈짓에도 부끄러워 얼굴을 붉히며 어쩔 줄 몰라 했다.

'통한다!'

잇따라 손발을 동원한 가벼운 몸짓에 그녀는 더욱 몸 둘 바를 몰라하며 찻잔을 놓는 일을 끝낸 뒤에도 무엇을 기대하는 듯이 자리를 뜨지 않았다.

오늘은 은교교가 수채에 머무는 날이었다. 자칫 그녀의 눈에 띄면 녹아에게 좋지 않은 일이 일어날 수도 있기에 무영은 망설였다. 하지만 녹아의 두 볼은 몸이 달아오른 것을 말해 주듯 홍조를 띠었다.

'어쩔 수 없군.'

몸을 일으킨 무영이 녹아의 손을 살며시 잡아 침상으로 데려가자 녹아는 마치 기다리고 있었다는 듯이 그를 따라왔다.

문도 닫지 않은 상태로 환하게 밝았지만 두 사람은 전혀 개의치 않았다. 무영의 거처 근처는 철저하게 외인의 출입이 통제되었기에 안에 들어올 수 있는 사람은 은교교와 녹아 두 사람뿐이었다.

곡완주는 구강에서 움직이지 못했다.

무영의 흔적은 마안채를 마지막으로 더 이상 이어지지 않았다. 수하들을 수백이나 더 불러 구강 인근 수백 리를 이 잡듯 뒤졌지만 그의 행방은 오리무중이었다.

대신 그녀가 얻은 것은 화우 상방을 기습한 무리들이 역무군의 제자인 파풍신검 행오와 관련이 있을지도 모른다는 사실이었다.

'그럼 놈들끼리 이전투구(泥田鬪狗)를 벌이는 과정에서 희생양이 되었다는 말인가?'

아무리 생각해도 그 이상은 생각할 수 없었다.

마교와 한패일 것이라는 역무군이었다.

"행오가 개입되었을 가능성에 대해 어떻게 생각하느냐?"

무영의 행적을 좇는 일에 깊숙이 개입되었던 서관은 곡완주의 예상대로 사물을 보는 날카로운 안목이 있는 자였다.

"만약 역무군의 사주였다고 한다면 이번 일은 무림의 새로운 세력으로 떠오르는 화우 상방의 싹을 미리 꺾고 마교의 남은 주력을 칠 수 있는 역무군의 계책이었다는 말을 하고 싶습니다. 하나 아직 추측일 뿐 속단하기는 어렵습니다."

절강의 한 포구에서 걸개선을 타던 서관이었지만 흙을 털어내고 닦아주니 마치 보석처럼 빛나는 재주를 보였다. 행오가 개입되었을지 모른다는 정보도 그의 노력으로 일궈낸 것이었다.

그는 구강을 공격했던 다섯 척의 선단을 찾아내기 위해 장강과 파양호의 구간을 나누어가며 탐문에 들어갔고, 그 결과 파양호 서안(西岸)에 세워진 파풍장(破風莊)이라는 곳에서 그 일을 전후해 다섯 척의 배를 동원한 사실을 밝혀냈다.

더불어 파풍장주가 역무군의 첫째 제자라는 놀라운 사실도 알아냈다.

상당한 성과였지만 그는 아직 결론을 내리기를 주저했다.

곡완주는 그런 점이 더욱 마음에 들었다.

문칠에게 의리가 있다면 서관에게는 두뇌가 있었다.

"무공은 열심히 수련하고 있느냐?"

곡완주는 지나가는 말로 물었다.

'음!'

서관이 가장 취약점으로 여기는 것이었다. 그의 무공은 다른 제자들에 비하면 도무지 발전이라 할 수 없을 정도로 조금씩 느는 것이 고작이었다.

"죄, 죄송합니다."

숙인 머리가 땅을 파고들어 갈 기세였다.

"풋!"

그 모습에 곡완주는 자신도 모르게 웃음이 터졌다. 쩔쩔매는 수하들을 보는 것도 그녀의 작은 즐거움이었다.

'헛, 웃다니……'

한 번도 듣지 못한 대부인의 웃음소리였다.

"화우 상방의 총행두가 어디로 갔을 것으로 보느냐?"

언제 웃었냐는 듯 예의 건조한 말투로 돌아간 곡완주가 물었다.

"마안채주와 모종의 말이 오갔다는 말과 역무군이 개입되었다는 정보를 종합해 보면 무림맹으로 갔을 가능성이 높습니다. 동정채의 은교교를 찾아 사건의 진위를 더 확인해 볼 수도 있겠지요. 하지만 진강채주와 달리 마안채주가 살아 있는 것으로 볼 때 어떤 단서를 얻었을 가능성이 충분하니 역무군 쪽이 더 비중이 높다는 생각입니다."

곡완주가 고개를 끄덕였다.

"무창으로 간다. 모든 제자들에게 은밀히 행동하라고 일러라. 도중에 공연히 시비를 걸어 말썽을 일으키거나 우리 걸개방의 이름을 나불거리는 놈들이 있으면 그 자리에서 목을 벤다."

곡완주는 서릿발 같은 음성으로 말했다.

모두들 한가락 하던 놈들이니 어디서 무슨 사고를 칠지 몰랐다. 자칫 행적이 노출되면 귀찮은 일이 한두 가지가 아닐 터였다.

걸개방의 가장 좋은 점은 방도들이 제 먹을 것과 잘 곳은 항상 알아서 해결한다는 것이었다. 그런 방면에 이력이 나서인지 수하들은 어떤 악조건에서도 손쉽게 해결을 하고는 다음날 건강한 얼굴을 보여주었다.

가끔 놈들이 강도로 변해 행인의 돈을 갈취하거나 부녀자를 겁탈해도 그녀는 전혀 상관하지 않았다. 걸개방은 원래가 그런 곳이었다.

다만 그 일로 걸개방이 골치 아픈 일에 휘말리게 되었을 경우에는 가차없이 혹독한 처벌을 했다.

예외적인 경우라면 각 지역의 타행들과의 세력 다툼으로 인한 마찰이 있을 경우인데, 그런 경우 곡완주는 상대를 철저히 부수어 걸개방 아래로 복속시켜 버렸다. 그런 행동은 다른 타행들로 하여금 걸개방 식구를 건드리는 일 자체를 조직의 명운을 건 모험으로 생각하게 해 감히 넘보지 못하게 하는 효과는 물론 수하들의 결집력과 충성도를 높이기에 충분했다.

"틈틈이 무공 연마하는 것을 잊지 마라. 위급의 순간 목숨을 구할 수 있는 것은 네놈의 혀가 아니라 무공이다."

곡완주의 질책에 서관의 고개가 다시 바닥으로 처박혔다.

"물러가라."

그를 내보낸 곡완주는 정좌를 하고 지그시 눈을 감았다.

무영의 행적을 찾고 화우 상방의 흉수에 대해 조사하는 일을 제외하면 별로 할 일이 없는 그녀는 강호인들이 즐겨 쓰는 단순한 초식의 묘리에 대해 깊은 사색에 잠길 때가 많았다.

최근 들어 그녀가 관심을 갖고 연구하는 초식은 누구나 아는 기본적인 검법인 오행검(五行劍)이었다.

원래 오행검법은 삼재검법과 태극검법 등과 더불어 무당의 독문검법에 속했지만, 세월이 흐르는 중에 우연히 강호로 유출되어 이제는 누구나 아는 평범한 검법으로 전락하고 말았다.

강호에 처음 소개되었을 때만 해도 오행검의 위력은 상당한 것으로 인식되었다. 하지만 이제는 누구나 초식의 변화를 훤히 읽기에 상대가 오행검법의 초식을 쓰면 이미 그 다음 변화를 읽고 대응하는 터라 위력이 있을 턱이 없었고, 오히려 반격의 단초가 되기까지 했다.

'무엇이 문제인가?'

오행검을 가르치는 사람들은 태극오행의 기초 원리를 바탕으로 상생의 원리니 상극의 관계니 하며 우주 만물의 원리까지 곁들인 어려운 설명을 하는 것이 보통이었다. 정작 가르치는 본인도 그 원리에 대해 확실한 이해도 하지 못하면서.

하지만 곡완주가 알고 있는 검은 그게 아니었다.

오행이란 생성과 조화의 원리를 담은 검법은 무당이 자랑하는 오행검진에서나 큰 위력을 발휘할 수 있을지 몰라도, 혼자서 펼쳐야 하는 검법에서는 다섯 개의 검을 동시에 휘두르지 않는 다음에야 군더더기의 사설일 뿐이었다.

오행검을 처음 창시한 사람이라고 그런 생각을 하지 않았을 리는 없었다.

곡완주는 빈손을 허공으로 내저어 오행검의 제일초인 천일생수(天一生水)를 펼쳤다. 이어 지이생화(地二生火), 천삼생목(天三生木), 지사생금(地四生金), 천오생토(天五生土). 오행을 이루는 금목수화토(金木水火土)의 오묘한 조화, 뭔가 느껴질 듯도 했다.

천일생수.

곡완주의 손목이 원을 그리며 돌았다.

고개를 갸웃거리던 곡완주는 천일생수에 매달려 손목을 돌리고 또 돌렸다. 빠르게 회전을 거듭하던 그녀의 손목이 어느 순간부터 서서히 그 속도가 줄어들기 시작했다.

삐걱, 삐걱.

밖에서 수하들이 끙끙거리며 열심히 노 젓는 소리가 들렸고 배는 강물에 일렁거렸지만, 좌정을 하고 오행검의 초식에 빠진 곡완주에게 방해가 되지는 못했다.


'움직인다.'

구강을 떠나는 세 척의 배를 눈여겨보는 사람이 있었다. 바로 추명이었다.

그는 벌써 두 달이 넘도록 단서를 찾아 구강 일대를 돌아다니며 조사하고 있었다. 세 척의 배에 주목하는 이유는 이들이 남궁가 못지않게 구강 공소의 일에 깊은 관심을 가지고 있다는 것을 알아냈기 때문이었다.

그간 살핀 바로는 강심에 닻을 내린 세 척의 배에서 나온 사내가 뭍으로 건너와 다시 다른 배의 졸개들에게 지시를 내렸고, 졸개들은 구강 일대를 샅샅이 훑고 다닌다는 것이었다. 물론 이목을 피해 이루어진 일이었지만 포쾌 출신의 추명을 속이지는 못했다.

혹시 화우 상방의 다른 세력이 아닐까 하는 마음에 독문 표식까지 남겼지만 그들은 알아보지 못했다. 사내들의 정체를 안 것은 배에서 내린 사내의 가슴에 그려진 붉은 열십 자 문양 때문이었다.

걸개방.

추명도 미처 몰랐는데 인근 타행의 건달들이 그들을 알아보고는 그렇게 불렀다. 구강의 건달들조차도 그들을 무척 경계하고 있었다.

걸개방이라면 무영과 운송 계약을 한 동업자라는 것은 추명도 알고 있었지만 절강과 강소에서 활약하는 그들이 구강까지 와서 설치는 이유를 알 수 없었다.

그동안 추명이 살핀 바로는 세 척이 전부가 아니었다.

구강 주변에는 수십 척의 중소선(中小船)들이 있었는데, 선부들은 가슴에 아무런 표식도 없었고 서로 아는 체도 하지 않았지만, 그동안 살펴보니 모두 걸개방 소속이라는 것을 알 수 있었다.

새삼 걸개방주인 대부인의 정체가 궁금해진 추명은 사공 댓 명이 노를 젓는 소선 한 척을 빌려 타고 걸개선들 멀찍이서 뒤를 따랐다.


사자강(沙子岡).

곡완주는 장강을 거슬러 무창으로 가는 길목으로 모래와 바위, 그리고 갈대가 대부분인 섬 사자강에 자리를 잡았다.

대부분이 갈대로 뒤덮여 있어 은신하기에는 안성맞춤이었고, 섬이 넓어 수백이 숨어들어도 표시가 나지 않았다. 무림맹이 수백 리나 떨어져 있기는 했지만 더 가까이 간다면 오히려 역무군의 주의를 끌 우려가 있었다.

"놈도 섬 맞은편에 상륙했습니다."

서관이 말했다.

며칠 전부터 배 한 척이 뒤를 따르는 것을 알아채고 있었다.

"유인해서 사로잡아."

곡완주는 돌아보지도 않고 말했다.

서관은 가볍게 고개를 숙이고는 밖으로 나왔다.

십여 개의 천막 사이를 지나 언덕 위로 올라가자 수하 몇이 그를 반겼다.

"놈이 저쪽으로 숨어들었습니다."

손이 가리키는 방향을 따라 눈을 옮겼지만 갈대가 무성해 놈의 모습은 전혀 보이지 않았다.

"그럼 놓쳤다는 말 아니냐?"

서관이 신경질적인 어조로 말했다.

"중간이 저렇게 모래사장만 있어 가까이 다가갈 수도 없으니 어떡합니까? 그냥 보고만 있을 수밖에요."

수하는 마치 하소연하듯 그렇게 말했다.

그러고 보니 녀석의 말도 일리는 있었기에 서관은 입을 닫았다. 섬 주위를 장막처럼 둘러싼 갈대밭이니 일단 갈대 안으로 숨어들었다면 놈이 어디서 튀어나올지도 알 수 없었다.

강바람에 갈대가 흔들리니 놈의 종적을 찾기가 쉽지 않았다.

"화공을 할까요?"

녀석이 갈대밭에서 화공이 제일이라는 말은 어디서 주워들었는지 그렇게 주절거렸다.

"에라."

픽!

대부인의 명령을 이행하기는 글렀다는 생각에 가뜩이나 성질이 나던 참이었다.


'엇!'

자리에 누웠던 곡완주가 몸을 일으켰다.

인기척이었다.

번을 서는 수하들이 있기는 했지만 인기척의 임자는 소리를 죽이고 조심스레 움직이는 기색이 역력했다.

잠시 생각을 하던 그녀는 저만치에서 자고 있는 연아의 수혈을 짚어 두고는 다시 자리에 누웠다. 이 밤에 천막 주위로 몰래 숨어들어 올 놈이라면 갈대 숲 속으로 자취를 감추었다는 추적자가 틀림없었다.

"흡."

"헉!"

귀를 열자 여기저기에서 번을 서던 수하들이 제압당하는 소리가 들렸다. 자고 있는 수하 놈들은 전혀 눈치를 채지 못할 정도의 미약한 신음성이었다. 그동안 고련으로 웬만큼 무공에 물이 오른 놈들이었는데 간단하게 제압하는 것으로 보아 상대는 보통이 아니었다.

사락.

막사 입구의 휘장을 걷는 소리였다.

잠시 후 침입자가 조심스런 동작으로 안으로 들어서는 것이 느껴졌지만 그녀는 눈을 뜨지 않았다.

팍!

갑자기 한줄기 지풍이 날아와 곡완주의 견정혈을 제압했다.

"그만 일어나라."

중년 사내의 전음에 곡완주가 눈을 떴다.

"아혈까지 짚어주기를 바라지 않는다면 수하들을 부를 생각은 하지 않는 것이 좋겠지?"

"헛!"

사내의 전음에도 불구하고 그의 얼굴을 본 곡완주의 입에서는 경악성이 터져 나왔다. 침입자가 추명이라는 것을 알았기 때문이었다.

팟!

자신의 경고를 무시했다고 생각했음인지 추명은 그녀의 아혈도 제압했다.

"내 말을 우습게 아는군. 마지막 경고다. 다시 한 번 소리를 낸다면 이번에는 팔다리 중에 하나를 잘라주마."

추명은 듣기에도 무시무시한 협박을 했다. 곡완주가 알아들었다는 듯이 눈을 깜빡거리자 소리를 지르지 않겠다는 것으로 이해한 그는 아혈을 풀어주었다.

"걸개방에서 무슨 이유로 그토록 오랫동안 화우 상방 구강 공소에 관한 일을 염탐했느냐?"

추명은 전음과 동시에 손을 뻗어 곡완주의 복면을 벗겨갔다.

"헉!"

걸개방주의 손이 불쑥 추명을 향해 올라오며 완맥을 잡아갔다.

'제길.'

금나수에 남다른 자부심을 가진 추명이었지만 갑작스레 완맥을 채오는 곡완주의 손길을 피하지는 못했다.

"혈도가 제압되지 않았느냐?"

어이없이 당해 버린 추명이 물었다.

그러나 곡완주는 아무런 대답도 하지 않고 그의 혈도를 차례로 제압하고는 밖으로 나갔다. 추명이 당한 것은 이미 이런 일을 예상하고 그가 들어오기 전에 이혈신공(移穴神功)으로 혈도의 위치를 옮겨두었기 때문이었다. 그가 살기를 풍기지 않았기에 반응을 기다렸다가 행동한 것뿐이었다.

그런데 침입자가 추명일 줄이야.

구강에서 흥수와 무영의 흔적을 찾아 헤매는 것을 보고 쫓아온 것이 틀림없었다.

‘어떡하나.’

이대로 내칠까 하는 생각도 들었지만 포쾌를 했던 추명이니 혹시 수하들이 알지 못하는 단서를 잡았을 가능성도 있었다. 그와 대면을 하는 것이 부담스러웠지만 무영에 대한 단서만 얻을 수 있다면 그런 것은 아무래도 좋았다.

그녀는 추명에게 제압된 수하들의 혈도를 풀어주었다. 부하들이 깨어나며 주변이 소란스러워지자 잠에서 깬 서관이 달려왔다.

“나를 따라 안으로 들어와라. 그리고 내가 전음으로 네게 말하면 그대로 상대에게 말해 주어라.”

서관은 그녀의 말뜻을 금세 알아들었다.

문칠로부터 화우 상방 총행두 장무영이 찾아왔을 때 대부인의 전음을 받아 대화(代話)해 주었다는 이야기를 들었기 때문이다.

“무슨 일로 우리 배를 뒤따라왔는가?”

곡완주의 전음을 받은 서관이 물었다.

“화우 상방 장무영 총행두의 행방을 찾기 위해서요.”

곡완주의 몸이 움찔했다.

그녀는 잠시 말을 잊고 있다가 서관이 재촉하는 눈빛을 보내자 다시 전음을 보냈다.

“왜 여기에서 찾는가?”

“귀하들의 배가 구강에 한 달 이상 머무르며 수색을 했기에 나보다 많은 정보를 얻은 것 같아 알아보려는 것이었소.”

그녀의 예상대로였다.

“당신이 얻은 결과는 있는가?”

혹시 수하들이 놓친 것을 알아내지나 않았는지 궁금해진 곡완주가
그렇게 전음을 보냈다.

"별로 없소. 그저 장강수로채의 짓이 아닐 것이라는 정도……."

기대를 한 것은 아니었지만 막상 대답을 들으니 다시 힘이 빠졌다.
그녀는 또다시 생각에 잠겼다. 자신이 얻은 정보를 그에게 알려주어야
하느냐 하는 것이었다. 하지만 그녀는 이내 결정을 내렸다.

"아직 확실히 단정 지을 수는 없지만 역무군의 제자인 파풍신검 행
오의 짓일 가능성이 높다는 단서를 얻었다."

서관의 그 말에 추명의 눈이 반짝였다.

"그래서 무림맹이 있는 무창으로 가서 알아보려는 것이오?"

그의 물음에 곡완주는 대답을 하지 않았다.

서관이 대부인의 눈치만 보는 동안 잠시 침묵이 흘렀다.

"걸개방주의 대명을 들을 수 있겠소?"

문득 그녀의 정체가 궁금해진 추명이 물었다.

"물러가라고 해라."

곡완주는 서관에게 축객령을 내릴 것을 지시했다.

행오의 짓임을 알려준 것은 그가 계속 흉수들의 뒤를 추격해 무영의
행적을 밝히는 것에 도움을 주려는 뜻에서였다. 대화는 그것으로 충분
했다.

"미안하게 되었소. 그만 가보겠소."

나가라는 서관의 말에 추명이 머뭇거렸다. 하지만 서관이 은근히 채
근하는 움직임을 보이자 어쩔 수 없다는 듯 자리에서 일어났다.

"혈도를 제압했는데 어떻게 공격할 수 있었소?"

밖을 향하던 추명이 곡완주를 보며 물었다.

“이혈신공.”

곡완주의 전음을 받은 서관이 대답했다.

그 말을 들은 추명은 등 뒤에서 식은땀이 흘렀다. 안다고 해서 펼칠 수 있는 것이 아니라 상승의 내공이 뒷받침되어야 펼칠 수 있는 수법이었다.

‘후후, 늑대가 범을 잡으러 온 격이로군.’

알고 나니 허탈감이 왔다.

곡완주가 눈짓을 하자 서관이 그의 뒤를 따랐다.

“뭍으로 건너갈 수 있도록 도와주어라.”

그녀는 서관에게 그렇게 지시했다.

그분을 가까이서 모시는 사람이었다. 아무리 자신의 정체를 몰라본들 그분에 관련된 일은 조금도 소홀히 하고 싶지 않았다. 혹시라도 부하들이 실수라도 할까 하는 조바심에 덧붙인 것이었다.

서관은 소동으로 밖으로 나와 있던 수하 몇을 불렀다.

“이분을 안전하게 뭍으로 모셔라.”

몰래 잠입했던 그를 이토록 정중하게 배웅하는 것은 이미 대부인의 태도에서 그를 어떻게 대해야 하는가를 알았기 때문이었다. 오늘 대부인은 야밤에 침입한 상대의 정체에 대해 묻지 않았다.

그가 누구인지 알고 있다는 뜻이었다.

비록 복면 속의 대부인이었지만 서관은 태연 속에 감추어진 격동을 읽었다.

‘입을 다물자.’

서관은 그 일에 대해 더 이상 생각하지 않기로 했다. 가끔은 모르는 것이 나을 경우도 있는데 지금이 바로 그때인 것 같았다.

추명은 뱃전에 섰다.

삐걱, 삐걱.

깊은 밤이라 그런지 장강의 물결 소리와 어울려 나는 노 젓는 소리는 유난히도 크게 들렸다.

'벙어리인가?'

구강에서 한 달가량 있으면서도 걸개방주가 선실 밖으로 나온 것을 한 번도 보지 못했던 그였다.

'누굴까?'

야밤에 침입한 자신의 정체에 대해 전혀 묻지 않았다.

목숨을 노릴 수 있는 상황이 있었는데도 전혀 거론하지 않았다.

구강 사건과 관련된 귀중한 정보까지 알려주었고, 마치 배웅을 하듯 배까지 내주었다.

'그래, 나를 알고 있었어.'

추명의 예민한 감각이 꿈틀거렸다.

벙어리에, 나를 알고, 장 공자를 알고, 화우 상방 일에 지대한 관심을 가질 만한 여자. 포악한 걸개방 패거리를 거느릴 만한 무공이 있는 여자.

자칫했으면 자신의 목이 떨어질 수 있는 상황이었는데도 밤의 침입자를 당신이란 말로 예우해 줄 여자. 항상 얼굴을 가리고 살아야 할 필요가 있는 여자.

하지만 무영이나 자신의 주변에 벙어리 여자가 있었던 적은 없었다.

'벙어리가 아니라면?'

문득 수하들의 혈도를 풀어주러 가던 걸개방주의 뒷모습이 떠올랐다. 어깨를 펴지 못한 조심스런 걸음걸이.

"헉!"

추명은 경악을 참지 못했다.

한줄기 찬바람이 그의 등을 싸늘하게 훑고 지나갔다.

비명 소리에 노를 젓던 걸개방 수하들이 '저놈 어디 아픈가?' 하는 표정으로 쳐다보았지만 추명은 개의치 않았다.

'곡완주야!'

갑자기 다리마저 후들거리는 것이 배 위에 서 있는 것조차 불안하게 느껴졌다.

"괜찮으시오?"

서관으로부터 안전하게 모시라는 당부까지 받은 졸개들이라 갑자기 이상한 반응을 보이는 그가 걱정스러웠는지 모두 불안한 표정으로 그를 주시했다.

'음, 조심해서 지켜볼 놈이군. 저놈이 잘못되는 날이면……'

가끔 알 수 없는 이유로 예상치 못하게 배에서 뛰어내리는 놈들이 있기는 했다.

"아, 아니오."

추명은 겨우 정신을 차리고 대답했다.

비록 복면을 했지만 풍겨나는 분위기나 자신을 대하는 태도, 그리고 화우 상방의 일에 관한 깊은 관심 등을 종합해 볼 때 그녀가 아니라고 보기가 더 힘들었다.

"다 왔수."

어느덧 배가 맞은편 강안에 도착했다. 추명은 난간을 밟고 이삼 장 거리를 단숨에 건너뛰었다.

"잘 가시오."

졸개들이 인사말을 건넸다.

"고맙소."

배에서 내린 추명도 그들에게 인사를 하고는 발길이 가는 대로 터덜 터덜 걸었다.

걸개방주가 곡완주라면 무영과 맞대면까지 했으면서도 정체를 밝히지 않은 까닭이 궁금했다. 그렇다고 해서 그녀가 곡완주라는 확신에 대한 의심은 아니었다. 평생을 사람 가려내는 일만 하던 그였다.

'틀림없어.'

남궁화나 아라 공주 같은 커다란 뒷배경도 없이 그저 중원에 들어온 오랑캐 여자라고만 알려졌던 그녀였기에 대학사의 아들인 무영과 어울리지 않는다는 수군거림도 있었다. 하지만 사랑에 빠져 그런 눈총도 아랑곳 않고 오로지 무영의 뒤만을 따랐던 여자였다.

무슨 말 못할 사연이 있기에…….

가끔 외롭게 분투하는 그녀를 보노라면 죽은 여동생이 생각나기도 했었다.

강둑길이 흐릿하게 보였다.

추명은 눈물을 흘리며 그렇게 밤길을 걸었다.

제8장 덫

중원은 침묵했다.

무림맹주 역무군도 무슨 이유에서인지 더 이상 자신을 드러내려 하지 않았고, 심한 타격을 받은 정파는 힘을 잃었기에 숨을 죽였다.

관군의 토벌을 받은 마교의 잔당들은 녹림으로 숨어들어 약탈을 자행해 곳곳에서 크고 작은 사건이 벌어졌지만 무림의 침묵을 깨우기에는 역부족이었다.


남궁세가 취의청(聚議廳).

상좌의 남궁철상을 비롯해 사대봉공과 각 대주들이 장방형의 탁자에 마주 앉았다.

"그동안 조사한 바에 따르면 본 가의 소지구 분타를 공격해 몰살시킨 흉수는 수로채가 아니라 역무군의 둘째 제자인 참마객(斬魔客) 위경(偉

勳)의 무리임은 의심할 나위가 없소. 화우 상방의 구강 공소를 친 파풍 신검 행오와 사전에 공모한 후에 각자 상대를 분담해 공격한 것으로 보이오."

남궁철상이 침통한 표정으로 말했다.

"그렇습니다. 공격 시간이 비슷한 것으로 보아 치밀한 작전에 따른 것이 틀림없습니다."

남궁우가 거들었다.

이번 사건은 그가 조사를 맡아 했었다. 이미 사라진 상대의 흔적을 쫓아 전후를 밝히는 일이라면 그를 따를 사람이 없었기에 자연스럽게 그의 몫이 된 것이었다.

"흥, 역무군의 소행임이 밝혀진 이상 무림맹은 물론 옥허궁까지 풀 한 포기 남지 않도록 쓸어버려 강호인들에게 남궁세가를 건드리면 어떤 결과가 오는지 교훈으로 삼게 해야 합니다."

사대봉공 중 한 사람인 무심검(無心劍) 남궁치(南宮癡)였다.

남궁가에서 가장 성격이 곧고 직선적이라 현직에 있을 때는 물론이고 봉공으로 물러난 지금에도 곧잘 다른 봉공들과 다툼이 끊이지 않을 정도였다.

"만약 참는다면 무림인들이 우리 남궁세가를 원수를 보고도 고개 돌리는 겁쟁이라고 비웃을 것입니다."

분뢰검(分雷劍) 남궁형(南宮衡)이었다.

사대봉공 중 가장 말석인 청의대주 출신이었지만 기울지 않은 언행으로 말에 무게를 실어온 그였다.

"이번 일은 그리 간단치 않소이다."

남궁우가 다시 나섰다.

“흥, 무엇이 복잡하오? 본 가의 소지구 분타를 치고 가주님의 사위 되시는 장무영이 총행두로 있는 화우 상방을 공격했소! 이것은 우리 남궁세가를 정면으로 공격한 것과 다름없는데 무슨 말이 더 필요하 오?”

가주 앞임에도 불구하고 남궁치가 이마에 핏대를 세워가며 버럭 소 리쳤다.

“역무군이 조용한 것은 우리의 반응을 기다리겠다는 것이오.”

남궁우의 그 말이 범상치 않게 들렸는지라 모두 그를 주시했다.

“한때는 마교에 편입된 것으로 알려진 역무군이었지만 묘하게도 마 교가 모두 궤멸된 지금은 오히려 중원에서 가장 강대한 세력이 되었소. 소림은 관례대로 침묵을 지킬 것이니 우리 남궁세가를 빼면 실로 그가 무림에서 더 이상 두려워할 상대는 없다는 말이지요.”

“그러니 한번 붙어보자는 것이 아니오!”

남궁치가 다시 고함을 치며 나섰지만 남궁철상을 비롯해 다른 봉공 들이 눈치를 주자 얼른 입을 닫았다.

“화우 상방을 친 것은 욱일승천의 기세로 커가는 장무영의 세력을 사전에 꺾어버리려는 것이었고, 그와 동시에 우리 소지구 분타를 친 것 은 어디 한번 덤벼보라는 뜻으로 해석됩니다.”

말이 길어지자 남궁우는 한 모금 차로 목을 축였다. 더 이상 나서서 그의 말을 방해하는 사람은 없었다.

“사실 몇 년이 더 지나 우리와 화우 상방이 커다란 힘으로 형성된다 면 무림에서 가히 당할 세력이 없다 해도 과언이 아니지요. 그때는 무 림맹주 역무군이라 해도 힘에 겨울 겁니다. 그것은 곧 우리의 후원자 인 휘주 상방과 화우 상방이 힘을 합치는 것과 같으니 무림은 물론 상계에서도 절대강자로 군림할 수 있지요."

"음!"

듣고 있던 남궁형이 신음성을 냈다.

"기다릴수록 역무군에게 불리하니 그가 먼저 손을 쓴 것인데, 화우상방은 상계에서 처리하도록 맡겨두고 자신은 우리를 상대하겠다는 속셈이었다고 볼 수 있겠지요."

"어쨌든 우리 세가에 정면으로 선전 포고를 한 셈이니 피할 수는 없지 않소?"

남궁치가 불만이 가득한 어조로 말했다. 어쩌고저쩌고하더니 결국 자신의 말과 뭐가 다르냐는 것으로 일종의 면박이었다.

하지만 남궁우는 그의 말에 대답을 않고 말을 계속했다.

"역무군이 굳이 우리를 꺾을 생각이었다면 흉수의 정체를 숨기는 짓을 하지는 않았을 것입니다. 단언할 수는 없지만 역무군은 우리에게 공존이냐 혈투냐의 선택을 강요하고 있습니다. 굳이 설명을 하자면 싸울 마음은 없지만 자신보다 더 큰 세력은 용인하지 못하겠다는 생각이라고 봐야겠지요."

"그게 무슨 소리요?"

남궁형이 이마를 찌푸리며 물었다.

"역무군이라면 우리가 흉수들의 행방을 찾아낼 것을 충분히 예상했을 것입니다. 싸움을 하려고 했다면 적당한 명분을 붙여 공개적으로 공격할 수도 있었을 겁니다. 명분은 항상 필요에 따라 만들어지니까요. 하지만 그가 그런 방식으로 일을 처리한 것은 본 가에 대한 확실하게 경고는 주되 공존도 가능하다는 암시를 보낸 것이라고 봅니다."

"흠!"

남궁철상이 침음성을 삼켰다.

'자, 내가 했다, 해볼 테냐?'

역무군은 그렇게 묻고 있었다.

만약 공개적으로 공격을 했다면 선택의 여지가 없었다. 하지만 강호에는 소지구 분타를 공격한 것이 수로채로 소문이 나 있었다.

남궁우의 말에 취의청 안은 한동안 침묵에 잠겼다.

"소지구 형제들의 원혼은 누가 달래준다는 말이오?"

남궁치가 자리를 박차고 일어서며 말했다.

하지만 그의 말에 동조하는 사람은 아무도 없었다.

역무군!

그가 처음 무림맹주의 자리에 올랐을 때만 해도 그저 잘난 무공 하나에 구파일방의 암투를 틈타 어부지리로 맹주 자리에 올랐던, 그저 그런 자로 인식했었다.

하지만 한바탕 혈풍이 휩쓸고 간 지금 무림의 최강자로 남은 사람은 그를 눈 아래로 깔고 보던 구파일방도 아니고, 마치 내일이라도 중원천하의 주인이 될 것같이 기세를 돋우던 마교도 아닌 바로 무림맹주 역무군이었다.

지금 역무군은 중원무림의 최고봉에 우뚝 선 거인이었다.

"음……."

남궁철상이 다시 신음성을 냈다.

그 거인이 남궁세가의 자존심을 건드려 가며 그 행로를 말해 달라 요구하고 있다.

"우리 소지구 분타는 물론 사위 분의 상방까지 문을 닫게 한 놈입니다!"

남궁치가 분노를 삭이지 못하고 그를 재촉했지만 그는 한동안 굳게 다문 입술을 열지 않았다.

'어쩔 수 없어.'

소지구 식솔들의 죽음이 원통하기는 했지만 무림맹과 정면 승부를 벌인다면 더 이상 세가의 안녕은 보장할 수 없다. 세가의 존망을 걸고 해야 하는 도박은 가주가 선택할 길이 아니다.

반쯤 고개를 숙이고 생각에 잠겼던 남궁철상이 마침내 고개를 들었다.

"나는 소지구 분타의 흉수에 대한 확실한 증거가 있기 전까지는 움직이지 않을 것이오. 화우 상방 사건 역시 마찬가지요. 그나마 딸과 사위가 변을 피했다고 하니 다행이오. 이 자리를 벗어나서는 습격자들에 대한 확실한 근거가 있을 때까지 사건에 대한 발언은 자제해야 할 것이오. 본 가의 존망을 흔들 수도 있소. 모두들 명심해 주시오."

남궁철상은 그렇게 말하고는 자리에서 일어나 서둘러 취의청을 벗어났다. 결정에 대한 더 이상의 간섭은 허용하지 않겠다는 태도였다.

남궁치의 표정이 일그러졌다.

세가의 체면과 제자들의 사기를 염려해 입을 닫으라는 주문까지 달아가며 숨만 쉬고 있으라는 명령이기는 했지만 누구도 간섭할 수 없는 가주의 결정이었다. 참석자들 모두 굳은 표정으로 일어나 떠나는 남궁철상에 대한 예의를 지켰다.

남궁우도 자리를 떴다.

'해답은 정해져 있었어.'

몇 달에 걸친 추적으로 겨우 찾아낸 흉수였다. 그런데 증거를 대라니, 사건 현장에서 무림맹이라고 각인된 도검이라도 주워 와야 한다는 말인가?

'허허허, 역시 가주야.'

남궁우의 굳었던 얼굴에 옅은 미소가 감돌았다.

가주가 진정으로 그 증거를 원하는 것이 아니라는 사실은 모였던 사람들 모두 알고 있었다. 지금 가문의 전력으로는 총력전을 펼친다 해도 수십 개 중소방파를 쥐고 흔드는 역무군을 감당할 수준은 아니었다. 가주는 그걸 알고 있었다.

'딸과 사위가 변을 피했으니 나서지 않겠다' 는 것이 가주의 말이었지만 설사 그들이 이미 죽었다 해도 결론이 바뀔 것 같지는 않았다.

가주의 선택은 자존심을 내세우다가 스러지는 세가가 아니라 난세에도 살아남는 무림세가로서의 남궁가였다.

남궁우는 가주의 생각에 전적으로 공감했다. 또 다른 먹이를 찾아 숨을 죽이고 맹수처럼 웅크리고 있는 역무군에게 지금 칼을 들이대는 것은 미친 짓이었다.


은교교는 당황스러웠다.

열여덟이 넘은 이래 숱한 사내와 수없는 밤을 같이 지내며 만리장성을 쌓았지만 이런 감정은 처음이었다.

'내가 그 사람을 사랑하게 된 것일까?'

그럴 리 없다고, 자신은 사랑을 모른다며 고개를 저어보았지만 요즘 들어 하루에도 몇 번씩 그 사내의 얼굴이 떠오르는 것은 대체 무슨 이유라는 말인가?

열여섯 소녀처럼 설레는 이 마음의 근원은 무엇이란 말인가?

이제는 다른 남자들과 밤을 보내는 것조차도 죄를 짓는 기분이라 다른 채주들의 수채를 방문하는 것도 꺼려졌다.

수로채 일을 처리하는 중에도 하루에도 몇 번씩 무영 생각이 나는 통에 일이 손에 잡히지 않았다. 딱히 그 사내의 어떤 점이 자신을 그토록 사로잡는 것인지 알 수 없었지만 분명한 것은 늘 그의 곁에 있고 싶다는 것이었다.

지금도 그녀는 수로채의 급한 일을 대충 마무리하고 무영의 거처로 향하는 중이었다.

"어서 와요."

무영이 반갑게 그녀를 맞았다.

"상공이 보고 싶어 견딜 수 없더군요."

은교교가 입가에 요염한 미소를 띠며 말했다. 다른 여자 같으면 감히 입에 담기조차 어려운 낯간지럽고 직설적인 말이었지만 그녀의 말은 조금도 천박하게 들리지 않았고 오히려 상대의 마음을 뜨겁게 달구기에 충분했다.

무영은 은교교를 번쩍 안아 침상 위에 눕혔다. 두 사람 사이에는 다른 남녀 관계와 같이 긴 대화가 없다. 섭혼지기와 미안술이 서로 작용하고 있으니 말을 나눌 필요도 시간도 없다.

"하아!"

무영의 손은 거침없이 은교교의 몸을 헤집고 다녔고 뜨겁게 달아오른 그녀의 두 다리가 조이듯 그를 감쌌다. 두 사람에게 사랑의 행위는 만남의 인사와도 같은 당연한 절차였다.

한바탕의 운우(雲雨)가 휩쓸고 가자 두 사람은 미련을 남긴 채 몸을 일으켰다.

"역무군이 사람을 보냈어요. 무림맹은 천하의 모든 방파가 무림맹의 기치 아래 모이기를 원한대요. 모두 한 자리에 모여 서로 간의 다툼을 논하고 해결하는 것만이 무림의 얽히고설킨 구원(舊怨)을 해결할 수 있는 방법이라고 하더군요. 그리고 앞으로 무림맹에 가입하지 않은 문파는 설자리가 없을 거라는……."

은교교가 흐트러진 머리를 매만지며 말했다.

역무군이 무림맹에 가입할 것을 강요하고 있다는 말이었다. 예전 같았으면 절대 무영 앞에서 그런 중요한 말은 하지 않았을 그녀였다.

"어떻게 할 생각이지요?"

"사부님은 돌아가셨고 사형들도 모두 죽거나 달아난 마당에 다른 선택이 있겠어요? 그동안만이라도 편하게 버려둔 것을 고맙게 생각할 따름이에요. 하긴 내가 우습게 보였으니 그렇게 버려두었겠지만……."

"하하하, 그 말은 사실 같기도 하군요. 그리고 수적들인 장강수로채를 무림맹에 받아들여도 신경 쓸 일이 없을 만큼 그가 컸다는 말도 되겠지요."

"그래요. 전 같으면 무림인들의 눈치를 보느라 가입하라는 말도 하지 않았겠지요."

은교교는 말을 하면서도 수시로 매무새를 가다듬었다.

주안술 덕분에 이십 대로 보이기는 했지만 행여나 한참 연하인 무영 앞에서 추태를 보일까 염려되었던 까닭이다.

무영이 안색을 굳혔다.

"역무군을 죽일 거요."

그 말에 은교교가 놀라 눈을 크게 떴다.

"안 돼요! 상공은 그자의 상대가 아니에요."

"알고 있어요. 하지만 놈은 내가 이루어놓은 모든 것을 다 빼앗아갔

어요. 은 낭자에게 누명을 씌웠다가 이제는 자기 밑으로 들어오라
니…… 나쁜 놈."

"시세를 아는 자가 준걸이라 했어요. 지금은 무림에서 그의 세력을
당할 만한 자는 없어요. 듣자 하니 양주 염방도 역무군의 눈치를 보느
라 그간 마교의 공격을 대비해 준비했던 병력을 해산시키고 있다 하더
군요. 무모하게 덤볐다가는 공연히 아까운 목숨만 버리는 꼴이에요."

무영의 말에 깜짝 놀라며 매달리다시피 말리고 있는 은교교는 거의
울 것 같은 표정이었다.

"놈의 세력이 강대하기는 하지만 그만큼 적도 많을 테니 그들과 연
계할 수만 있다면 방법도 있을 겁니다."

하지만 무영은 뜻을 굽히지 않았다.

"어림없는 소리! 무림 전체가 역무군의 행보에 숨을 죽이고 보고만
있는 판국이지요. 아무도 나서지 않을 거예요."

"내가 이곳에 있는 것을 알면 역무군도 그냥 있지는 않을 게요. 은
낭자도 무사하지 못할 거고."

그 말에 은교교의 얼굴이 창백해졌다. 말은 하지 않았지만 그녀가
가장 걱정하고 있던 점이었다. 처음에는 자신의 안전을 위해 볼모로
삼은 것이었지만 지금은 자신의 연인이었다.

"우리 어디로 멀리 달아나요."

"중원천하에 역무군의 발길이 닿지 않을 곳이 어디겠소?"

"어산도가 있잖아요."

그 말에 무영은 흠칫했다.

어산도에는 아라 공주와 남궁화가 있었다. 은교교와 녹아에게 빠져
한동안 잊고 있던 이름이었다. 상방이 무너진 지금 그들도 무사하리라

는 보장은 없었다.

은교교가 말을 이었다.

"다른 부인들이 있다는 것은 알아요. 하지만 같이 모여서 오순도순 살면 되지요."

그렇게 말하며 은교교가 얼굴을 붉혔다.

평생 자신의 입으로는 이런 말을 할 기회가 없을 줄 알았다. 최근 들어 남몰래 그런 생각을 해보곤 했었는데 마침 오늘 기회가 생겨 입을 연 것이다.

무영의 얼굴에 미소가 번졌다.

잠시 남궁화와 아라 공주를 생각했던 무영은 은교교의 홍조 띤 얼굴을 보는 순간 모든 것을 잊었다. 섭혼지기의 힘이었다.

"맞아요. 만약 은 낭자가 진심으로 원한다면 나머지 여자들은 내가 설득할게요."

"고마워요, 상공."

은교교는 눈물을 쏟으며 그의 품에 안겼다.

다음날부터 은교교는 다른 수채를 들락거리며 부지런히 재물을 긁어모으기 시작했다. 눈물을 펑펑 쏟으며 하는 그녀의 말에 채주들은 몰래 숨겨놓은 금은보화까지 챙겨 싸주었다. 물론 맨 정신으로야 그럴 수가 없었지만 섭혼지기 앞에서는 자발적이 되어 열심히 챙겨주었다.

보름 정도가 지나자 은교교는 급한 대로 동정호 주변의 몇몇 수로채를 털 수 있었다. 다섯 곳만 들렀는데도 웬만한 부호도 부럽지 않을 수백만 냥 정도가 모였다. 값나가는 것만 털어온 놈들이 차곡차곡 모았던 재산이니 그 정도 예상은 했었다.

협조의 보답으로 채주들의 몸속에 남아 있는 섭혼지기를 대부분 흡수해 주기는 했다. 당분간은 힘들겠지만 몇 달만 지나면 괜찮아질 것이다.

동정채로 돌아오기 전에 악주에 들러 금은 따위는 크기가 작고 휴대가 간편한 야명주나 전표로 바꾸었고 장강을 벗어날 때 타고 갈 배와 사공도 수배해 두었다.

어산도로 가려면 장강을 따라 내려가며 무림맹이 있는 무창을 지나야 하는 것이 마음에 걸렸지만, 그래도 육로보다는 훨씬 빠르고 수월할 것이기에 선택의 여지가 없었다. 대충 준비를 마쳤다고 생각한 그녀는 나는 듯이 수로채로 돌아왔다.

기쁜 마음으로 수채로 돌아온 은교교는 자신의 노력에 비례할 만큼 배신감을 느끼게 만드는 상황에 직면해야 했다. 녹아가 같이 가겠다고 나선 것이다.

"감히!"

은교교의 눈꼬리는 하늘을 찌를 듯 올라갔고 몸은 부들거리며 떨렸다. 하녀인 녹아 따위가 따라나서다니, 그분과 몇 번 잠자리를 같이 했다고 시건방지게……. 그런 은혜를 입은 것만도 감사해야 하거늘.

은교교는 참지 못했다. 손을 들어 올려 일장에 머리통을 박살 내려는 순간 무영이 나섰다.

"하, 하지만 잘못은 내게 있으니……."

그녀의 태도에 놀란 무영이 싹싹 빌다시피 하며 나섰다.

"마님, 그저 몸종 정도로 생각하시고……."

녹아도 울며 은교교 앞에 무릎을 꿇었다. 미안술에 완전히 마음을 빼앗긴 그녀는 무영을 떠나서 산다는 것은 이제 상상조차도 하지 못했다.

"이대로 버리고 가시려거든 차라리 죽여주세요. 흑흑."

"흥!"

코웃음과 함께 은교교의 손이 다시 허공으로 올라갔다. 그러지 않아도 최근에는 전에 없던 질투심까지 생겨 언젠가는 없애 버리려고 하던 차였다.

"은 낭자, 제발……."

무영이 놀라며 앞을 막아섰다.

은교교는 차마 내려치지 못했다. 그의 앞에서 사람을 죽이는 잔인한 여자로 보이기 싫었기 때문이기도 했고, 생각해 보니 궂은 일을 할 몸종 하나쯤은 필요할 것 같기도 했기 때문이다.

"상공의 체면을 보아 목숨은 살려주겠지만 앞으로도 상공과 나의 시중을 들어야 한다."

그녀는 치밀어 오르는 분노를 겨우 참고 동행을 허락했다.

세 사람은 갑자기 바빠졌다. 갈아입을 남장을 준비하고 당장 필요한 물건들을 챙긴 그들은 날이 저물기를 기다렸다.


"저 배가 확실하냐?"

멀리 강을 타고 내려가는 배 한 척을 가리키며 하오문 악주 분타주 척교의가 물었다. 그는 수하 한 명을 대동하고 장강변으로 나왔었다.

그가 가리키는 곳에는 한 척의 소선이 유유히 하류 쪽으로 내려가고 있었다.

"그렇습니다. 배의 선주로부터 그 계집이 직접 계약했다는 말을 들었습니다. 수하들을 시켜도 될 만한 일인데 계집이 직접 나선 것이 수상해 즉시 애들을 붙여 확인한 것입니다."

척교의는 수하의 설명에 고개를 끄덕였다. 그 정도라면 확실하다고 보아도 무방하니 총단에 보고할 만했다.

그가 지금 이곳에 나타난 것은 이 밤에 은교교가 남장을 하고 두 명의 동행과 함께 배를 타고 떠난다는 말을 들은 때문이었다. 당분간 문주로부터 수로채의 움직임을 철저히 감시하라는 지시가 떨어져 있기에 조금도 소홀히 할 수 없는 사안이었다. 그러지 않아도 최근 은교교가 인근 수채들을 부지런히 오간다는 정보에 모든 촉각을 곤두세우고 있었다.

"나는 배를 타고 저들의 뒤를 따를 테니 너는 즉시 총단에 보고해라. 너희들은 뭍에서 강을 따라가며 쫓는다. 다음 분타에 그것들의 위치를 인계할 때까지 절대 행적을 놓쳐서는 안 된다. 그랬다가는 나도 성치 못하겠지만 그보다 네놈 목이 먼저 떨어질 줄 알아라."

척교의는 긴장한 목소리로 그렇게 말했다.

이번 지시는 특급이라는 꼬리표가 달려 있어 자칫 실수를 하는 날이면 심한 문책이 따를 것이 틀림없었다. 남들의 눈을 피해 배를 계약하려는 은교교를 포착할 수 있었던 것도 그동안 악주 포구를 수하들로 도배를 하다시피 했기 때문이었다.

'내 구역을 지날 때까지 제발 배 밖으로는 기어나오지 마라.'

척교의는 진심으로 그렇게 기원했다.

일이 벌어진 이상 그저 조용히 자신의 관할을 지나가기만을 바랄 뿐이었다. 어서 다음 분타에 추적을 넘겨야 두 발을 쭉 뻗고 잘 수 있을 것 같았다.

척교의는 멀리 보이는 이비묘(二妃墓)가 있는 곳을 향해 넙죽 절이라도 올리고 싶은 심정이었다. 밑바닥 생활만 이십 년이 넘게 걸려 겨우 거머쥔 분타주 자리였다.

"후후후, 내 품에서 달아나겠다는 거로군."

역무군은 하오문에서 날아온 전서를 받아 들었다.

"어찌하는 것이 좋겠느냐?"

그는 고개를 돌려 문 쪽에 공손히 서 있는 두 제자 행오와 위경을 보고 물었다. 그들을 무림맹으로 불러들여 몇 달째 머물게 한 것은 아직 남궁세가의 선택을 확인하지 못했기 때문이었다. 남궁철상도 지금쯤이면 소지구 분타의 흉수가 자신이라는 것을 충분히 알고도 남았을 터였다.

"아마 불안을 느꼈던 모양입니다. 그 계집이 달아나겠다면 그냥 두고 차라리 부조립을 내세우는 것이 어떻습니까?"

행오가 말했다.

이미 언덕을 잃은 계집 하나까지 일일이 신경을 쓴다는 것은 귀찮은 일이라는 생각이었다.

하지만 둘째 제자인 위경의 생각은 달랐다.

은교교가 야밤에 배를 탔다면 달아날 생각인 것은 분명했다. 하지만 사천이나 운남 쪽도 아니고 하필이면 무림맹이 있는 무창을 지나야 하는 도주로를 택한 것은 도무지 이해하기 어려웠다.

"일단 동행했다는 두 명에 대해서도 자세히 알아보신 후에 결정하는 것이 좋겠습니다. 혹시 그 계집의 동행이 악화나 놈의 사제들이라면 딴생각을 품고 있는 것인지도 모릅니다."

위경이 염려하는 것은 혹시라도 그들이 무림맹을 공격할 생각이 있지 않나 하는 점이었다. 남궁세가의 동태를 철저히 감시하고 있다지만

눈을 피해 은밀히 손을 잡았다면 자신들에게는 상당한 부담이 된다 할
수 있었다.

"음."

그의 말에 역무군이 고개를 끄덕였다.

은교교 따위보다는 마지막 적수로 생각하고 있는 남궁세가의 움직
임에 온 신경을 곤두세우는 처지라 그쪽과 관련이 될 수 있는 조그만
가능성도 소홀히 할 수 없었다. 그는 하오문에 은교교과 함께 동행하
는 자들에 대해 자세히 알아볼 것을 지시했다. 혹시라도 그들의 움직
임에 다른 세력이 있는가를 우려했기 때문이다.

역무군에게 무영과 녹아의 정체가 전해진 것은 그로부터 삼 일이 지
난 후였다.


추명은 장강 건너편으로 무창이 마주 보이는 구산(龜山) 기슭에서
놈들이 하는 양을 지켜보고 있었다.

무림맹에서 활을 든 일단의 무리들이 나와 강 양안(兩岸)에 매복을
했을 뿐 아니라 도검으로 무장한 무인들이 십수 명씩 탄 쾌속선들도
십여 척이 강기슭에 대기하고 있었다.

'후후후, 아직도 중원무림에 역무군이 해치워야 할 자가 남아 있는
모양이군.'

추명은 실소를 했다.

놈은 간교한 효웅(梟雄)이었다. 아무도 알지 못했고 누구도 예상치
못한 사이 그는 그렇게 정상에 서 있었다. 옥허궁주에서 무림맹주가
되는 과정도 그랬다고 들었다. 남들이 좋은 것을 두고 치고 받으며 싸
우는 틈에 모두가 원하는 것을 쥐었던 자가 바로 역무군이었다.

‘흠.’

추명이 지세를 살폈다.

갈대 숲에 몸을 숨긴 매복자들이 상류로 향하고 있는 것으로 보아 동정호 쪽에서 배를 타고 오는 자를 노리는 모양이었다. 백여 명은 충분히 넘어 보이는 인원이 동원된 것이, 아무래도 뭔가 중요한 사건일 것 같다는 생각에 추명의 몸이 바짝 긴장되며 눈썹이 바르르 떨렸다. 뭔가 냄새나는 일을 감지했을 때 보이는 습관적인 반응이었다.

멀리서 소선 한 척이 유유히 장강을 타고 내려오는 것이 보였다. 노를 젓는 두 명의 사공들을 제외한 선객들은 선실 밖으로 나오지 않고 있었다.

‘흠, 수상하기는 하군.’

추명이 침을 삼켰다.

무창 같은 큰 성이 나오면 오랫동안 배만 타는 것에 싫증이 난 선객들은 으레 밖으로 나와 구경을 하게 마련이었다. 그런데 사공을 제외하고는 아무도 보이지 않는 배라……

태평하게 물길에 몸을 맡긴 것으로 보아 다가오는 배에서는 전방에 매복이 있다는 것을 전혀 눈치 채지 못하고 있는 것으로 보였다.

펑!

요란한 소리와 함께 붉은 화전이 올라갔다. 수십 개의 화살이 일제히 소선을 향해 날았고, 이어 갈대 숲에 몸을 숨기고 있던 쾌속선들이 빠르게 물살을 박차며 달려들었다.


“이게 뭐야!”

화전이 쏟아지자 허름한 선실 틈새로 밖을 내다보던 무영이 놀라며 소리쳤다.

"으악!"

"억!"

풍덩! 풍덩!

노를 젓던 사공 둘이 미처 피하지 못하고 화살에 맞아 맥없이 물속으로 떨어졌다.

세 사람은 모두 바닥에 납작 엎드렸다. 무영과 은교교는 호신강기를 일으켜 몸을 보호할 수 있었지만 녹아는 그렇지 못했기에 무영이 몸으로 덮어 화살을 막아주었다. 그것을 본 은교교는 그런 외중에도 쌍심지를 치켜 올렸다.

화살비가 그치자 어느새 쾌속선들이 소선 주위에 몰려들었다. 사공을 잃은 무영의 배는 방향을 잃고 이리저리 물살에 떠밀리는 형편이라 달아날 방법이 없었다.

"어쩌지요?"

은교교는 파랗게 질렸다. 그토록 행동에 신중을 기했건만 대체 어디서 잘못된 것인지 알 수 없었다.

"음!"

무영도 얼른 대답을 못하고 바깥의 동정만 살폈다.

허름한 선실 이곳저곳에 박힌 화살을 보니 공격자들이 자신들을 노리고 단단히 준비했다는 것을 절감했다.

"항복하자고."

어차피 해볼 수 있는 상태가 아니었다. 놈들을 죄다 죽인들 무섭게 일렁대는 장강 물결 위에서 노를 저을 자신도 없었거니와 계획적인 기습으로 보이는 것이, 쉽게 죽어줄 놈들도 아니었다.

강변에서 시위를 먹이는 놈들에 대한 대책도 없었다. 불화살이라도 날리면 어떻게 한단 말인가?

은교교도 어쩔 수 없다는 것을 알았는지 고개를 끄덕였다.

"그만 하시오. 항복하겠소!"

무영이 일어서며 밖을 향해 소리쳤다.


행오는 선두의 쾌속선에 타고 있었다.

'잘못 짚은 것 아니야?'

영문을 모르겠다는 듯 너무 쉽게 항복한다는 상대의 말에 그는 혹시 정보가 잘못된 것이 아닌지 의심했다. 하지만 선실에서 걸어나오는 무영과 두 남장 여인을 보고는 이내 고개를 끄덕였다. 남장을 했다지만 색혼마녀의 진전을 이은 전인답게 사내의 마음을 쿵 울리는 듯한 은교교의 미태는 조금도 숨길 수 없었다.

"장무영이라고…… 머리가 빨리 도는 놈이로구나."

행오가 은교교에게서 눈을 떼지 못하며 무영에게 말했다.

"결과가 뻔한데 뭣 하러 싸우겠소. 그런데 어디서 오신 손님들이오?"

"흐흐흐, 무림맹 코앞에서 그렇게 묻다니 한심하다는 생각이 들지 않느냐?"

"역무군이 보냈소?"

"어린 놈이 주둥이를 함부로 놀리는구나!"

무영이 사부의 이름을 대놓고 불러대자 기분이 나빠진 행오가 버럭 소리 질렀다.

"나도 나이 들면 체면도 가리고 점잖게 말할 거요."

처지가 처지인지라 참고 있으려 했는데 저도 모르게 불쑥 입이 먼저 열렸다.

"건방진 놈! 분위기를 파악하지 못하는군."

행오의 손이 바람같이 움직이더니 무영의 혈도를 점하고는 이어 은교교와 녹아의 혈도도 짚어버렸다.

콰당!

일렁거리는 물살에 흔들리는 배 위에서 잡아주는 사람이 없으니 쓰러지는 것은 당연한 일, 무영이 꼴사납게 배 위에 자빠졌다.

"흐흐흐, 함부로 입을 놀린 대가다."

그는 어느 틈에 출렁임에 쓰러지려는 은교교와 녹아를 각각 한 팔에 안고 있었다.

"개새끼!"

퍽!

행오의 발길질이 무영의 배에 꽂혔다.

"컥!"

숨이 끊어질 듯한 강한 충격이 복부에 작렬하는 순간 무영은 정신을 잃고 말았다.

"캬악, 퉤!"

행오는 지저분한 것을 대했다는 듯 쓰러진 무영의 등에 대고 침을 뱉었다.

"이들을 무림맹으로 옮겨라!"


'맞구나.'

추명은 몸을 떨었다.

분명 실종되었다고 알려진 장무영이었다.

그를 발견한 순간부터 추명은 단 한순간도 소선에서 눈을 떼지 못했다. 화우 상방의 흉수를 찾겠다고 나섰다가 지금은 무영의 행방을 찾는 일에 더 열중하고 있던 그였다. 이미 강호에는 화우 상방 총행두 장무영이 의문의 실종을 당했다는 소문이 파다했다.

'배를 타고 달아나다가 충격을 이기지 못하고 배 위에서 피를 토하고 죽었다더라.'

'바다까지 쫓아간 흉수들을 피하지 못하고 끝내 살해당했다.'

'그게 아니고 아라 공주와 다른 여자들을 데리고 숨긴 보화를 챙겨 하미 왕국으로 달아났다더라.'

마교가 사라진 지금 마땅한 화젯거리가 없던 호사가들은 저마다 입을 열고 떠들었다.

그런 근거없는 소문들은 한 사람을 건널 때마다 살이 붙고 날개까지 달아 사방을 나돌았지만, 그중 어느 하나 추명의 고개를 끄덕이게 만들 만한 시원한 답은 없었다.

그동안 어떻게 지냈는지 모르겠지만 아무튼 역무군에게 사로잡힌 그를 구해내는 일이 시급했다.

'곡완주에게 알리는 수밖에 없어. 세가의 무창 분타에도 도움을 청해야겠군.'

추명은 주위를 살폈다.

무림맹의 움직임을 감시하는 걸개방 수하들도 추적해 왔을 것이라는 생각에 그들을 찾으려는 것이었다. 한 사람의 도움이라도 필요한 지금 놈들의 뒤를 따를 동안 곡완주에게 알릴 사람이 필요했다.

'저놈들이군.'

멀리 강변에 몇이 모여 말을 나누고 있는 걸개방 수하들로 보이는 사내들이 추명의 눈에 들어왔다. 아무리 행색을 바꾼다 해도 그런 건 달들의 전문 사냥꾼이었던 명포쾌 추명의 날카로운 눈매를 피할 수는 없었다. 추명은 무림맹 무인들의 눈을 피해 그들에게 다가갔다.

무영 일행을 태운 쾌속선들이 빠른 속도로 강을 따라 내려갔다.


정천당.

태사의에 앉은 역무군은 혈도를 제압당해 자신의 앞에 무릎이 꿇려진 은교교와 무영, 그리고 녹아를 내려다보았다.

"그저 중원을 떠나 조용히 모여 살려는 것이 전부입니다. 이대로 보내주세요."

은교교가 애처로운 눈빛으로 말했다. 마주치기만 해도 절로 가슴이 진탕될 만큼 처연했기에 역무군조차도 애써 눈길을 피했다.

"뇌옥에 가두어라."

그는 그렇게 지시하고는 태사의에서 일어났다.

화살에 맞고 물에 빠졌다 살아난 사공 한 놈도 건져 취조를 해보니 놈들의 행선지는 동해의 관문인 영파라고 했다. 정황으로 보아 은교교가 남궁세가나 다른 사형들과 손을 잡고 자신에게 대적하려고 한 것 같지는 않았다. 하지만 장무영이란 놈에 대해서는 더 조사해 볼 필요가 있었다.

남궁가의 사위인 놈을 이대로 죽였을 경우 세가에서 보일 반응 대해서도 신중한 고려가 필요했다. 소지구 분타를 공격했음에도 남궁철상이 반응을 보이지 않는 지금 더 이상 그를 자극하는 불필요한 행동을 해야 하는가에 대한 고려였다.

'흐흐흐, 그년, 젖가슴에 육덕(肉德)이 넘치는 계집이로구나.'

행오가 육욕이 가득 찬 눈을 희번덕였다.

'서둘 필요가 없지…….'

은교교에게 걸린 사내들은 뼈도 추리지 못한다는 말은 들었기에 조심하는 마음은 있었다.

그의 눈은 은교교의 가슴 언저리를 떠나지 못했다. 남장을 했기에 바짝 동여맨 젖가슴 부위는 그녀가 숨을 쉴 때마다 은근한 움직임을 보였는데 그게 더 매혹적이었다.

'흐흐흐, 저 계집은 일단 독방에 가두어야겠군.'

행오는 입 안에 침이 가득 고였지만 스승의 면전이라 소리가 날까 봐 감히 삼키지 못했다.

"여봐라, 이것들을 뇌옥으로 끌고 가라!"

행오의 말에 정천당 밖의 수하들이 들어와 그들을 끌어냈다.

뇌옥은 무림맹 뒤쪽 홍산이 있는 방향에 있었다.

행오는 몸소 뇌옥까지 와서 그들을 가둬둘 감방을 배정했다.

"은교교는 이 방에, 장무영은 이리로, 그리고 그 계집은 아무 곳에나 넣어둬라."

수하들이 그의 말에 따라 무영의 팔목을 잡으려는 순간이었다.

"잠깐!"

은교교였다.

"뭐냐? 사내 없이는 하룻밤도 참고 지내지 못하겠다는 거냐?"

행오가 입가에 징그러운 미소를 띠며 말했다.

"호호호, 만일 그렇다면 나와 함께 밤을 지낼 용기가 있나요?"

"호호호, 못할 것도 없지만 오늘은 참기로 하지."

슬쩍 말을 던졌던 행오조차도 그녀의 노골적인 공세에 놀라 움찔하며 한 걸음 물러났다. 은교교와 관계를 가진 사내는 모두 그녀의 발 아래 노예가 되고 만다는 색혼마녀에 대한 풍문이 떠올랐기 때문이었다.

"호호호, 의외로 겁이 많으시군요. 하지만 제가 말하려는 것은 그게 아니에요."

"뭐냐?"

행오가 얼굴을 붉히며 말했다.

놀림을 당했다는 것을 알았지만 이상하게도 화가 나지 않았다.

"장 공자는 옆에 여자가 없으면 하룻밤도 살 수 없어요. 저를 그와 한 방에 머물게 해주세요."

"그게 무슨 건방진 소리냐? 뇌옥에 갇혀서도 운우지락을 즐기겠다는 것이냐?"

마음이 상한 행오가 성질을 냈다.

"제가 그렇게 만들었어요. 무슨 소리인지 아시나요? 호호호."

은교교는 그렇게 물으며 간드러지게 웃었다.

"……?"

"하룻밤이라도 저 없이 지내면 음기가 넘쳐 나 혈맥이 터지고 오공에서 피를 흘리며 죽고 말지요."

그제야 행오는 그녀의 말이 무슨 뜻인지 이해했다.

"네가 말해 보거라. 그 말이 사실이냐?"

그는 미심쩍었는지 녹아에게 확인을 했다.

"그렇습니다. 반드시 여자가 있어야 합니다."

녹아는 그저 여자라고만 말했다.

이미 행오의 눈빛에서 그가 무슨 생각을 하고 있는지 읽었기에 무영과 함께할 기회를 놓치지 않을 셈이었다.

'아니, 저년이!'

녹아가 그렇게 말하는 이유를 아는 은교교의 쌍심지가 올라갔다.

"흠, 아직 죽이라는 말이 없으니 며칠은 재미를 보게 해주마."

행오는 무영을 향해 비웃음을 보내고는 녹아와 무영을 한 방에 집어넣도록 지시했다.

무영은 그 말에 수치심을 느껴 얼굴이 붉어졌지만 죽고 싶지는 않았기에 눈을 내리깔고는 모른 체했다. 게다가 녹아와 지낼 수 있다니 그리 기분 나쁘지는 않았다.

은교교가 녹아를 향해 눈을 부릅뜨며 살기를 실어 보냈다.

"으핫핫핫! 네가 젊은 놈과 밤을 보내지 못하는 것을 질투하는 모양이구나."

조금 전에 은교교에게 놀림을 당한 것을 복수라도 하듯 행오가 통쾌한 표정으로 웃어댔다.

제9장 달출

　"화우 상방의 총행두 장무영이 다른 두 명의 동행인과 함께 배를 타고 무창을 지나다가 무림맹 사람들에게 사로잡혔다고 합니다. 우리 수하들도 그것을 보았는데 잡혀간 사람들의 정체를 몰랐었습니다. 그런데 추명이라는 사람이 찾아와 반드시 방주님께 전해달라고 부탁을 했다더군요."

　쿵!

　서관으로부터 그 소식을 보고받는 순간 그녀는 심장이 멎는 충격을 받았다. 그녀는 한동안 몸이 마치 석상처럼 굳어 조금도 움직이지 못했다.

　예상치 못한 그녀의 반응에 서관이 당황했다.

　"방주님!"

　잠시 기다려도 반응이 없자 서관이 그녀를 불렀다.

하지만 그녀는 코앞에서 말하는 그의 부름조차 듣지 못한 듯 여전히 반응이 없었다.

"방주님!"

서관이 목소리를 높였다.

그제야 정신을 차린 곡완주가 얼른 자세를 바로 했다. 아니, 바로 하려 했다. 하지만 충격이 엄청나게 컸음인지 몸을 떨었다.

'음!'

서관은 대부인의 그런 반응을 예의 주시했다.

'그렇군.'

그제야 대부인에 대한 모든 수수께끼에 대해 확신을 가졌다.

"무창으로 간다. 수하들은 네가 데리고 와라. 나는 먼저 가겠다."

대부인은 다시 말을 하려는 서관을 향해 떨리는 손을 겨우 내저어 내보냈다.

'곡완주가 틀림없어.'

몸을 일으켜 밖으로 나가는 서관은 대부인의 정체에 대한 오랜 의문에 그렇게 종지부를 찍었다.

'맞아, 그날이 바로 전당괴조가 역류해 왔던 날이었지.'

문칠에 의해 건져졌고 사산(死産)을 했던 대부인을 기억했다. 전당괴조에 휩쓸려 죽은 시체는 숱하게 봤지만 살아 있는 사람을 본 것은 그때가 처음이었다.

방주가 부춘강 패거리들이 모셔온 흑의인들을 상대로 보여주었던 엄청난 무공, 성숙노괴의 제자로 알려진 곡완주의 무공 또한 상당했다는 소문, 화우 상방의 사건에 멀리 이곳 사자강까지 수하들을 이끌고 왔던 일 등 비로소 서관은 머리 속이 환해지는 기분이었다.

'결국 그렇게 되는 것이었군.'

화우 상방의 총행두 장무영이 걸개방을 찾았을 때 대부인이 그토록 조심했던 것은 결코 이상한 일이 아니었다.


서관이 멀리 가자 곡완주가 몸을 움직였다.

'어서 가야 해.'

곡완주는 자리에서 일어나야 한다고 생각했지만 몸이 전혀 말을 듣지 않았다.

'아직 무슨 일이 생긴 것은 아닐 거야.'

머리 속은 오직 그분에 대한 걱정으로만 가득했다. 이미 상상하고 싶지도 않은 일이 일어났을지도 몰랐지만 애써 부인했다. 계속 쏟아지는 눈물이 흰 복면을 적시고 또 적셨기에 지켜보던 연아가 얼른 새 복면을 준비해 주었다.

"휴우……."

곡완주가 그런대로 정신을 수습한 것은 그로부터 반 시진이 훨씬 지난 후였다. 드디어 그분을 찾았다는 엄청난 기쁨도 있었지만 혹시 이미 돌이킬 수 없는 일이 벌어졌을지도 모른다는 조바심도 있었다. 두 가지 생각이 마음속에서 끊임없이 교차하며 그녀를 초조하게 했다.

'역무군, 그분의 손끝 하나라도 건드렸다가는 네놈의 몸을 난도질해 기름에 튀겨 버릴 테다!'


"무창 분타에 급히 전서를 보내 이번 일에는 절대 간여하지 말도록 해야겠지요. 그리고 이 내용이 당분간 본 가 안에 절대 알려지지 않도록 하고…… 무창 분타주에게도 함구령을 내리는 것이 좋겠습니다."

남궁철상은 허공을 보며 공허한 목소리로 말했다.

본가의 처신을 읽은 눈치있는 무창 분타주가 함부로 병력을 움직이지 않았고, 분타의 다른 제자들에게도 그 일을 알리지 않은 것은 정말 잘한 일이었다.

"그 아이가 나중에라도 이 일을 안다면……."

남궁우가 여운을 남겼다.

"어쩔 수 없는 일이지요. 어쨌거나 그 아이가 위험에 빠진 것은 아니지 않습니까."

남궁철상은 그저 고개만 저었다.

'그 아이' 란 막내딸 남궁화를 말했다.

사위가 위험에 빠져 있는 것을 뻔히 보면서도 손을 쓸 수 없는 장인이란 도대체 뭐란 말인가?

문득 항주에서의 딸아이 혼인식 날이 떠올랐다.

'그땐 정말 굉장했었지. 내 인생에 그토록 기분 좋았던 적이 없었는데…….'

단단히 망신을 주려고 작정하고 덤볐던 팽수의 콧대를 보기 좋게 꺾어주었던 자랑스러운 사위였다. 너무 즐거웠던 나머지 부인 앞에서 체면도 잊고 끅끅거리며 한참을 웃었던 가슴 후련한 일이었지만, 지금은 그저 아련한 추억일 뿐이었다.

"험!"

그는 눈가가 축축이 젖어오는 것을 느끼고는 얼른 헛기침을 해 암울해지려는 기분을 추슬렀다. 어차피 현실이란 비정한 것.

'나를 원망 말게. 자네 하나를 살리자고 우리 식술 전체를 위험에 빠뜨릴 순 없다는 것을 자네도 잘 알겠지?'

남궁철상은 마치 무영을 면전에 두고 대화하듯 맘속으로 그렇게 말했다.

남궁우는 가주의 뒷모습을 물끄러미 바라보았다.

그리고 멀쩡한 사위를 죽게 버려두고 눈에 넣어도 아프지 않을 딸자식을 평생 생과부로 만들고 싶겠는가? 하지만 그는 조카의 선택을 이해할 수 있었다.

'허허, 우리 남궁 가문이 당신 대에서 더욱 빛날 것 같소이다.'

사위까지 희생해 가며 남궁철상이 택한 것은 냉정하게 시대를 관조하며 숨을 죽이는 잠룡(潛龍)으로 남는 길이었다.

둘뿐이었지만 방 안에서는 한동안 무거운 침묵이 감돌았다.

"음!"

신음성과 함께 남궁철상이 돌아서며 남궁우를 바라보았다.

두 사람의 눈이 허공에서 맞부딪쳤다.

'잘하셨습니다.'

남궁우는 무표정한 얼굴로 가볍게 고개를 끄덕여 주었다.

소지구 분타 제자들의 죽음도 덮어둔 마당이었다. 사위를 살리고자 가문의 식솔 수천의 목숨을 담보로 역무군에게 맞서는 것은 가주로서 취할 길이 아니었다.

사건이 무림에 알려지지만 않는다면 세가의 체면은 건질 수 있었다. 하지만 남궁화의 슬픈 눈망울이 떠올랐다.

'할아버지, 미워요.'

그는 끝내 그녀의 사슴 같은 눈망울에서 흘러내리는 눈물을 보고 말았다.

'미안하구나. 그저 하늘이 돕기를 바랄 수밖에.'

가주실에서 걸어나오는 남궁우의 발걸음에도 힘이 없었다.


무림맹.

밤이 깊었다.

경장을 입은 왜소한 체구의 흑의인이 날렵한 동작으로 무림맹의 담장을 넘었다. 경비무사들이 수시로 오갔지만 어둠을 타고 바람처럼 움직이는 야행인의 존재를 눈치 챈 자는 없었다.

곡완주였다.

낮에 홍산(洪山)에 숨어 있으며 멀리서나마 웬만큼 무림맹 안의 지세며 건물들의 배치를 살폈기에 처음 들어온 곳이었지만 허둥대지는 않았다.


행오의 거처.

탁자에는 간단한 술과 안주가 준비되어 있고 은교교가 끌려와 그 옆에 서 있었다.

한 면의 휘장이 걷히며 행오가 나타났다.

"핫핫핫, 그렇게 차려입으니 이제야 네 아름다움이 제대로 보이는구나."

그는 유쾌한 듯 호탕하게 웃으며 말했다.

은교교의 눈빛이 반짝 빛났다.

'이놈을 후리면……'

놈이 역무군의 첫째 제자라는 것은 잘 알고 있었다. 놈이라고 섭혼지기가 통하지 않을 리 없었다.

"자, 앉아서 한잔 들도록 하지."

행오가 입가에 야릇한 미소를 띠며 말을 이었다.

"이곳에 부른 이유를 새삼 말할 필요는 없겠지?"

그 말에 화답을 하듯 지어 보인 은교교의 미소는 가히 어떤 사내라도 혼을 빼앗길 만큼 고혹적이었다.

'흐흐, 색녀라고 하더니 사내라면 절대 사양하는 법이 없는 모양이군. 재미는 재미대로 보고 미혼술만 조심하면 되겠지.'

은교교를 맛본 사내들은 모두 그녀의 치마폭 아래 노예가 되고 말았다는 것을 그도 알고 있었다. 하지만 색정이 뚝뚝 흘러넘치는 계집을 두고만 보는 것도 그의 취향은 아니었다. 세 사람의 생사 문제를 두고 사부가 고심하고 있지만 어쨌든 품 안에 있는 새를 놓치는 바보가 되고 싶지는 않았다. 행오의 눈이 은교교의 풍만한 젖가슴으로 향했다. 그는 자신이 이미 은교교의 옥방선녀술에 당한 것을 몰랐다.

'호호호, 네놈도 사내이니 별수없지.'

은교교가 술병을 들어 행오의 잔에 가득 부어 건네자 받아 드는 행오의 손이 그녀의 손을 감쌌다.

"아이……."

은교교가 얼굴을 붉히며 몸을 비틀었다.

"호호호, 걱정 말거라. 사부님께 말씀드려 네 목숨은 내가 사도록 하겠다."

행오의 손이 은교교의 젖가슴을 감쌌다.

"아이, 너무 일러요."

은교교는 행오의 손을 피하는 듯 몸을 틀었지만 기실 사내의 욕념에 불을 지르는 요염한 동작일 뿐이었다.

‘더러운 것들.’

건물 처마에 납작 붙은 곡완주는 안에서 벌어지는 일을 연상하고는 얼굴을 붉혔다. 두 남녀가 춘정을 돋우는 곳은 야심한 지금 무림맹 안에서 불이 밝혀진 몇 안 되는 곳 중 하나였다.

그런데 막 다른 장소로 이동하려고 주위를 살피던 그녀의 귀를 천두처럼 내려치는 소리가 들려왔다.

“뇌옥에 갇혀 있는 장무영이란 놈의 운명은 아무래도 내일 끝장이 날 것이다. 하지만 오늘 화끈하게 재주를 보여준다면 네 목숨은 내가 거둘 것이니 가진 재주를 다 보이도록 해라.”

‘헛!’

안에서 들려오는 행오의 목소리에 놀란 곡완주는 하마터면 처마에서 떨어질 뻔했다. 만약 행오가 은교교의 육체에 빠져 있지 않았더라면 눈치를 챘을지도 몰랐다.

정신을 차린 그녀가 다시 뇌옥을 찾아 몸을 날렸다. 그녀는 무림맹 주요 건물들과 떨어져 있으면서도 유난히 경비가 삼엄한 곳을 찾았다. 조심스레 발소리를 죽여가며 뇌옥으로 보이는 건물을 향해 한 발 한 발 조금씩 접근하는 그녀의 마음속에는 오로지 단 하나의 소원만 존재했다.

‘제발…… 살아 있어만 줘요.’

눈물이 고이며 앞이 아른거렸다.

‘미안해요. 내가 지켜 드렸어야 했는데……’

그분 곁에서 떨어져 멀리 있었던 자신의 잘못이었다. 차라리 석가장 주변에 허름한 거처라도 구해 살며 그분을 지키지 못했던 자신이 너무나 원망스러웠다.

뇌옥으로 보이는 건물은 주변이 공터로 되어 있어 접근하기가 쉽지 않았다. 입구에는 십여 명의 무사들이 환하게 밝힌 불빛 아래 경비를 서고 있었다.

"아함!"

뇌옥을 지키는 무사 중 하나가 하품하는 소리에 겨우 상념에서 깨어난 그녀는 마음을 다잡고 귀를 열었다.

'지붕 위에 둘, 왼편 건물에 둘, 오른편 공터 나무 위에 둘……'

매복이었다.

모두 죽여 버리는 것은 어렵지 않겠지만 혹시라도 뇌옥의 입구가 아니거나 무영이 그곳에 있지 않을 경우 일을 그르칠 우려가 있었다.

돌연 곡완주의 몸이 연기처럼 꺼졌다.

그녀는 바쁘게 다니면서 주변의 매복자들을 소리없이 정리했다. 제법 무공이 있는 자들이 둘씩 짝을 이뤄 은신하고 있었지만 그녀의 손길을 피할 수는 없었다.

남은 자들은 입구의 경비무사들.

곡완주는 열 개의 비도를 손에 거머쥐었다.

'기회는 한 번뿐이야.'

지그시 입술은 문 그녀는 전신의 내력을 손에 집중시킨 후에 뇌옥의 입구를 지키는 무사들을 향해 비도를 날렸다.

쐐액!

날카로운 파공음이 야공을 찢으며 날았다. 그녀는 비명 소리를 내지 못하도록 인후혈을 노렸다.

퍽! 퍽! 퍽!

날카로운 비도는 정확히 그녀가 원하던 곳에 꽂혔다.

경비무사들은 파공음의 정체를 파악하기도 전에 모두 명을 달리해야 했다.

곡완주의 몸이 뇌옥을 향해 빛살처럼 튀어 나갔다.

그녀는 자세를 잃고 쓰러지려는 무사들을 잡아채 바닥에 차례로 누이고는 재빨리 안으로 달려 들어갔다.

뇌옥 안은 지하로 통하는 입구가 있었는데 두 명의 경비무사와 조장인 듯한 자가 있다가 곡완주가 들어오는 것을 보고는 놀라 저마다 허리에 찬 검으로 손을 가져갔다.

"컥!"

하지만 곡완주가 더 빨랐다.

그들은 가볍게 휘두른 횡소천군의 한 수를 피하지 못하고 뇌옥 바닥으로 나뒹굴었다.

그녀는 재빨리 안을 둘러보았다. 아래로 통하는 계단은 두꺼운 철판으로 굳게 닫혀 있었는데, 한쪽 면에 열쇠 구멍이 보였다. 사방을 둘러보다가 벽에는 걸려 있는 열쇠 뭉치를 잡아챈 그녀는 구멍에 차례로 열쇠를 꽂았다.

'한 놈은 살려뒀어야 하는 건데.'

급한 마음에 대번에 모두 죽여 버린 것이 실수였다.

그녀는 바쁜 마음을 추슬러 가며 겨우 맞는 것을 찾아 철문을 열었다. 철문 아래로 난 계단을 통해 안으로 내려서니 두꺼운 철문으로 된 십여 개의 석실들이 보였다. 문에 난 작은 구멍을 통해 차례로 안을 들여다보던 그녀의 발걸음이 우뚝 멈췄다.

무영이었다.

한눈에 보아도 눈은 퀭하니 정기를 잃었고 그동안 놈들에게 얼마나 시달렸는지 피골이 상접해 보였다.

무림의 중죄인을 가두는 무림맹 뇌옥은 들어가는 문만이 지상으로
나 있는 유일한 통로였다. 지하 전체가 단단하고 두꺼운 청강석으로
된 구조라 설사 혈도가 풀린다 해도 밖에서 문을 열어주기 전에는 탈
출이 불가능했다.

무영은 철문이 열리는 소리를 들었지만 설마 자신을 구하려고 이곳
까지 오는 사람이 있을 것으로는 생각지도 않았기에 그저 무심한 시선
으로 철문 구멍을 올려다보았는데…….

"엇!"

그는 석실 안을 들여다보고 있는 사람이 경비무사가 아니라 흑의복
면인이라는 것을 발견하고는 깜짝 놀랐다.

그런데 그를 발견한 복면인은 황급히 고개를 숙이고는 달그락거리
며 열쇠를 구멍에 맞추고 있었다.

'나를 구하러 온 사람이다!'

무영은 얼른 일어나 철문 쪽으로 달려갔다.

열쇠가 잘 맞지 않는지 잠깐 동안 쩔그렁거리는 소리가 나더니 이내
찰칵 소리와 함께 철문이 열렸다.

끼이익!

탈출을 방지하려고 두꺼운 강철로 만든 철문의 거슬리는 소리와 함
께 문이 열리며 전신을 흑의로 감싼 왜소한 체구의 복면인이 모습을
드러냈다.

"고맙소!"

무영이 밖으로 걸어나오며 반갑게 소리쳤다.

'아!'

하마터면 곡완주는 그의 품에 그대로 안길 뻔했다. 하지만 그럴 수는 없었다. 애써 마음을 다잡은 그녀가 막 앞장서서 나가려는 순간이었다.

"상공, 우린 살았어요!"

돌연 여자 하나가 비틀거리며 뒤따라 뛰쳐나와 무영의 품에 안기며 소리쳤다.

곡완주는 얼른 고개를 돌렸다.

며칠을 같은 방에 갇혀 있었던 모양이다. 자신이 보고 있는데도 거리낌없이 무영의 품에 안기는 것으로 보아 두 사람의 관계는 알아볼 필요도 없었다.

배신을 당한 것만 같은 억울한 생각에 뭔가 욱하고 가슴에서 치미는 것이 있었지만, 애써 냉정을 유지한 그녀는 빠른 걸음으로 뇌옥의 출구를 향해 걸었다.

"은 낭자도 찾아야 하는데……."

뒤에서 무영이 따라오며 중얼거리는 소리가 들렸다. 은 낭자라면 은교교를 말하는 것이 틀림없었다.

'염치도 좋은 사람.'

곡완주는 더욱 걸음을 빨리했다.

이런 남자 때문에 그동안 시커멓게 가슴이 타도록 조바심 낸 것을 생각하면 따귀라도 한 대 올려붙이고 싶었지만 겨우 참았다. 자신도 모르게 눈물이 고이는 것 같아 복면을 매만지는 척하며 얼른 훔쳐 버렸다.

"같이 갑시다."

곡완주의 뒤를 무영이 한 손으로는 녹아의 손을 잡아 이끌며 허겁지겁 따랐다.

‘그래, 어차피 이제는 내가 가질 수 없는 사람인데…….’

곡완주는 그렇게 생각하며 솟구치는 배신감을 눌렀다. 따지자면 자신도 그의 세 번째 여자였다.

하지만 그래도 어쩔 수 없는 서운한 감정이었다. 아무리 복면을 했다고 하지만 어떻게 몇 년을 같이 지내며 살을 섞은 여자를 그렇게 몰라볼 수가 있다는 말인가?

‘그래요, 차라리 저를 잊어요. 그래야 제 마음도 편할 거예요.’

그녀는 또 나오려는 눈물을 이를 앙다물고 참았다.


“험, 사실 원래 계획은 다섯을 채우려고 했어.”


언젠가 무영이 백무도에서 농담 삼아 하던 말이 떠올랐다. 그 말이 현실이 되다니…… 웃어야 할까?

‘응?’

지상으로 오르는 계단을 통해 철문을 빠져나오던 곡완주는 흠칫 걸음을 멈추었다. 뇌옥 바깥쪽에서 바쁜 움직임이 느껴지고 사람들의 목소리가 들렸기 때문이었다.

‘눈치 챘구나!’

순간 가슴이 철렁 내려앉았다. 하긴 이런 소동이 역무군에게 보고가 되지 않았을 리 없다는 생각에 곡완주의 가슴이 천근처럼 무거워졌다.

그녀의 짐작은 크게 틀리지 않았다.

위경과 호맹당주 뇌광은 뇌옥 주변을 대낮처럼 밝혀놓고 백여 명이 넘는 무사들을 지휘해 포진하고 있었다. 뒤늦게 연락을 받고 달려오는 무사들이 계속 줄을 잇는 상황이라 뇌광은 그들의 자리를 잡아주며 정리하느라 정신이 없을 지경이었다.

뇌옥에 변고가 생긴 것을 처음 알아챈 것은 위경이었다.

그는 사형 행오가 은교교를 빼돌렸다는 보고를 수하에게 듣고는 계집을 밝히는 사형이 이곳에서도 말썽을 부린다는 생각에 걱정이 돼 즉시 뇌옥으로 나와보았다.

뇌옥의 경비무사들이 모두 죽은 것을 발견한 그는 즉시 비상을 걸어 뇌옥의 입구를 봉쇄하는 한편 사부 역무군에게 보고했다. 지금 뇌옥의 입구 주변은 가히 천라지망이 펼쳐져 있다 해도 과언이 아니었다.

감히 안으로 들어가지 못한 것은 침입자의 무공이 보통이 아니라는 것을 알았기 때문이다.

삐이걱!

뇌옥의 지하로 통하는 철문 입구가 열리는 소리는 밖에서도 들을 수 있었다.

"나온다! 모두 자리를 지켜라!"

위경이 소리쳐 수하들의 경각심을 일깨웠다.


'발각되었군.'

추명은 무림맹 남쪽 담장 주변의 높은 나무에 올라 안에서 일어나는 소동을 빠짐없이 지켜보고 있었다. 그는 혹시 남궁세가의 지원이라도 있을까 해서 수시로 뒤쪽을 쳐다보았지만 어디에도 그런 기색은 보이지 않았다.

곡완주가 무사히 무영 일행을 구출해 올 것을 마음 졸이며 기원했지만 소동으로 보아 결국 발각된 것이 분명했다.

순식간에 무림맹 곳곳은 대낮처럼 환하게 불이 밝혀져 마치 불야성을 연상케 했다. 그가 있는 담장 주변의 매복들도 몇몇만 남기고 속속 뇌옥으로 몰려가는 것이 한눈에 보였다.

'하는 수 없지.'

추명이 품속에서 길쭉한 폭죽과 같이 생긴 통을 몇 개 꺼내 들었다. 폭약을 구하지 못해 대용으로 구입한 신호용 화탄이었다. 그는 화탄에 불을 붙여 주변 건물 곳곳을 향해 힘껏 던졌다.

쾅! 쾅! 쾅! 쾅!

그는 마지막 한 개까지 아낌없이 던지고는 몸을 숨겼다.

뎅! 뎅! 뎅! 뎅!

"침입자다!"

"남쪽에도 적이다!"

긴급 상황을 알리는 급박한 타종 소리가 사방에 울려 퍼졌고 이어 경비무사들의 다급한 고함 소리가 뒤를 이었다. 그 소리에 뇌옥으로 몰리던 수십 명의 무사들은 우왕좌왕하더니 누군가의 지시에 따라 다시 방향을 틀어 화탄이 폭발한 곳으로 내달렸다.


'추명이야!'

도산검림(刀山劍林) 같은 뇌옥 밖의 상황에 감히 밖으로 나서지 못하고 있던 곡완주도 그 소리를 들었다.

"내가 신호를 하면 그 여자를 안고 무조건 무림맹 밖으로 달아나세요. 장강 쪽으로 가면 걸개방 배들이 대기하고 있으니 그걸 타고 최대한 이곳에서 멀리 벗어나세요."

곡완주가 무영을 향해 전음을 보냈다.

전음으로 말을 건네는 것조차 꺼려지기는 했지만 지금은 그걸 따질 상황이 아니었다.

무영도 정신이 없었다.

고개를 끄덕인 무영은 뇌옥의 경비무사들이 떨어뜨린 검을 주워 들고는 다른 한 손으로 녹아의 허리를 둘렀다.

'음.'

그걸 본 곡완주는 횅하니 고개를 돌렸다. 허리를 둘러가는 저 손의 가는 곳에 자신이 있을 수 없다는 사실이 다시금 그녀를 절망에 빠뜨렸지만 겨우 마음을 추슬러 두 사람의 그런 행동을 모른 척했다.

"지금이에요!"

벽 쪽에 붙어 뇌옥 입구를 통해 밖을 내다보던 곡완주는 자리를 박차고 나가며 전음을 날렸다.

"한 놈도 놓치지 마라!"

뇌옥에서 달려나오는 상대를 본 위경이 마주쳐 가며 소리쳤다.

누구도 피하지 않는 상황이라 검과 검이 맹렬한 기세로 허공에서 마주쳐 가고 있었다.

'막는 놈은 누구든 죽인다!'

곡완주는 첫 공격에 필생의 내력을 실었다.

꽝!

도저히 검이 부딪치는 소리라고는 믿기지 않을 폭발음이 들리며 위경의 몸이 한구석으로 튕겨져 나갔다.

"헛!"

위경이라면 역무군의 둘째 제자였다.

쇳소리가 아니라 그토록 요란한 소리가 나는 것도 놀라웠지만 정작 무림맹 무사들이 헛바람을 들이키게 한 것은 그게 아니라 위경의 몸이 한순간에 튕겨 나간 사실이었다.

저만치 쓰러졌다가 겨우 비틀대며 일어선 위경의 입가에는 한줄기 선혈이 흘러내렸다.

일합의 교환은 그의 처절한 완패였다.

'여우 같으니라고!'

위경은 이를 갈았다. 모르는 상대의 경우 전력 탐색 차원에서 육칠 성의 내력을 넣어 공격을 가하는 것이 상례였다. 그것은 예상외로 접전이 길어질 것을 대비한 내력의 안배이기도 했다. 무조건 치고 나가려는 상대의 심리 상태를 미처 헤아리지 못한 자신의 실책이었다.

"헉! 헉!"

숨을 쉬기도 거북했던지라 그는 한동안 수하들의 호위를 받으며 몸을 추슬러야 했다.

"뭘 해요?"

아직도 자리를 뜨지 않고 미적대는 무영을 보고 곡완주가 다급하게 소리쳤다.

'아차!'

자신도 모르게 나온 소리였다.

하지만 그제야 상황을 인식한 무영은 그녀의 목소리를 새겨볼 겨를도 없었다. 구하러 온 사람만 두고 먼저 달아나는 것이 미안하기는 해도 하는 수 없다고 생각한 그는 녹아를 안아 든 채 답설무흔의 경공을 전개해 몸을 날렸다.

"막아!"

"어딜 가느냐!"

십여 명의 호맹 무사들이 소리치며 도검을 앞세워 그의 앞길을 막아서는 순간 뒤따라온 곡완주가 이를 악물고 검을 수평으로 그었다.

"크악!"

"으악!"

"커억!"

평범한 횡소천군의 한 수였지만 막아서던 자들은 가랑잎처럼 쓰러졌고 나머지도 비틀거리며 뒤로 물러났다. 무영도 때를 놓치지 않고 전력을 다해 담장 쪽을 향해 몸을 날렸다.

"웩!"

하지만 곡완주도 무사하지는 못했다.

그녀는 잠시 몸을 멈추고는 한 움큼의 선혈을 토해냈다.

아무리 그녀가 전력을 다했다고 하지만 위경은 절대 만만한 상대가 아니었다. 몸이 미처 충격을 흡수하지도 못한 상태에서 무영이 미적대는 통에 소리를 질렀고, 막아서는 무사들을 향해 전력을 다해 한 수를 날린 것이 화근이었다.

돌아보니 무영은 녹아를 안고 저만치 담장을 향해 달려가고 있었고 그의 뒤를 십여 명의 무림맹 무사들이 쫓고 있었다.

'막아야 해!'

하지만 세 개의 검이 그녀의 앞을 노렸고 뒤에서는 또 다른 두 개의 검이 찔러 들어오고 있었다. 곡완주는 재빨리 산화수를 전개해 전면의 공격수를 털어내고, 백일비승(白日飛昇)의 수법으로 몸을 솟구쳐 뒤를 공격하는 자들을 베어갔다.

수백 수천이 포위를 하고 있다 한들 한 명을 공격할 수 있는 숫자는 고작 셋에서 다섯이었다. 그들은 검진엔 익숙하지 않은 듯 번갈아 하는 전후의 공격에만 의존했다.

‘천일생수(天一生水).’

하늘에서 내려치는 곡완주의 검끝이 원을 그리며 상대의 상단을 노렸다.

“커억!”

“크윽!”

순식간에 두 명이 고꾸라졌다.

‘지이생화(地二生火).’

곡완주의 검이 불을 토했다. 지면에서 검을 그어 올리며 상대를 두 조각으로 쪼갤 것 같은 강렬한 공격이 이어졌다.

“으악!”

“큭!”

“악!”

그녀의 등을 노리고 달려들던 세 개의 검이 그 임자를 잃었다.

먼저 공격을 퍼부었다가 그녀의 산화수에 물러섰던 자들이었다. 그들은 공격자가 등을 보인 틈을 노려 흐트러진 손속을 수습해 다시 공세를 펼쳤다가 목숨을 잃은 것이었다.

쐐액!

또다시 두 명이 합공으로 그녀의 허리와 다리를 노렸다.

그들은 지난번 위경이 직접 데려온 무사들이었다. 위경이 일합에 크게 당하자 이를 갈며 기회를 엿보고 있다가 그녀가 피를 토하는 것을 보고는 자신감을 얻어 공격에 나선 것이었다.

‘천삼생목(天三生木).’

곡완주는 가볍게 피해 돌아서며 힘차게 그들의 등을 베어버렸다. 삼재검법이었다.

"크악!"

"억!"

'지사생금(地四生金).'

부드러움을 가장한 검기가 사방으로 뿌려졌다.

'천오생토(天五生土).'

갑자기 곡완주의 검이 돌변해 살기를 가득 품었다.

싸악!

"컥!"

동료들의 죽음에도 불구하고 덤벼들던 세 명의 검수가 다시 그녀의 검 아래 고혼이 되었다.

공격을 하면서도 그녀는 무영이 달아난 곳을 흘낏 살폈다. 그는 아직 담장을 넘지 못하고 여기저기에서 나타난 무림맹 무사들의 결사적인 공격으로 인해 수세에 몰려 있었다.

하지만 공격자들은 그녀가 계속 눈길이나마 보낼 여유도 주려 하지 않았다. 그들은 동료들의 잇단 죽음에도 불구하고 두려움을 모르는 불나방과 같이 곡완주를 향해 계속 공격의 고삐를 늦추지 않았다.

"흥!"

곡완주는 코웃음을 쳤다.

마치 오장육부가 뒤집어지는 듯한 심한 통증이 그녀를 괴롭혔지만, 그런 고통을 비웃기라도 하듯 휘두르는 검의 변환에는 끝이 없었다. 천지가 조화를 이루어 어우러지듯 그녀의 공수는 막힘이 없어 공격해 들어오는 무림맹 검수들을 끝없이 베어갔다.

"크아악!"

"커억!"

“으아악!”

뇌옥 앞은 가히 인간 도살장이라 할 수 있었다.

사십여 명이 넘는 무림맹 무사들이 죽어 자빠진 공터의 끔찍한 전경에 마침내 그녀를 밀어오던 공세도 주춤했다.

휘익!

돌연 곡완주의 몸이 허공으로 숫구치며 포위망을 넘었다. 어기충소의 수법이었다.

“잡아라!”

“놓쳐서는 안 된다!”

예상치 못한 갑작스런 도주에 호맹당 무사들이 급히 몸을 돌려 그녀의 뒤를 쫓았다.


무영은 힘든 싸움을 하고 있었다.

이미 그의 주변에는 십여 명에 달하는 무림맹 무사들의 시체가 널려 있었다. 하지만 오랫동안 갇혀 있었고 한 손에 녹아를 안아 든 무영은 계속 수세에 몰리고 있었다.

순간 빠르게 달려오는 그녀를 본 무림맹 무사들 몇몇이 그에게서 벗어나 공격 대상을 바꾸었다.

“어서 달아나요!”

곡완주는 다급하게 전음을 날리고는 무차별하게 검을 휘둘렀다.

쐐액! 쐐액!

횡소천군.

푸르스름한 강기가 검을 따라 수평으로 이어지며 살기를 폭발시켰다.

“크악!”

"컥!"

앞으로 나섰던 몇 명이 허리가 갈라지며 뒤로 거꾸러지자 검기의 강맹한 기세에 놀란 상대들이 움찔 뒤로 물러섰다. 덕분에 순간적으로 상대의 포위망이 허술해졌다.

"뒤를 부탁하오."

무영은 그렇게 말하며 재빨리 담장을 넘어 복면인이 일러준 대로 장강을 향해 달렸다. 남은 그가 걱정되기는 했지만 자신이 어서 이곳을 벗어나는 길만이 서로를 돕는 길이라는 것을 잘 알고 있었다.

"잡아라!"

이십여 명의 무림맹 무사들이 그의 뒤를 따랐다.

'됐어!'

그 정도라면 무영이 충분히 감당할 수 있다고 생각한 곡완주는 포위망을 형성해 다가오는 무림맹 무사들을 마주하고는 허공으로 몸을 틀어 올렸다.

'애화만천!'

무영 앞에서는 자신의 정체가 드러날까 두려워 감히 펼쳐 내지 못했던 무공이었다.

쐐애액! 쐐액!

흐릿한 달빛 아래서 그녀의 움직임에 따라 검이 춤을 추며 검광을 만들더니 이어 수십 수백 송이의 검화(劍花)가 번뜩이는 검광을 따라 피어나며 허공을 수놓았다.

시리도록 푸른 기운을 띤 은빛 검화였다.

"헉!"

포위망을 좁혀오던 수십의 무림맹 무사들은 갑자기 질식할 것 같은 엄청난 검기에 몸을 움직이지 못했다. 전면에 나섰던 십수 명의 무림맹 무사들이 그녀의 손짓에 따라 휩쓸리며 몸을 비틀거렸다.

번쩍!

"크아악!"

"커억!"

"으악!"

마지막 순간 그들의 코를 자극한 것은 허공에 뿌려진 진한 혈향(血香)이었다.

"크윽!"

지면에 내려선 그녀는 갑자기 가슴을 찌르는 듯한 강렬한 통증에 자신도 모르게 신음성을 내며 비틀거렸다.

"우웩!"

곡완주는 더 이상 참지 못하고 억지로 눌러두었던 한 덩이의 어혈을 토해냈다.

무림맹 무사들이 이때를 놓치지 않고 그녀를 공격했다면 치명적인 일격을 가할 수도 있는 상황이었다. 하지만 그들 또한 애화만천의 타격에서 벗어나지 못하고 있었기에 절호의 기회를 놓치고 말았다.

휘익!

곡완주는 아픔을 참고 신형을 날려 담장을 넘어 달렸다.

"잡아라!"

남은 무림맹 무사들은 그제야 정신을 차리고 그녀의 뒤를 쫓았다.


"헛!"

정천당 지붕에서 십여 명의 수신호위들과 함께 주변을 살피던 역무군은 허공에 피어나는 검화를 보는 순간 몸이 경직됐다.

소동이 일자 그는 수신호위 십여 명과 함께 정천당 지붕에 올라가 뇌옥은 물론 무림맹의 사방을 살피고 있었다. 감히 무림맹의 뇌옥에서 사람을 빼갈 생각을 한 무리들이라면 무공이 보통은 아닌 것은 물론이고, 당연히 방조자가 있을 것이라는 생각이었기 때문에 그것을 살피려는 것이었다.

그런데…

뇌옥에서 멀지 않은 서쪽 담장 주변에서 피어나는 수백 송이의 무수한 검화가 그의 시선을 고정시켰다.

애화만천!

허공으로 몸을 뽑아 올려 끊임없이 검을 휘둘러 검화를 만드는, 마치 검으로 꽃을 만들어 흩뿌리듯 하는 초식.

역무군은 시선을 고정시키고 눈을 부릅떴다.

눈이 시리도록 푸르스름한 기운을 가진 은빛의 검우(劍雨).

아무리 다시 보아도 분명했다.

충격이 작지 않았는지 역무군은 한동안 지붕에 꽂아놓은 말뚝처럼 움직이지 못했다.

'허허허, 아직 죽지 않았느냐?'

역무군은 입가에 묘한 미소를 띠었다.

분명 전당괴조에 휘말려 죽은 것으로 알고 있었다. 한데 지금 그의 눈앞에서 펼쳐진 초식은 분명 애화만천이었다.

애화만천이 만천화우와 다른 점은 만들어진 검화가 시리도록 푸른 빛을 띤다는 것이었다. 게다가 만천화우에 비해 몇 배나 잔인한 위력을 가지고 있었다.

성숙파파(星宿婆婆)의 제자라던 곡완주.

"음, 틀림없군!"

역무군의 입에서 낮은 신음성이 흘러나왔다.

무림인들이 단지 성숙파파 또는 성숙노괴라고만 알고 있는 그 여인의 정체는 바로 성숙해의 전인 용설군이었다. 처음 강호에 나와 미처 무림에 이름이 알려지기도 전에 역무군을 만나 사랑에 빠졌기에 그녀의 이름을 아는 사람은 없었다.

용설군(龍雪君).

지금껏 그의 가슴 한구석에 남아 있는 개운치 않은 뒷맛의 정체였다. 그도 한때 그녀를 사랑하기는 했었다. 하지만 사랑은 순간이었고 목표로 했던 비급을 손에 넣는 순간 그는 미련없이 사랑의 흔적을 털어냈었다.

끊임없는 계략으로 점철된 자신의 행로. 용설군과의 사랑 또한 그 행로의 일부분일 뿐이었다.

'그게 인생이지.'

그녀의 사랑이 아무리 크다 한들 자신을 중원 최고의 자리에 올려줄 수는 없었다.

'결국 그대의 후인을 만나야 하는가…….'

한동안 잊고 살았었다. 적어도 그녀의 애화만천이 다시 자신 앞에 모습을 드러내기 전까지는…….

그동안 곡완주가 성숙파파라는 말이 끊임없이 나돌았지만 긁어 부스럼을 만드는 우를 범하지 않기 위해 애써 모른 체했었다. 아니, 그녀가 용설군의 후인이라는 것을 확인한다는 것 자체가 은근히 두려웠기 때문이었는지도 몰랐다.

'용설군과의 옛정을 생각해서 이제껏 너를 찾지 않았다. 하지만 내 눈에 띈 이상 절대 살려두지 않겠다!'

그의 눈에서 무서운 살광(殺光)이 비치더니 이내 사라졌다.

"가자."

역무군이 살기가 넘치는 어조로 말했다.

"옛!"

수신호위들이 일제히 머리를 숙이며 대답했다.

휘익!

역무군은 곡완주가 사라진 방향으로 바람처럼 몸을 날렸다. 수신호위들도 그를 따라 일제히 신형을 솟구쳤다.


"아학!"

"헉! 헉!"

바깥에서는 엄청난 살육전이 벌어지고 있었지만 행오의 거처에서는 뜨거운 열락의 향연이 펼쳐지고 있었다. 행오는 자신의 남성을 강하게 끌어당기는 깊이를 모르는 은교교의 뜨거운 몸속에서 한 가닥 이성마저 내던지고 육체의 쾌락에 몸을 맡겼다.

"하학!"

"어헝!"

마침내 끝이 없을 것 같던 행오의 율동이 절정에 도달했다. 은교교 위에서 잠시 부르르 몸을 떨던 행오는 더 이상 움직이지 않았다.

쿵!

갑자기 은교교가 상체를 일으키는 순간 행오의 몸이 침상 저만치 굴러가며 나무토막처럼 쓰러졌다.

“멍청한 놈! 천하에서 내 몸을 즐길 자격을 가진 사람은 오직 장 공자 한 사람뿐이다!”

그녀는 싸늘한 어조로 쓰러진 행오를 향해 한마디 던졌다.

볼썽사납게 힘을 잃고 축 늘어뜨린 남성을 위로 하고 큰대 자로 누워버린 행오의 눈동자는 이미 초점을 잃었고 입에서는 꾸역꾸역 흰 거품이 흘러나왔다.

“아무리 네놈이 점혈을 해두어 운공을 하지 못하게 한들 섭혼지기의 힘을 막을 수는 없다는 것을 몰랐던 모양이구나.”

섭혼지기는 극음지체조차도 오랜 수련을 통해 뿜어낼 수 있는 힘이었지만 내공을 동원해야 하는 것은 아니었다. 섭혼지기가 삼성 이상 들어가면 극음의 기운을 이기지 못해 상대는 결국 양기가 고갈되어 죽게 마련이었다.

은교교는 황급히 옷을 걸쳤다.

방사에 흥분한 것은 행오였지 자신은 아니었다. 그녀는 관계를 하면서도 바깥의 동정을 빠짐없이 듣고 있었기에 무영이 누군가의 도움을 받아 도주했다는 것까지 알고 있었다.

‘서둘러야 해.’

이제 자신이 달아날 차례였다. 대충 옷을 걸친 그녀는 급히 문으로 향했다.

‘저건!’

문갑 위에 놓여 있는 무영의 검이 그녀의 눈에 들어왔다. 행오가 무영에게서 빼앗은 것이었다.

은교교는 얼른 검을 집어 들었다.

무영이 무척이나 아끼는 검이라는 것을 잘 알고 있었다. 저승길로 가는 행오에게는 더 이상 필요치 않은 물건이기도 했다.

옆에 자신이 수로채에서 가져왔던 전표며 보석 따위가 들어 있는 보따리도 같이 챙겼다.

"엇!"

문밖에는 수하 하나가 초조한 표정으로 기다리고 있다가 그녀를 보자 깜짝 놀랐다. 아마도 바깥의 변고를 보고하러 왔다가 안에서 방사가 벌어진 것을 알고는 감히 들어오지 못하고 문 앞에서 발만 굴렀던 것이 틀림없었다.

순간 은교교의 흰 손이 불쑥 상대의 목을 거머쥐었다.

"캐액!"

우두둑!

갑작스런 공격에 눈알이 튀어나올 듯 놀란 표정을 짓던 그의 고개가 아래로 꺾어졌다.

쿵!

은교교는 쓰러지는 상대를 뒤로하고 무림맹 밖으로 신형을 날렸다.

"누구냐!"

"서랏!"

호맹당 소속의 무사 몇이 그녀를 발견하고 달려왔지만 유유히 사라지는 그녀를 따르기에는 역부족이었다.

'운 좋은 줄 알아라!'

생각 같아서는 자신의 행복을 망친 놈들을 죄다 도륙 내주고 싶었지만 우선은 사는 것이 급했다.

제10장 장강 혈투

“헉! 헉!”

녹아를 옆구리에 낀 무영은 숨을 헐떡이며 포구 쪽으로 달려갔다.

“어디를 가느냐?”

고함 소리와 함께 일단의 무리들이 무영의 앞을 막아섰다.

호맹당주 뇌광이었다.

추명의 신호탄에 속아 반대 편을 수색하며 헤맸다가 무영이 달아나는 방향을 보고는 삼십여 명의 수하들을 이끌고 지름길로 달려와 기다리는 중이었다.

“어쩔 수 없군.”

무영은 녹아를 내려놓고 검을 앞세웠다.

녹아는 두려운 눈으로 얼른 구석진 곳으로 달려갔다.

시간을 끌 수 없었다.

“하얏!”

무영이 땅을 박차고 뛰어오르며 검을 세워 뇌광을 쪼개갔다.

“금룡파천(金龍破天)!”

‘헛!’

자신을 갈라오는 엄청난 검기에 깜짝 놀란 뇌광이 검을 비스듬히 들어 무영의 공세를 막아갔다.

캉!

맞선 두 검에서 불꽃이 이는 것과 동시에 뇌광의 검이 힘없이 부러져 나갔다.

그게 끝이 아니었다.

“컥!”

뇌광은 마치 가슴을 둔기로 내려치는 듯한 엄청난 충격에 연신 비틀거리며 뒤로 물러섰다.

당주가 당하는 것을 본 호맹당 무사들이 서로 눈빛을 교환하고는 재빨리 무영을 향해 달려들었다.

“커억!”

가장 앞에서 검을 휘두르며 덤벼들었던 무사 하나가 무영의 검에 피를 뿌리며 쓰러졌고 이어 두 명이 거푸 당했다.

“으아악!”

“커억!”

호맹당 무사들은 무영의 살수에 질렸는지 몇 걸음 뒤로 물러섰다. 상세를 수습한 뇌광도 죽은 수하의 검을 주워 들고 다시 나서려 하다가 그의 기세에 주춤했다.

‘음, 안 되겠구나.’

문득 그의 눈이 한구석에서 걱정스런 표정으로 싸움을 지켜보는 녹아를 향했다.

휘익!

그는 날렵하게 녹아를 채갔다.

"어딜!"

쐐애액!

갑자기 녹아의 뒤쪽 숲에서 은빛이 번쩍 하더니 포승줄이 그의 가슴을 후려쳐 왔다.

"헛!"

놀란 뇌광은 얼른 몸을 비틀어 옆으로 구르며 포승줄을 피했다.

"비겁한 놈!"

추명이 나서며 소리쳤다.

그 역시 무영의 뒤를 좇아 왔다가 싸움이 벌어진 것을 보고 돕기 위해 달려오던 중이었다. 그는 뇌광이 녹아 쪽으로 몸을 날리는 것을 보고는 음흉한 속셈을 눈치 채고 나선 것이었다.

"여기는 내가 막을 테니 어서 녹아를 데리고 가시오!"

추명을 발견한 무영이 자신감 넘치는 말투로 소리쳤다. 그러지 않아도 녹아가 신경이 쓰여 제대로 손속을 펼치지 못하고 있던 차였다.

"갑시다."

추명은 다짜고짜 녹아를 옆구리에 끼고 포구를 향해 달렸다.

무영 정도의 실력이면 이 정도의 포위망은 충분히 빠져나올 수 있으리라고 생각한 때문이었다.

"하앗!"

몇 명이 따라나서려 하는 것을 본 무영이 검을 휘둘렀다. 금룡검법

중에서 강맹한 위력을 가진 금룡여의(金龍如意)의 초식이었다.

"으아악!"

"크악!"

함부로 몸을 움직였던 몇 명의 검수가 피하지 못하고 목숨을 잃었다.

쐐애액!

잇따른 검기가 다시 당황한 그들을 덮쳐 갔다.

"으악!"

또 한 명이 비명을 지르며 검을 떨구자 뇌광을 비롯한 호맹당 무사들은 모두 몇 걸음 뒤로 물러서 포위망을 형성한 채 함부로 움직이려 하지 않았다.

무영은 그 틈을 이용해 추명이 달아난 방향을 힐끔 보니 그는 이미 저만치 멀어져 가고 있었다.

'엇!'

멀리 무림맹 쪽에서 복면인이 달려오는 것이 보였는데 그 뒤를 무림맹 무사들이 바짝 쫓고 있었다.

'다쳤구나.'

무영은 달려오는 복면인의 신법이 온전하지 않은 것을 알았다.

그는 재빨리 품속에서 곤린편을 꺼내 어느새 가까이 다가온 그들을 향해 날렸다.

휘리리리.

스르르르…….

고오오오…….

다섯 개의 곤린편은 듣기에도 괴이한 음향을 울리며 제각기 허공을 날았다.

"뭐, 뭐냐!"

"조심해라!"

호맹당 무사들은 난생처음 듣고 보는 괴이한 소리와 움직임에 깜짝 놀라서 뒤로 물러섰다.

"으악!"

"캑!"

"크억!"

미처 피하기도 전에 공기를 미끄러지며 날던 곤린편이 그들의 목젖이며 심장을 가르고 돌았다. 순식간에 대여섯의 무인들이 날카로운 곤린편의 날에 목숨을 잃었다. 그들은 여기저기에 목을 부여잡고 혹은 가슴을 쥐어짜듯 만지며 굴렀다.

"으아악! 모두 피해라! 놈이 괴이한 사술을 쓴다!"

누군가 공포에 질린 듯 소리쳤다.

곤린편은 밤이라 형체도 제대로 분간할 수 없는 데다 귀를 거스르게 하는 사이한 소리를 동반했기에 그 소리를 들은 호맹당 무사들은 겁에 질려 고개도 돌리지 않고 멀찍이 달아났다.

"커억!"

하지만 미처 달아나지 못한 서너 명은 그대로 쓰러져 굴렀다.

"이놈!"

나뭇잎처럼 쓰러져 죽어가는 수하들을 보고 눈이 뒤집힌 뇌광이 몸을 날려 무영을 베어왔다.

그를 본 무영은 재빨리 허공으로 손을 저었다.

쓰스스스…….

후리리리…….

괴이한 음향과 함께 이리저리 날던 곤린편 두 개가 그의 머리를 향해 방향을 틀었다.

쐐애액!

뇌광은 그 소리를 무시했다. 자신의 검이 놈을 도륙 내기 전까지는 절대 물러설 수 없었다.

피잉! 피잉!

그의 검이 무영의 정수리를 쪼개가는 순간 귀를 간질이는 기분 나쁜 음향이 귓바퀴 부근을 스쳐 갔다.

팟!

뭔가 끊기는 듯한, 화끈한 느낌이 찾아들었다.

'헛!'

눈을 부릅뜬 그는 자신의 검을 피해 뒤로 세 발짝 정도 물러나 곤린편을 거두는 무영의 눈과 마주쳤다.

'잘 가게.'

그 눈은 그렇게 말하고 있었다.

뇌광은 무영의 시선이 자신에게서 거두어지는 순간 전신에 힘이 쭉 빠지며 몸이 무너지고 있는 것을 알았다.

쿵!

그가 쓰러지는 것을 확인한 무영이 눈을 돌려 복면인이 달려오는 쪽을 보았다. 그는 이쪽을 향해 똑바로 달려오고 있었는데 그 십여 장 뒤를 바람 같은 속도로 쫓는 인영이 있었다.

'이런!'

역무군이었다.

복면인의 뒤를 따르는 자는 능공허도(凌空虛渡)의 경공을 전개하고 있었다. 두 사람의 거리가 자꾸 좁혀지는 것이 흑의복면인이 이곳에 도착할 때까지 기다릴 여유도 없었다.

휘익!

무영은 얼른 몸을 날려 그들을 마주해 갔다.

"달아나요!"

그를 발견한 복면인이 힘겹게 소리쳤지만 무영은 듣지 않고 달려오는 역무군의 앞을 막아서며 회선표를 날렸다.

슈우우우.

달려가던 역무군은 기이한 소리를 내며 날아오는 물체를 보고는 경각심에 곡완주를 쫓던 속도를 줄이며 장력을 날렸다.

펑!

장력을 맞은 회선표가 그대로 튕겨져 나갔다.

"장무영 이놈, 하늘 높은 줄 모르는구나!"

대수롭지 않게 생각한 그는 무영을 향해 소매를 저었다.

휘익!

강렬한 경기가 자신을 향해 날아오는 것을 느낀 무영은 장풍임을 직감하고 황급히 태허장법(太虛掌法)으로 마주쳐 갔다.

펑!

역무군은 몸이 휘청하더니 자리에 내려섰다. 하지만 무영은 연신 세 걸음을 뒤로 물러난 후에야 겨우 설 수 있었다.

"제법이로구나!"

자신의 육성의 공력에도 버티는 무영을 본 역무군은 은근히 기분이 나빠져 이번에는 팔성의 공력을 끌어올렸다. 바로 그 순간이었다.

슈우욱!

"헛!"

귓전을 스치는 파공음에 깜짝 놀란 역무군은 황급히 고개를 숙였다.

'아니!'

그는 그 물체가 방금 전 자신이 장력으로 쳐냈던 것이라는 것을 알고는 깜짝 놀랐다.

순간 무영이 회선표를 향해 다시 손을 저었다.

"어서!"

달아난 것으로 알았던 복면인이 가지 않고 싸울 준비를 하고 있다는 것을 알고는 재빨리 복면인의 손을 잡고 답설무흔의 경공을 전개해 달렸다. 복면인이 내상을 입어 제대로 경공을 펼치지 못하는 것을 보았기 때문이었다.

그것을 본 역무군이 뒤쫓으려는 순간 다시 괴이한 물체가 그를 덮쳤다.

슈우우우.

"이런!"

재빨리 고개를 숙여 피했지만 이미 한 번 당한 기억이 있기에 달아나는 두 사람을 쫓을 생각을 못하고 비행 물체에 신경을 썼다.

과연 그의 예측대로 그 물체는 허공에서 다시 방향을 틀어 자신을 향하고 있었다.

슈우우우.

화가 머리끝까지 난 역무군이 검을 빼 들어 날아오는 물체를 갈랐다.

팍!

검에 맞고 갈라져 떨어진 물체가 구부러진 나뭇조각이라는 것을 안 그는 달아나는 두 사람을 향해 몸을 날렸다. 때마침 도착한 열 명의 수신호위도 그를 따랐다. 그들은 역무군보다 경공이 뒤졌기에 조금 늦게 도착한 것이었다.

포구에서는 녹아를 배에 태운 추명이 서관과 함께 배 위에서 초조한 표정으로 무영과 곡완주를 기다리고 있었다.

"허… 회자정리(會者定離)요 거자필반(去者必返)이라더니……."

추명이 혼잣말로 중얼거렸다.

"그렇지요. 저희도 몰랐었지요."

서관이 옆에 서 있다가 그 말을 받았다.

추명은 흠칫했다.

"알고 계시오?"

"화우 상방의 일에 너무 예민한 반응을 보이시기에 도무지 이해할 수 없어 줄곧 이상하다고 생각은 했지요."

서관의 말에 추명이 고개를 끄덕였다. 이자도 모든 것을 알고 있었다.

"어째서 복면을 쓰고 계시는 것이오?"

추명이 물었다.

서관은 잠시 생각하는 눈치였다.

"아무래도 그 대답은 내가 줄 수 있는 것이 아니라는 생각이 드는군요. 방주님께 직접 여쭈어보시는 것이 좋겠군요."

"음."

두 사람의 시선이 뭍을 향했다.

한동안 무림맹 쪽을 주시하던 추명의 눈에 저 멀리에서 한 덩어리가 되어 포구를 향해 달려오는 두 사람이 보였다.

“저기!”

추명이 손가락으로 그들을 가리켰다.

“추적자가 있습니까?”

서관이 물었다.

“한 명… 아니, 그 뒤에 더 있는 것 같소.”

“너희들은 모두 배에서 내려라!”

세 척의 배에서 각종 암기를 든 수십 명의 사내들이 포구로 내려와 진용을 갖추었다. 그들은 추적자가 있을 경우 재빨리 암기를 던지고 배로 오르라는 명령을 받고 있었다.

“두 척만 남기고 나머지 배는 뒤로 물리는 것이 좋겠소이다.”

추명이 말했다.

포구에 정박해 있다가는 큰 싸움이 벌어지면 자칫 혼전에 말려 출항도 하지 못할 것이 걱정된 까닭이었다. 그의 생각을 읽은 서관이 수하들에게 지시해 포구에는 두 척만 남고 세 척의 배가 강심으로 이동했다.


무영과 곡완주는 역무군에게 금방 뒤를 따라잡혔다. 다행히 포구에 추명이 배에 올라 손짓을 하고 있는 것이 보였다. 내상이 깊어졌는지 복면인은 숨을 헐떡이며 그에게 딸려오다시피 하고 있었다.

“당신은 먼저 배를 타시오. 내가 막아서다가 얼른 배에 오르겠소.”

말과 함께 그는 복면인의 손을 채서 앞으로 힘껏 날려 보냈다.

“헛!”

앞으로 밀려가던 곡완주는 얼른 자세를 잡고 배를 향해 달렸다. 무영과 함께 남아서 싸우고 싶었지만 오히려 그가 몸을 빼는 데 방해만 될 수 있었다.

“이놈들!”

복면인을 배로 보낸 무영은 경공을 전개해 달려오는 역무군의 앞을 막고 곤린편을 꺼내 그의 면전으로 날렸다.

사르르르.

<u>고오오오.</u>

다섯 개의 곤린편이 저마다 괴이한 소리를 내며 사방으로 퍼져 역무군을 향해 날았다.

‘이건 또 뭐야!’

역무군은 깜짝 놀라며 옆으로 몸을 피하며 그중 한 개를 검으로 쳐 냈다.

팍!

곤린편이 팅기며 빙그르르 옆으로 날았다.

“엇!”

역무군은 자신이 몇 성의 내력을 넣어 쳐낸 검에 맞고도 쪼개지지 않는 물체에 적잖이 당황했다.

슈우우우.

<u>고오오오.</u>

순간 다른 곤린편들이 이리저리 방향을 틀며 어지럽게 그의 주변을 돌다가 갑작스레 요혈을 향해 날아왔다.

팍! 팍! 팍! 팍!

강호제일고수라는 평가답게 그의 검이 빛살처럼 번뜩이더니 자신을 공격해 오던 물체들을 모두 쳐냈다.

휘리리리.

“아니!”

역무군은 검에 주입한 내력을 늘렸지만 여전히 부서지거나 쪼개지지 않고 빙글거리며 방향을 바꾸는 물체에 크게 놀랐다. 그것들이 무영의 손짓에 따라 움직임을 바꾼다는 사실을 알고는 있었지만 미처 다가갈 틈이 없었다.

위험을 무릅쓴다면 놈을 요절낼 수 있겠지만 그런 방법은 역무군의 취향이 아니었다.

휙! 휙! 휙!

바로 그때 수신호위들이 도착했다.

그들은 즉각 무영을 향해 달려들었다.

"제기랄!"

무영은 얼른 곤린편을 회수해 배로 달아났다.


곡완주를 태운 배가 빠르게 강심으로 이동하고 있었다. 잠깐 만에 정신을 수습한 그녀가 몸을 벌떡 일으켰다.

"안 돼!"

그녀는 그대로 물 위로 몸을 날렸다. 남아 있는 수하들로는 무영이 배에 탈 동안의 시간도 벌어줄 수 없을 터였다.

일엽도강(一葉渡江).

그녀는 어느새 포구에 남아 있는 다른 한 척의 배 위에 올라서 있었다.

"수하들을 안전하게 데리고 가는 것이 네 임무다! 즉시 이곳을 떠나라!"

곡완주는 서관에게 전음을 보냈다. 추명을 의식한 때문이었다.

"대부인!"

"모두를 위험에 빠지게 할 수는 없다. 이제껏 도와준 것으로 충분하다. 잘하면 나도 몸을 뺄 수 있을 것이다.”

“대부인!”

“명령이다!”

곡완주를 태웠던 배가 다시 돌아오고 있었다. 서관이 먼저 떠나겠다는 마음을 굳힌 것을 확인한 그녀는 얼른 몸을 날려 뭍에서 대기 중인 수하들을 향해 달려갔다. 어느새 상대들이 몰려오고 있었다.

“던져랏!”

그녀는 달려온 무영이 재빨리 방어선의 뒤를 넘어오자 수하들에게 명령을 내렸다.

휙! 휙! 휙!

준비하고 있던 수하들이 추적자들을 향해 수십 개의 암기를 떨쳐 내자 그녀는 뒤도 돌아보지 않고 배에 올라탔다.

“으악!”

“억!”

앞장섰던 수신호위 몇 명이 암기에 격중되었는지 비명을 지르며 비틀거렸다.

“출항!”

수하들이 신속하게 부교에 묶었던 줄을 잘라냈다.

휘익!

배가 빠른 속도로 강심을 향해 나가는 순간 역무군을 비롯한 몇 명의 수신호위들이 배 위로 몸을 날렸다.

“막아라!”

곡완주와 무영이 소리치며 막아서려 했지만 좁은 배 안이라 수하들 때문에 제대로 공세를 펼 수 없었다.

쐐액!

역무군은 검을 떨쳐 내 암기를 날리던 걸개방도 몇 명을 그 자리에서 베어버렸다.

"크악!"

"으아악!"

그가 길을 트고 배에 오르자 잇따라 수신호위들도 배에 올랐다. 그들은 앞을 막아서는 걸개방 졸개들을 사정없이 도륙해 버렸다. 배를 타고 있던 걸개방도들도 제법 무공은 익혔지만 그들의 적수는 아니었다.

"으아악!"

"커억!"

풍덩! 풍덩!

잠깐 만에 칠 할 이상의 수하들이 역무군의 살수에 목숨을 잃었다. 그러자 겁에 질린 나머지 수하들은 모두 무기를 버리고 물속으로 뛰어들었다.

이제 배 위에는 무영과 곡완주, 그리고 역무군과 그의 수신호위 몇 명만이 남아 있었다. 사공을 잃은 배가 장강의 물결을 따라 출렁이며 떠내려갔다.

"허허허, 더 이상 달아날 곳이 있더냐!"

역무군이 자신감에 찬 말투로 일갈했다.

"흥!"

배에 오른 그의 수신호위들이 서서히 두 사람을 압박해 오자 무영이 슬쩍 손을 저었다.

쓰ㅇㅇㅇ.

"피해랏!"

암기의 위력을 경험한 역무군이 소리쳤지만 이미 늦었다. 암기를 쳐
내려던 수신호위 하나가 갑자기 방향을 트는 것에 미처 대응을 하지
못하고 목을 내주었다.

"커억!"

한 명의 수신호위가 목을 부여잡고 쓰러졌다.

스아아아.

"컥!"

방향을 튼 곤린편은 잇따라 옆에 있던 다른 한 명의 목숨까지 빼앗
아 버렸다.

"괘씸한!"

어느새 앞으로 나선 역무군은 검에 강한 내력을 주입해 괴이한 물체
를 힘껏 쳐냈다.

빡!

역무군의 내력을 이기지 못한 곤린편은 방향을 틀 힘을 잃고 장강의
물속으로 처박혔다.

싸악!

순간 곡완주의 검이 번쩍 했다.

"크억!"

또 한 명의 수신호위가 심장을 부여잡고 주저앉았다. 역무군이 곤린
편에 신경을 쓰는 틈을 노려 일도관철의 수법으로 찔러 죽인 것이었다.

피르르르…….

"악!"

다시 한 명의 수하가 목숨을 잃었다. 잇따라 무영이 쳐낸 곤린편이
목에 박힌 것이었다. 역무군이 한 개를 쳐내기는 했지만 나머지 한 개

까지 막아주지는 못했다.

무영이 재빨리 죽은 걸개방도의 박도를 주워 들었다.

배는 장강의 거센 물살에 휩쓸려 빠른 속도로 하류로 떠내려가고 있었다.


"어떡해요!"

서관과 추명이 그 광경을 뻔히 보면서도 손을 쓰지 못하자 녹아가 발을 굴렀다.

핑! 핑! 핑!

추격을 해온 무림맹 무인들은 강변을 따라가며 화살을 쏘아대 서관 일행이 역무군이 탄 배에 접근하는 것을 막았다. 그들의 배가 무영의 배로 조금만 더 가까이 가려 해도 갑판으로 화살이 날아오는 바람에 어떻게 도울 길이 없었다. 그뿐 아니라 일부는 포구에 있던 배에 올라 추격을 준비하는 모습도 보였다.

"가자."

한동안 침묵을 지키던 서관이 싸늘한 음성으로 말했다.

"저 사람들을 두고 가자는 말이오?"

추명이 발끈했다.

"진정하시지요."

"홍, 방주의 위험을 모른 체하다니…… 진정은 무슨 지랄맞을 진정이란 말이냐!"

추명의 말투가 바뀌었다.

"그럼 당신은 어쩌자는 것이오? 지금 우리 배는 저 배에 접근조차 하지 못하고 있소. 게다가 숱한 수하들을 꼬치구이로 만든 후에 접근했다고 칩시다. 그 다음에는 어쩌겠소? 당신이 가서 도울 수 있을지는 몰라도 저 뒤에서 배에 오르는 무림맹 무인들은 누가 처리하겠소?"

"아무리 그래도 그렇지……."

"방주님께서는 이미 철수 명령을 내리셨소. 그것이 내 임무요. 그리고 우리가 뒤따라오는 저들을 잠깐은 막아볼 수는 있겠지만 여기가 어디요? 수하들 모두 죽음을 각오해야 하오. 결국 그리되겠지만."

추명이 입을 닫았다. 여전히 씨근거리기는 했지만 서관의 말이 틀린 것은 아니었다. 벌써 병력을 실은 십여 척의 배가 포구를 출발하는 것이 보였다.

"가려거든 당신 혼자 가시오."

서관이 덧붙였다.

"음!"

추명이 고개를 숙였다.

"흑흑흑!"

두 사람의 언쟁을 지켜보던 녹아는 끝내 얼굴을 가리고 주저앉았다.


무영이 탄 배에는 이제 세 사람만 남았다.

네 개의 곤린편으로 수신호위들을 모두 처치할 수는 있었지만 역무군에게는 더 이상 통하지 않았다. 무영은 마지막을 위해 곤린편 하나를 아껴두었다.

물살로 흔들리는 배 위에 검을 들고 품(品) 자형으로 나란히 선 그들은 서로 공격의 기회만 노리고 있었다.

쐐액!

역무군의 검이 곡완주를 노렸다.

"하앗!"

그러자 무영이 고함을 치며 그의 허리를 쓸어갔다.

창!

좁은 배 안이라 피할 곳도 없어 역무군의 검을 맞받은 곡완주는 비틀거리며 형편없이 뒤로 밀렸다.

휘익!

무영의 공세를 피해 허공에 몸을 띄운 역무군이 그대로 무영의 머리를 쪼개갔다. 옥허궁의 비전절기인 옥허초혼검법(玉虛招魂劍法)이었다.

"훗!"

미처 신형을 수습하지 못한 무영이 뇌려타곤의 수법으로 갑판을 굴러 그의 공세를 피하자 역무군이 따라 내리며 그를 발로 차올렸다.

"컥!"

막 일어나려다 발길질에 등을 맞은 무영은 그대로 굴러 선실 벽에 부딪쳤다.

하지만 역무군은 틈을 주지 않았다. 그는 재빨리 무영을 따라붙으며 목줄기를 노렸다.

싸악!

무영의 위기를 본 곡완주가 역무군의 등 뒤로 뛰어오르며 오행검법의 천일생수 초식으로 그를 쪼개갔다.

창!

역무군은 그녀의 검을 비스듬히 쳐내며 몸을 돌려 왼발로 그녀의 허리를 노렸다. 횡등퇴의 수법이었다.

"훗!"

엉덩이를 뒤로 빼며 가까스로 발길질을 피했지만 이번에는 역무군의 검날이 그녀의 목을 노렸다.

그 순간 그의 위급을 본 무영은 미처 몸을 일으킬 시간도 없이 앞으로 쓰러지며 전소퇴의 수법으로 역무군의 다리를 노렸다.

퍽!

미처 피하지 못한 역무군의 신형이 흔들리는 순간 곡완주는 가까스로 목을 노리는 검을 피해 고개를 틀었다.

싸악!

빗나간 역무군의 검이 선실의 모서리를 썩은 짚단처럼 베어버렸다.

"이놈이!"

역무군이 몸을 틀어 반쯤 일어나는 무영을 걷어찼다.

"훗!"

무영이 고개를 젖혀 그의 발을 피하곤 박도와 함께 몸을 회전시키며 상대의 허리를 베어갔다.

'헛!'

그런 급박한 중에도 공격하는 무영을 보고 역무군은 내심 혀를 내둘렀다. 어느새 자리에서 일어난 무영이 박도로 그의 가랑이 사이를 아래에서 위로 그어 올렸다. 금룡승천의 초식이었다.

'음, 팽수를 죽였다더니!'

역무군이 훌쩍 옆으로 물러나며 그 틈을 노려 뒤에서 공격해 오던 곡완주의 검을 마주쳐 갔다.

창!

지친 곡완주는 역무군의 검기를 이기지 못하고 뒤로 주르르 밀려났다.

'후후, 그게 좋겠군.'

역무군은 마지막을 장식하기로 마음먹었다.

그의 몸이 허공으로 둥실 떠올랐다. 돌연 그의 검이 섬광처럼 하늘을 찢으며 수많은 검화를 만들어냈다.

"헉!"

곡완주는 눈을 부릅떴다.

"애화만천!"

틀림없는 그 초식이었다.

사부의 인생을 그토록 절망에 빠뜨렸던, 한 여인의 사랑을 갈가리 찢어놓았던……. 하지만 그런 마음도 잠시, 곡완주는 순간적으로 자신마저 찢겨갈 것이라는 공포에 휩싸였다.

시리도록 푸른 검화가 하늘을 가득 수놓았다.

사라라락!

돌연 무영의 박도가 크게 회전을 하며 무수한 검화를 향해 치고 나갔다.

챙챙!

엄청난 힘에 부딪친 박도는 그대로 조각이 되어 허공으로 흩뿌려졌다.

하지만 바로 그 순간 곡완주의 눈에 작은 틈이 보였다. 천지를 덮는 검화의 한구석 꽃송이들이 잠깐 모습을 흩트린 그런 자그마한 공간이었다. 곡완주는 젖 먹던 힘을 다해 검을 휘두르며 그리로 몸을 날렸다.

창! 창! 창! 창! 창!

순간적으로 짧고 날카로운 쇳소리가 이어지며 무수한 불꽃이 튀었다.

'훗!'

좁은 배 안이라 비록 완전한 초식을 펼치지는 못했지만 애화만천을 피해간 그녀를 보고 역무군은 헛바람을 들이켰다. 허름한 박도 한 자루 따위에 틈을 보일 애화만천이라고는 도저히 믿을 수 없었기 때문이

다. 바닥에는 초식의 위력으로 부서져 나간 배의 나뭇조각들이 어지럽
게 널려 있었다.

알 수 없는 분노에 역무군은 재차 그녀를 노렸다.

쐐액!

곡완주를 향해 다시 공격하려는 역무군의 등을 향해 검풍이 쓸어왔
다. 어느 틈에 무영이 박도 하나를 다시 주워 들고 덤벼든 것이다.

휘익!

역무군은 재빨리 허공을 돌아 넘으며 등번단각의 수법으로 무영의
등을 차냈다.

퍽!

"억!"

충격으로 무영의 허리가 굽혀지며 주르르 난간 쪽으로 밀려나는 순
간 역무군의 검이 허공을 갈랐다. 섬전같이 빠른 한 수로 미처 곡완주
가 나서기도 전이었다.

팟!

"으악!"

그의 검은 밀려나던 무영의 등을 쪼갰고 그 순간 떠밀리듯 비틀거리
던 무영이 배 난간 밖으로 팅겨져 물속으로 빠져들었다.

풍덩!

"안 돼!"

곡완주는 물에 빠지는 무영을 보자 거의 정신이 나갈 지경이었다.
그녀는 바로 앞에 있던 나뭇조각 하나를 차서 역무군에게 날리고는 그
대로 강물 속으로 몸을 날렸다.

풍덩!

"헛!"

재빨리 고개를 숙여 날아오는 나뭇조각을 피한 역무군은 그제야 이곳이 배 위라는 것을 깨달았다.

"이런, 영악한!"

잠깐의 순간이었지만 이미 두 사람의 모습은 배 주변의 강물 어디에서도 찾을 수 없었다.

그는 잠시 뱃전을 오가며 두 사람이 물 위로 떠오르기를 기다렸다. 하지만 넘실대는 검푸른 장강 물결 사이에서 두 사람을 찾는다는 것은 불가능했다.

"물귀신이 되었겠군."

역무군이 혼잣말로 중얼거렸다.

둘 다 심한 상처를 입었다. 곡완주는 내상이 심했고 장무영은 등에 검상을 입었으니 살아날 것 같지 않았다. 찜찜하기는 했지만 어쩔 수 없었다.

'그랬었지, 그 아이가 장무영의 안사람이었지…….'

문득 그는 물로 뛰어든 그녀의 마음을 이해할 것도 같았다.

사랑하는 사람으로부터 배신을 당한 용설군은 어떤 마음이었을까? 나이가 든 이래로 가끔씩 떠올랐던 생각이었다.

"맹주님, 속하들입니다!"

멀리서 수하들이 십여 척의 쾌속선을 나누어 타고 따라오며 그를 부르는 소리에 역무군은 상념에서 깨어났다. 둘러보니 곡완주 일당이 탔던 배는 모습을 감춘 지 오래였다.

"음!"

그는 오늘 밤에 일어난 일이 사실인지조차 의심스러웠다.

죽은 줄 알았는데 돌연 나타난 곡완주, 그녀 역시 사랑을 위해 달려 온 것이었다.

'용설군, 결국 이렇게 끝이 났군. 휴, 나도 미안한 마음은 조금 있다네. 자네 제자마저도 그렇게 죽이게 되다니……'

역무군은 곡완주가 사라져 간 물속을 보며 고개를 저었다.

장강의 거센 물살을 이기지 못한 배가 출렁거리자 싸움으로 부서진 곳곳으로 물이 스며들었다.

"맹주님, 어서 이리로 건너오십시오."

어느새 바싹 다가온 수하들이 그것을 보고 재촉하듯 말했다.

하지만 역무군은 선뜻 배를 옮겨가지 않았다. 그저 강물만 보고 있을 따름이었다.

정녕 궁금했다.

사랑, 그게 그렇게 가치가 있는 것인가?

한참을 그러고 있던 역무군은 고개를 저었다.

'바보들……'

〈제9권 끝〉